アドニスの声が聞こえる

フィル・アール

杉田七重＝訳

小学館

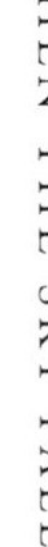
WHEN THE SKY FALLS

種をまいてくれたピートと……その種に命を吹きこんでくれたルイスにささげる

あなたの目のなかをのぞきこむと見える
別の人生と、読む価値（かち）のある考え
あなたがわたしの目をのぞきこむとき
少年ではなくあなたが育てた大人を見てほしい

鉱山の下にいたとき
海の底にいたとき、あなたには夢があり
それをわたしがさずかった
あなたはいった。
「おまえは大人になれる
大人になるのだ
だから覚えておけ
おれの父親がおれに語ったことを」

いずれときはやってくるから
ときはやってくるから
ときはやってくるから
ああ、ときはやってくる
おまえとおれのときが

「ヴェイン・テンペスト」――ザ・レイク・ポエッツ

1

駅のホームは戦場さながらで、フランス北岸の激戦地を七十メートル分切りとって、そのままここにおいたようだった。

もうもうと立ちこめる煙のなかで、ひしと抱きあう人たち。愛する人をもぎとられる痛みと悲しみに、すすり泣く声や泣きさけぶ声が、あちらでもこちらでも、ひびいている。声をあげずに泣きながら、子どもの耳にささやいている者がいる。だいじょうぶ、あっという間よ。今までと何も変わらない。ママはいつだってあなたのママよ。

悲痛に暮れる人々の波にさからって少年がひとり歩いていく。いつまでもめそめそ泣いて、みっともない場面をさらしている人々に、少年はいらっとして舌打ちする。少年の身なりも駅に立つ大勢の子どもたちと変わらない。おなじみの付け札つきのスーツケースを持ち、敵の毒ガス攻撃にそなえてガスマスクを入れた箱をかかえている。戦況が激しくなって都会から田舎に避難する疎開者のお決まりの格好だ。けれど、ほかの子どもたちが列車に無理やりおしこまれるのとはちがって、この少年は列車からはなれていく。北の田舎からやってきて、ついさっき、この駅に降り立ったばかりだった。

自分がどこにむかっているのか、だれをさがせばいいのか、少年には何もわかっていない。それでも、まわりで展開する悲劇のドラマに参加したいとはまったく思っていない。群衆のなかをぐんぐん進んでいきながら、目をチクチク刺激する煙に悪態をつく。もともとすぐにかっとなるたちだった。北から南へ長い旅をしてきてつかれていたということもあって、ちょっとしたことでも少年の怒りは爆発する。

最初はまわりにきこえないよう悪態をついていたが、今はもう、だれがきいていようと気にしない。本当にむかえが来るのかどうか知らないが、とりあえず一分は待とうと少年は思っている。もし来なかったら、またこっそり列車にもどって、そのまま北へ帰ればいい。車掌の乗っている手荷物車両に入って、かびくさい郵便袋のあいだにかくれていよう。きっと郵便袋には、家に帰りたいとうったえる兵士たちの手紙が入っている。兵士の気持ちは、少年にもよくわかる。自分だって家へ帰りたいのだから。いろいろ不満はあるものの、ここにいるよりずっといいに決まってる。

少年の父親が戦場へ行ってしまってから二か月がたっていた。それは父にとっても息子にとっても長い時間で、日を追うごとに少年は心をかたくなにしていった。そのうち心の歯車を動かすぜんまいが、怒りと激情でガチガチに巻きあげられてしまった。

少年は改札口からもう一度外をのぞいて、たくさんの顔に目を走らせる。どんな顔をさ

1

がせばいいのか知らないし、自分ににっこり笑いかけて手招きしてくるような人間がいたとしても、それにどう反応すればいいのかわからない。

女の人がむかえに来るときいてはいたが、その人のことを少年は何も知らない。知りたくもなかった。だから来なかったとしても、べつにかまわない。

よし、帰ろう。べつに、ばあちゃんのところへ帰らなくたっていいんだ。あのムカつくばばあ。おれを必要としない人間のところへ、だれが帰るか。もうたくさんだ。

どこかに空き家を見つければいい、と少年は思う。家の近所にいくらでもあった。適当なところに住みついて、残飯でもなんでも食って生きていこう。だれのいいなりにもならない。だれにもよけいな手出しはさせない。

北へ帰ろうと、少年がきびすを返したとき、ガスマスクの箱をぶらさげている肩ひもがひっぱられた。そっと、ではない。ネズミをとらえるフクロウのようにグイッと。

「ジョーゼフ・パーマーだね？」

なじみのある口調。これまでに山ほどきいた。きっと警察官だ。

「ジョーゼフでしょ？　あんた、そういう名前じゃないの？」

肩ごしに、顔がぬっと迫ってきた。近すぎて焦点が合わない。警察官ならヘルメットをかぶって、そのひもがあごにかかっているはずだが、それがない。白髪まじりの赤いちぢれ毛が爆発したように広がっているだけだった。

「あんたをむかえに来たんだよ」

女だった。きつい顔つきで、かなり年を食っている。声は太くしゃがれていた。

少年は女の目をのぞきこみ、にらみつけた。できるもんなら見返してこいと、まなざしでうったえたら、それにこたえて相手もにらみ返してきた。ここにいてうれしくないのは、この女も同じらしい。

「え？　どういうことですか。おれはこれから出発です。ほかのみんなといっしょに田舎に送られるんです」

女は肩ひもをつかむ手にぐっと力をこめた。

「そのなまりで、よくいうわ。うそはだめだよ、ジョーゼフ」

女の手でおさえつけられているのが少年には気に食わない。いっていることは正しくとも、相手の挑戦的な態度にかちんときていた。顔をにらみつけながら肩をすくめ、力をこめてエイッとふりはらう。しかし相手の手はびくともしない。

「ちょっと、手、放してよ。おれ、あんたのこと知らないから。放さないんなら、ここでひとあばれするよ」

この子ならやりかねないと、女は少年の言葉を疑わなかった。やせっぽちながら、その全身に力をみなぎらせているのが肌で感じられる。

女は思う。このまま歩み去ってもいいなら、こっちはバンバンザイだ。好きでむかえに

1

来たわけじゃない。こんなことまでして、自分でもおせっかいだという気がする。だけど約束がある。もう遠い昔のことだと、うそぶくこともできるが、やっぱり約束は約束だ。守らなかったら寝覚めが悪い。少なくとも守る気はあったのだと、そういえるだけのことはしておきたい。

「ジョーゼフ」

声をかけてから、女はため息をもらす。

「もうバレてるんだって。けったり、さけんだり、好きなようにして、別人だといいたててもいい。けど、わたしはあんたなんかより、ずっと図体のでかいやつらととっ組み合ってきて、まだ一度も負けたことはないんだよ」

女はかかとに体重をかけてくるりとまわり、激しく抵抗するジョーゼフをひっぱって歩きだした。しかし十メートルも行かないうちに、女はそれ以上進めなくなった。少年が足をふんばっているのか、一歩も先へ行けない。

少年をどなりつけてやろうと、女はふり返り、口をひらきかけたところで気がついた。進行をとめていたのはジョーゼフではなく、スーツを着た男だった。ジョーゼフのもういっぽうの腕をつかんでいて、あいだにはさまれたジョーゼフは、身をつっぱらかして怒っている。

「あんた、この子の祖母かい？」

いい孫だねと、ほめられるのではないことぐらいは女にもわかった。

ジョーゼフは、男の言葉に女がむっとしたのに気づいた。

「いいや、ちがう」

「だが保護者みたいなもんだろ?」

この呼び方も気に入らないとジョーゼフにはわかったが、女は何もいえない。この駅に足をふみ入れた時点で、女はそのありがたくない役目をひき受けたことになる。その関係が気に入らないとどちらかが思っても、女はここでは少年の保護者ということになる。

「そうだよ」

女の答えをきいてジョーゼフはひるみ、両側から腕をつかまれたまま、いきなりぐいと身をくねらせた。

「じゃあいうが、この子はわたしに盗みを働いた」

それをきいて少年は、一瞬かたまった。それから本気の力を出して、男の手を一気にふりほどいたが、女の手はほどけない。

「本当なの?」

女はジョーゼフにきき、つかんでいる腕を力いっぱいひっぱった。それでもう少年はあばれるのをやめたが、両目の奥にぱっと怒りが燃えあがったのを女は見のがさなかった。

「うそだ」

1

ジョーゼフははきすてた。

「盗む価値のあるもんなんか、持ってねえだろ。何もとっちゃいねえよ」

女の視線が、少年から男の顔に移った。

「何もとってないって、そういってるけど」

まるでジョーゼフの北部なまりが理解不能で、通訳する必要があるというようだった。

しかし男はそれで満足はしない。

「ならば、スーツケースのなかを見せてもらってもかまわないな」

男はジョーゼフの手からスーツケースをもぎとった。それからさっと一歩下がって、すねにけりだされた足をよけた。

「子どもはいつだって油断ならない。目をはなしちゃいかんのだよ」

男はいって、スーツケースのとめ金をあけるのに手間どっていたが、ぐるりとひと巻きしてあるひもを見て、とめ金が機能していないのに気づいた。

ひもをほどくと同時に、スーツケースが地面に落ちてぱっくり口をあけた。

身をのりだしてなかをのぞいた女は、悪臭に鼻を打たれて顔をしかめた。

「このなかに、あなたの持ち物が入っているんなら、さっさと持っていってくれない？」

鼻が曲がりそうなにおいにあとずさりしながら男にいった。

しかし男はひるみもせず、スーツケースにつまっている靴下やパンツを外に放り出していく。どれもこれも、少年の二倍は年をとっていそうな、すっかりくたびれた衣類だった。

「ほうら見ろ」

目的のものをつかんだらしい。大きなくさび形の茶色いつつみをふたつ、とりだした。

「説明してもらおうか?」

ジョーゼフもひるまず、散らばった衣類を集めてスーツケースにもどしながら、ひょいと肩をすくめて男にいう。

「サンドイッチだ。列車のなかで食えって、かあさんがつくってくれた」

その言葉をきいて、女が肩を落としたのがはっきりわかった。うそがばれたとジョーゼフは思う。少なくともこの女は感づいた。なぜおれを預かることにしたのか、おれとどんなつながりがあるのか、それはどっちもわからないが、おまえに母親はいないと、女の目がうったえているのはわかった。ああ、めんどうだとジョーゼフは思う。

「ばかいうな。おまえはどろぼうだ。いまからそれを証明してやる」

男はそうどなると、大げさな動作で片方のつつみをびりびりと破り、チーズのかたまりをとりだした。ずいぶん大きなもので、馬小屋のドアストッパーにでもつかえそうだ。それだけでは十分でないというように、男はもういっぽうのつつみも破って、ベーコンのかたまりも出してみせる。小部隊の兵士全員が腹いっぱいになりそうな量だ。

においのもとは、このふたつだった。どちらも低温の食料庫から出して、そうとう長い

1

　時間がたっている。

「わかったか？」男ははきすてて、食料品をつつみにもどした。

「こいつはうそつきのどろぼうだ。わたしが寝ているあいだにかばんから盗んだんだ。あんたから、ちゃんと謝罪してもらいたいもんだね、奥さん。それもいますぐ」

　しかしもらったのは謝罪ではなく、少年の怒りだった。こぶしをふり上げて男にむかっていくジョーゼフ。その首根っこを女がつかみ、ぐいとひきもどす。

「もういい！」男はどなり、切符売り場のほうを指さした。

「あっちに警察官がふたりいる。わたしが一言いってやったら、おまえは大変なことになるぞ」

　ジョーゼフにそういったあとで、男はさげすむように女を指さした。

「奥さん、あんたもだ。はじを知るがいい。あんたがわがまま放題に育てたから、こんな子どもになった。ほしいものはなんでも盗めばいいと思うような子にね」

　女はジョーゼフの人物評にはひとまず納得したらしいが、自分まで非難されたことで、何かがプツンと切れたようだった。ふいに男のほうへずかずか歩いていき、横を通りしなに、男の手からふたつのつつみをもぎとって、そのまま先へ進んでいく。

「おい、いったいなんのまねだ？」

「お望みどおりにしてあげるんだよ」

女はふり返らずにそういい、男はあわててそのあとを追いかける。

「法律にのっとって片をつけたいんでしょ。だったらそうしようじゃない。ただし警察はおどろくだろうね。なんでも配給のこのご時世で、これだけすごいもんを持ってるんだから。けど、これにはきっと何か正当な理由があるにちがいない。曲がったことがきらいな、りっぱなお方らしいから」

男の顔が真っ赤になった。

「おい、待て……」

男のどなり声に、待つどころか、女の足どりはいっそう加速する。

「待てないね！　こんな悪事を放っておいていいわけがない。〝どんな形であれ〟、窃盗は罪だ。ちゃんと片をつけないと。それも急いでね」

「いや、それは……わたしも少々……急ぎすぎた。つまり、この子は問題をかかえている。ヨークシャーから乗ってきたときの態度を見てすぐわかった……この子のためを思うなら……あったことをすべて忘れてやるのがいちばんいいんじゃないか」

そういって、女の手からつつみをとりもどそうとするものの、女はそうはさせない。

「そんなわけには、いかないでしょ？」

女はまじめくさった顔でいう。

「良心にしたがえば、どんな犯罪もゆるせないし、罪を犯した人間が罰せられないで逃げ

1

るのも見過ごしにはできない。困難な時代にあるわたしたちはたがいに団結すべきであって、盗みを働いている場合じゃないでしょ」

あと数歩というところで、女は警察官にむかってつつみをかかげ、よく見えるようにふって見せる。おそらく警察官は悪臭に気づくとジョーゼフは思い、いやがって反対方向にかけだすだろうと半ば期待した。

ところがそうではなく、警察官は前へ出てきた。男のひたいからふきだした汗が、だらだら流れているのが、もう見えているはずだった。

男は女の手からつつみのひとつをやけっぱちのようにひったくると、くるりと背をむけて群衆のなかへつっこんでいき、あっというまに姿を消した。

女も同じように、ジョーゼフの手をさっとつかむと、くるりと方向を変えた。こちらは出口付近にいるだれかに手をふっていたのであって、おまわりさんに用はありませんというように。警察官の出る幕はなくなって、ふたりは雑踏をぬけて通りのほうへむかった。

ジョーゼフはよく考える。ここにこの女といっしょにいたいとは少しも思わないが助けてもらったのは事実だ。しゃくにさわるものの、何か礼をするべきだろう。

「おばさん、チーズは夕食にでもしてよ。おれからの土産と思ってくれていい」

女は歩をゆるめず、ジョーゼフのほうをふり返りもしない。代わりにごみ箱の横を通りしなに手にしていたつつみをそこに落とした。ジョーゼフは立つ瀬がなくなった。

「あんなもん食べたら、一か月間トイレにはりついていなきゃいけなくなるよ。まあそれも、あんたにはふさわしいんだろうけど、ほかにもっとやるべきことがあるからね。

というわけで、ここでふたつ、はっきりさせておこう。ひとつ、盗みはゆるさない。これからあんたが、人さまのものに、これっぽっちでも手を出したら、わたしが警察につきだす。ふたつ、おばさんという呼び名はやめてもらえるとありがたい。わたしの名前はマーガレット・ファレリー。あんたはミセスFと呼びなさい。わかった？」

少年は何もいわず、顔色ひとつ変えない。感情は表に出さぬよう鍵をかけてあった。とりあえずいまのところは。

「さあ行くよ、ぐずぐずしている時間はない。空襲警報が鳴りだしたときに、この近くにいたら後悔する。うそじゃないから」

少年は歩調を変えずに女のあとについていく。空を見あげたが、太陽も爆撃機も見えない。何よりも希望が見えなかった。

2

いったい駅から家まで、どれだけはなれているのか、ジョーゼフにはまったく見当がつかない。ひょっとして、戦争が終わるまで着かないんじゃないかと、そんなふうに思えてきた。のろのろと進んでいくバスは、道のへこみや穴をいちいちタイヤで拾って、乗客の身体に伝えてくる。

ジョーゼフの身体もじんじんしており、窓に頭を預けているものだから、なおさら震動が激しく伝わってくる。

こんな光景を見たのは生まれて初めてだった。これまで都会と名のつく場所に出かけたことは一度もないものの、想像ぐらいはしていた。でもそれはこんな光景じゃなかった。空高くそびえる高層ビルはレンガと石でできているから、その姿は永久に変わらないと思っていた。それがいま、がれきと煙に変わって惨憺たる姿をさらしている。

ある建物の一階部分に目がとまった。正面の壁はあとかたもなく消えていて、椅子やテーブルのかけらがそこらじゅうにまき散らされている。なのにどういうわけか、額に入った一枚の絵だけが、何もなかったようにくぎにかかっている。熱帯の海岸を描いた油絵。地獄のさなかにある楽園といった感じで、あまりに異様だった。

　そのとなりにある家も同じようにめちゃくちゃで、こちらも異様さではひけをとらない。正面の壁がすっぽりぬけ落ちて、なかが丸見えになっている。家具らしきものはひとつもなかった。代わりにひっくり返った木箱がひとつあって、その下からクリスマスの飾りがあふれだしている。ツリーに飾る小さな球が倒れた木材の下にはさまっているかと思えば、そこから少しはなれたところで、デコレーションのちぎれた一部がきらきらと光っている。

　十分たってもバスは数メートルしか進んでいない。と、今度は自分より少し年下と思える少年の姿が目に飛びこんできた。書店の店先においた木箱の上にちょこんと腰かけている。足もとにドアや窓の残骸が散らばるなか、本だけがきちんと横に積み上げられていた。少年は手にした分厚い本のページをどんどんめくっていく。最後までくると、すっと立ち上がって、がれきのなかをふみわけて店に入り、その本を書棚におさめた。

　気がついたらジョーゼフは、少年をばかにするように口をゆがめていた。なんだって返すんだ？　コートの下にしのばせて、そのまま歩み去ればいいものを、わけがわからない。あいつ、ばかじゃないのか？

　駅を出てから、ミセスFとのあいだに会話はほとんどなかった。ミセスFは話をしようとがんばっていたが、その努力もむなしく、ジョーゼフはうんとか、ああとか、素っ気な

2

い返事しか返さなかった。それで自然と、ほかの乗客の話に耳をかたむけることになったのだが、それも気分のいい話ではなかった。

「あの人、ルンハム・ロードで見つかったんですって。といっても、見つかったのはその一部。左脚とさいふはね、七十メートル先に落ちていたそうよ。中身はからっぽ……ってさいふの中身のことだけど。いやになるわね」

「まだまだこれから先、何があるかわからないよ」

「今夜もきっと空襲警報が鳴る、絶対ね。いまとなっては、まだ敵も味方も軍事行動に出なかった、最初のころがありがたいわ。そう思わない？」

ジョーゼフの耳のなかで、人の話し声がジージーパチパチいう雑音に変わった。とうさんがどんなにがんばってラジオの周波数を合わせようとしても、こういう音しかきこえなかったときがあった。

ふーっと大きく息をはいてみるものの、胸の内でわだかまるもやもやは、外へ出ていかない。バスがまたとまり、これ以上はもうてこでも動かないと反抗するように、車体の後部から煙をもくもくはきだした。

「もういい」

ミセスFが舌打ちして、床から自分のかばんをつかみあげた。ジョーゼフの手荷物はそのままだ。

「あとは歩いていこう。がれきの片づけにかりだされる前に、さっさと降りるよ」

ジョーゼフは苦労しながら、そのあとに続く。荷物どうしがぶつかるばかりか、運悪く通路側の席にすわった乗客を、荷物でなぐってしまう。後部の階段をおりるときも、荷物をあちこちぶつけながら、バス後部のドアのない出口から外へ出た。この町では、もうどんなものにもドアをつけるのをやめてしまったのかと、ジョーゼフは思う。

「ちゃんとついてきて。家に着く前に、あんたを見失っても、さがす時間もなければ、その気もないからね。そうでなくても、今日は長い一日だったんだから」

ミセスFはバスの横の歩道を進んでいき、その先で道をふさいでいる倒壊した建物をよけて歩いていく。そのさらに先で群れている子どもたちは、がれきのなかをあさっている。「拾ったものは自分のもの、なくしたら泣きを見る」というわけだろうが、何が見つかるのか、ぞっとする。

次から次へ目に飛びこんでくる光景と音に、ジョーゼフは息をのむばかりだった。屋根のない家々と壁のない屋根が連なるなか、新聞売りの男たちや、聖書をかかげる男たちが、この世の終わりをさけんでいる。しかし、そういったものにショックを受けたり、ぼうぜんとしたりしても表情には出さぬよう、ジョーゼフはむっつりした顔のままミセスFのあとについていく。いいなりになっていると思われたくないから、適度に距離をあけながら。

「あと少し」

どなるようにいわれたが、この言葉にジョーゼフはほっとした。手の皮膚がすっかり青ざめている。二月に入ってまもないこの時期に、手袋なしで外を歩くのは無謀だった。スーツケースの持ち手をがっちりつかんでいる手が、かじかんでまひしている。

ミセスFが左に曲がり、カームリー・ビューという名の通りに入った。これまで見てきた通りとまったく同じで、ちゃんと建っている建物は全体の半分ぐらいのようだ。

「はい、ここ」

ミセスFがいって門をおしてひらく。少年同様、門も不機嫌らしく、しぶしぶという感じであいた。その先の玄関のドアはもっと楽にあいて、奥に、外より暗いろうかが現れた。

「靴は玄関でぬいで。外と内は区別すること」

いいながら、本人は長靴をぬごうとしない。

「リビングは右。つかうのは日曜日だけ。靴は玄関先に、荷物は階段横に、きちんとおいておいて。あとで移動させるから。じゃ、ついてきて」

前方のドアのむこうに何があるんだろうとジョーゼフは思う。スイッチをパチンとおしたら、室内の様子がくっきり浮かび上がった。ミセスFの性格と同じで、冷え冷えとして、おもしろみがない部屋だった。

ブリキのバスタブが壁にくっつけておいてあるのと、厳しい顔ばかりが映った一連の家族写真らしきものをのぞけば、見るべきものはほとんどなかった。ストーブに火は入っていない。ミセスFの心と同じに冷え切っているとジョーゼフは思う。横においてある、薪と石炭の山は小さい。すぐに室内が暖まるということはなさそうだった。

「ここ、寒いな」思わずジョーゼフはいった。

「そうなの、早く慣れたほうがいいよ。コークス（石炭からつくる煙の出ない燃料）はもうそれしかないから。何週間もとどいていないの。石炭集積所で働いているお兄ちゃんたちの、最後のひとりが戦争にとられちゃってからずっとね。トイレはつきあたりのドアをぬけて左。紙のむだづかいはだめ。水も必要な分しか流さないで。電気も節約。ベッドで本は読まない。ろうそくの火で読むならいいけど。いや、よくないか。いまのは忘れて。だれもいないところで、あんたが火をつかっているのを想像したくない」

えっ？　このおれが本を読むだって？　ジョーゼフは鼻を鳴らしたい気分だった。

「ちょっと、あんた」

ミセスFのまなざしがきつくなり、いいかげんにしろという顔になった。

「ここにいたくないってのは、わかるよ。あんたはばかじゃないから、わたしだってあんたと暮らせるからといって、これっぽっちもワクワクしていないのは、わかるよね。だけど、もう来ちまったんだ。あんたのおばあさん、彼女はいい人だ。誠実だった。わたしはあの人に借りがあるんだ」

ジョーゼフは自分の顔に怒りがにじむのがわかった。ばあちゃんのことを、とてもそん

2

なふうには思えない。

「助けてもらったの。もうずいぶん昔の話だけど、時間は関係ない」

そこでミセスＦの表情が変わったのにジョーゼフは気づいた。まるでその昔に一瞬だけもどったようで、いやな過去を思い出したという顔だった。

「ばあちゃんが何をしたっていうのさ？」

おれにはほとんど何もしてくれなかった。出征するとうさんのつやつやしたブーツの足音がまだ耳の奥でこだましているというときに、ばあちゃんは一刻も早く、おれをやっかいばらいすることを考えていた。

「それはふたりのあいだの秘密」ミセスＦがいいにくそうにいった。

「それにこんな夜に話し合うことじゃない。あんたのおばあさんが、わたしに手紙をくれたんだ。もうつきあいきれないって。あんたの行動と、あんたの……不機嫌にね」

ジョーゼフは両わきでこぶしをぎゅっとかためた。しかしミセスＦは気づかない。

「だから、しばらくあんたを預かってくれないかって頼んできたんだ。あんたのおとうさんが留守にしているあいだだけね」

ジョーゼフの怒りがさらにふくらんだ。とうさんをひき合いに出したのが気に食わない。

それにこの女は何も知らない。ばあちゃんが、あらかじめ知らせているとは思えなかった。

「だったら、あんたに世話になる必要はない。自分のめんどうは自分で見る」

荷物をまとめてさっさとここを出て、駅まで歩いてもどろう。

「おばあさんの話からすると、あんたにそれはできない。あんたはすぐに反抗して、いつでもけんか腰で、不機嫌だっていうじゃないか。しょっちゅう問題を起こして、もうおばあさんの手には負えなくなりそうだって。おびえているんだよ。このまま行くと、あんたも、おばあさんもどうなることかって。それでわたしに助けを求めてきたんだ」

相手に食ってかかろうとしてジョーゼフは思いとどまった。そんなことをしたら、そら見たことかと、相手の思うつぼだ。

「おばあさんと約束したの。あんたを危険な目にあわせないって。それはここではなかなか難しいけど、できるかぎりのことはするってね。でもってわたしは、一度約束をしたら、守り通す性分なの。だからさ、おたがい感情を害さないようにしようじゃないの。相手を好きになる必要はないし、そのふりをする必要もない。とにかく、あんたのおとうさんが帰ってくるまで、あんたが身をよせるとしたら、ここがいちばんだってこと。

というわけで、あんたの部屋は階段をあがった右手。ベッドはととのえておいたけど、そんなことをするのは今日だけだから、せいぜい今夜は甘えるといい。何か食べたい？だったら配給帳と身分証をよこして。ここでもつかえるかどうか、わからないけど。また帰ったら、そっちの店で登録することになるかもね。ほら、持ってるでしょ？」

ジョーゼフの目の前に手がさしだされた。「お代」を出しなというように。

ジョーゼフがポケットに手を入れてぐしゃぐしゃになった配給帳をさがすあいだも、ミセスFはまくしたてていて、息をつくひまもつくらない。

「お腹が減っていても、食べ物は少しでがまんしてもらわないと。あいにく、うちにはあまりないんでね」

ジョーゼフは首を横にふった。何を口に入れたところで、腹のなかで燃えさかる怒りが、一瞬のうちに灰にするだろう。

「じゃあ、もう寝なさい。明日は仕事があるから。わたしとあんたのね。

そうそう、空襲警報が鳴ったら着替えてすぐおりてきて。急いでね。身なりをととのえる必要はない。ヒトラー（ドイツの首相）がドアをたたいたら、何はさておき急ぐんだ」

それだけいうと、「おやすみ」の言葉もなく、ミセスFは奥のドアの鍵をあけて、そのむこうに消えた。ひとり残されたジョーゼフは、その場にぽつんと立ち尽くした。

3

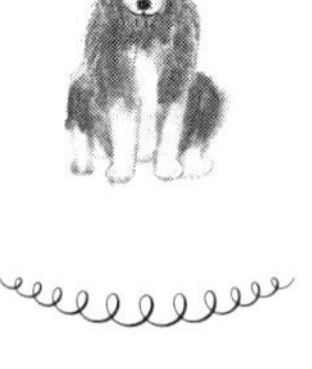

ジョーゼフは室内をせかせか歩きまわっている。

二階にあがって、この部屋に入ってからすでに数時間たっているが、そのあいだ、寝ようなどとは、これっぽっちも考えなかった。眠れるはずがない。まず寒すぎる。部屋といったところで、小さな箱に鉄のベッドフレームと、サイドテーブル代わりにミカン箱がひとつ、ひっくり返しておいてあるだけだ。ジョーゼフにとっては、棺に入れられて、上からふたを閉めてくぎを打たれたようなものだった。

こんなところにいたくない、とジョーゼフは思う。この部屋も、この家も、この町も、全部いやだ。けれど、人生のあらゆる物事と同じように、自分ではどうにもならないと知っている。それと同時に、悪いのは自分なのだと、腹の底ではわかっていた。

あの女が気に入らない。ばあちゃんが、いい人で、誠実だって？　よくもいったもんだ。いい人が本当なら、おれはいま、こんなところにいやしない。いまごろ家で、好きなように暮らしていた。

おれはあれで、なんの問題もなかったのに、ばあちゃんは耐えられなかったのか？　だったら、ばあちゃんが弱っちいってことだ。ジョーゼフの足が徐々に重くなっていき、歩きながら床を思いっきりふみつける。ひと足ごとに部屋がちぢんでいって、腕をのばすだけで四方の壁にとどきそうだった。

見慣れぬ風景でもかまわない、外の景色を見れば閉じこめられた気分から解放される。そう思って窓へ突進していき、カーテンをひきちぎるようにしてあけた。しかし外は見えない。灯火管制（夜間、敵の空襲に備えて室内を暗くすること）のおかげで、ガラスはすみずみまでペンキで真っ黒にぬりつぶされていた。ぶるぶるふるえる手をポケットにつっこんで小型ナイフをとりだし、とがっていない刃でペンキをけずり落としにかかる。

だめだ。分厚くぬられたペンキはべたついて、おそらくタールがまぜられているにちがいない。弾丸をぶっ放して小さな穴でもあけたい。この牢獄の外には、おれの頭の外には、楽に息ができる世界があるとわかるだけでいい。しかし、それさえかなわないとなって、また感情におさえがきかなくなってくるのをジョーゼフは感じた。

ベッドわきにおいてあるランプをつかみあげ、手のなかでこん棒のようにひっくり返し、シェードを床に投げすてる。コンセントからプラグがぬけた感触はなく、こん棒が当たった部分の窓がわれたのだけわかった。

しかしわれた窓に目をやって、がくりと肩が落ちた。外の通りは真っ暗闇。光はもちろん、不安を消してくれそうなものは何一つ像を結ばない。窓をわって得られたのは、氷のような風と、犬のほえ声と、「静かにしろ、戦時中なんだぞ！」というどなり声だけだった。

ふいに寝室のドアが勢いよくあいて、ミセスFのシルエットが浮かび上がった。

「あんた、やってくれたね」

衝撃と失望がないまぜになった口調でミセスFがはきすてた。寒さがこたえるようで、寝間着の上にはおったガウンを身体にぎゅっと巻き付けると、こちらに背をむけて階段をおりていった。ジョーゼフはその場でかたまっている。

　二分後、ミセスF(エフ)が足音も荒(あら)くもどってきた。ほうきとちりとりと、へりがギザギザのベニヤ板を手につかんでおり、全部まとめてジョーゼフのベッドへ放り投げた。

「すぐに交換(こうかん)してもらえるなんて、思っちゃいないよね？　だいたいうちにはお金がない。それにドイツ兵にまだわられていないガラスが、そう簡単(かんたん)に見つかるとは思えない。いずれにしろ、しかるべきときが来たら、あんたにガラスをとりかえてもらうから」

　そういうと、ガウンのポケットからかなづちとくぎをとりだした。

「とりあえず、いまは自分で直しなさい」

　それだけだった。こちらをしかるでもなく、淡々(たんたん)とした口調で、説教くささはこれっぽっちもない。そのままあとずさる格好で部屋を出ていって、ドアを力まかせに閉(し)めることもしなかった。ジョーゼフはベッドからかなづちを拾いあげた。

　窓(まど)に目をやる。ミセスF(エフ)にいわれたから素直に直す、という気にはなれない。とはいえ、このままにしておけば、凍(こご)え死ぬのもわかっている。だいたいこんな仕事は朝飯前だった。道具のあつかい方は知っているし、手にずしりとくるかなづちの感触(かんしょく)も心地いい。

　数分後、見た目はよくないものの、とりあえずベニヤ板が窓枠(まどわく)におさまった。これでうるさい隣人(りんじん)も文句はないだろう。

　しかし、こちらの気はおさまらない。自分のあつかい方を知らぬジョーゼフは、もうし

3

ばらく、いらいらしながら室内を歩きまわって不運を呪っていたが、やがて力がつきた。床にどすんと腰をおろし、頭から毛布をひっかぶる。ミセスFがととのえたベッドをつかわないことで、おれはあんたに屈しはしないと、反抗心を見せたつもりだった。

目をあけたとたん、世にもぞっとする光景が飛びこんできた。ミセスFが上から見おろしている。腕組みをしてぬっと立ち、鼻の穴をふくらませている。

「ひどいねえ。これで直したっていうんだから」そういって、ため息をつく。

「まあ、昨夜いったように、いずれあんたに弁償してもらうから。今度何かこわそうという気になったら、そこんところをよく考えたほうがいい」

ジョーゼフは身じろぎもしない。朝であるはずがない。ついさっき目を閉じたばかりなのだ。冗談はやめてほしい。

「でもってあんた、そこで何をしてるんだい？　ベッドで寝たからといって賃料があがるわけじゃないって、知ってるだろう」

ジョーゼフはウールのチクチクする毛布をあごの下までひっぱりあげた。爪先が外に飛びだして寒いが、肌着とパンツ一枚の格好を見られたくなかった。

頭にくることに、相手はこっちの考えを見ぬいたようだった。

「うん、わたしもそうするね。バッチイ下着は見せたくないもの。いま洗って、ストーブのそばにほしておいたら、帰ってきたときにはかわいてるよ」

「どこに行くんだよ？」ジョーゼフがぶすっとしていった。

「昨夜いったはずだ。仕事だよ。あれを弁償してもらわないとね」

そういって窓を指さす。

「じゃあ、五分後におりておいで。洗濯物を忘れるんじゃないよ。忘れてまたもどったら、階段のカーペットがむだにすりきれる」

ジョーゼフはのろのろと着替えた。べつにほかにすることもないのだが、いわれたとおりにするのがしゃくにさわった。

ぬいだものをまとめて持ち、階段をおりて奥の部屋へむかう。おかゆのにおいが強くただよってくる。ここに来て以来、初めてかいだ、いいにおいに、腹の虫ががまんできずにぐうと鳴きだした。

「間に合ったね」あいさつ代わりにミセスFがいう。

「昨夜は空襲がなくてラッキーだった。でなきゃあんた、いまごろくたくたになっているはずだから」

ジョーゼフは空襲を経験したことはないが、ラジオで体験者の話をきいたことがあった。何もかもが残骸になって、いやなにおいがただようなか、家をなくした人たちが教会の広間で眠るという。自分と同い年ぐらいの子どもが一種冒険のように興奮して通りをうろつ

3

き、爆弾や弾丸の破片、ヘルメットなんかをさがすときいたこともある。くだらないと、ジョーゼフは思った。墜落したドイツの爆撃機からマシンガンを盗んでかくしたという子もいて、そっちの話には興味をひかれた。自分のマシンガンを持つなんて、想像しただけでワクワクする。

「ほら、テーブルにおかゆが用意できてるよ」

火を細くしたストーブからむき直ることなく、ミセスFがぶっきらぼうにいった。

「砂糖はひとつまみ、もう入ってるから。それ以上はないよ。いまのうちにしっかり腹ごしらえをしておくんだね。あとはもう夕食までほとんど口に入るものはないから」

ジョーゼフには会話をする気はなかった。ただ腹が減っていた。足もとに洗濯物を落とし、テーブルに目をやる。湯気をあげるボウルがふたつ。よそった量がぜんぜんちがう。当然少ないほうが自分だろうと思って、そちらのボウルがおいてあるほうにすわった。するとミセスFがさっとボウルを交換した。

「こっちがあんた」かすかに顔を赤らめて、ミセスFがいった。

なんでもいい。ジョーゼフは飛びつくようにしてボウルを手にとり、スプーンをつかうのも忘れそうだった。

三口頬張ったところで、視線を感じて顔をあげた。相手はもちろん、しかめっ面だ。もともとあいう顔なのか、それともおれのために、ああいう表情をとってあるのか？

「何？」

「最後に食べたのはいつなの？」

いわれてジョーゼフは肩をすくめた。

「昨日、かな」

とはいえ、いつ何を食べたのか、正確には覚えていない。屋台からリンゴをひとつ盗んで、それから列車に乗った。ばあちゃんがサンドイッチをつくってくれたものの、見ていないところでごみ箱にすてた。おれをやっかいばらいしようという、ばあちゃんがつくったものなんか、食いたくなかった。

とにかくいまはおかゆがあると、ジョーゼフは思う。ミルクも砂糖も足りないけれど、そんなのは気にならない。息もつかずにガツガツ食べたら目の奥がキーンと痛くなった。とにかく、この女に心を見すかされてはならないとジョーゼフは思う。結局、おれのことなどどうでもいいんだ。ばあちゃんに恩があるだけだと、はっきりそういった。

「こっちも食べて」

そういって、スプーンで自分のおかゆをすくってジョーゼフのボウルに入れる。

「なんで？」

口いっぱいに頬張ったおかゆをはね飛ばしながらジョーゼフがきいた。

「べつに。お腹がすいてないってだけ。食べ終わったら、あのバケツで洗濯をして。もう

3

せっけんは入っているし、ブラシもね。あんたの服、今日はぼくらの誕生日かなっておどろくかもよ」

ジョーゼフは洗濯などしたことがなかった。それでも早くひとりになりたくてやりはじめたら、いちいちケチをつけられた。

「そんなふうにしぼるんじゃない。しっかり水をふくませてから……」

「バケツの外に水をはね飛ばさない、ほら敷物が……」

「ちょっとちょっと、そこにシミがついてるのが――」

「おれのやり方がそんなに気に食わないなら」

ついにキレて、ジョーゼフは床にどっと水をあふれさせた。

「自分でやったほうが楽じゃないの？」

しかしミセスFは怒らず、顔色ひとつ変えない。

「そりゃだめ。あんたが早いとこ、人の話に耳をかたむけて、いわれたとおりにできるようにする。そのほうがずっと楽。さて、きっちりしぼったら、ストーブのそばの手すりにきれいに広げてかわかす。ぐしゃぐしゃのままかけておいたら、クリスマスになるまで着られないからね。それと床もちゃんとふいて。十五分後には出るから用意をして。たっぷり働いてもらうから、そのつもりでね。長い一日になるよ」

ジョーゼフが小声で悪態をつくのをよそに、ミセスFは部屋から飛びだしていって、階段をかけ上がった。きっと魔女のほうきでもさがしに行ったのだろう。そうであってもぜんぜん不思議じゃない。

　これからどこに行くのか、行き先はさっぱり見当がつかないものの、ジョーゼフにはひとつだけわかっていることがあった。どん底から始まった一日だ、これ以上悪いことにはなりっこない。

4

灰になった建物の群れに見るべきものはほとんどない。それでも、ふだんは怒りしかわかないジョーゼフの胸に、このときは別の感情が、ふたつ三つ、わきあがってきた。

まずは衝撃だ。この光景にどうしてショックを受けずにいられるだろう？　空襲は、写真や、ぼやけた映像で見たことがあったものの、このにおいは予想していなかった。空中に充満するガスがあまりに濃厚で、その場に居合わせた人の吸うタバコに引火して通りがまるごと燃えあがらないのが不思議だった。そして、この焦げて腐敗しているようなにおいだ。一度鼻を通ったら、もう二度と消えることはないと思えた。

4

目も衝撃を受けている。おどろくべきは灰になった建物ばかりではなく、声を荒らげながらがれきをほり返している白い制服の看護師たちだ。看護師は病院に待機して、運ばれてきた人間の手当をするんじゃなかったか？　ああいう力仕事は国を守る市民軍の仕事ではないのか？　思わずジョーゼフが疑問をぶつけると、ミセスＦはこういった。

「人間は戦争なんていうろくでもないことをしでかすけど、善意を完全に失ったわけじゃないってことさ」

ミセスＦは働いている看護師に、ねぎらいの言葉をかける。

はき気と衝撃は別としてありがたいこともある。空襲で焼けた家々からあがる暖気のおかげで、ガチガチに凍った空気がなんとか人間が耐えられるまでに温まっていた。

どこへむかっているのか、ジョーゼフはたずねなかった。さすがにもう学んでいた。この人にそれをきくより、勝手に想像をふくらませていたほうがいいのだと。ミセスＦの勤務場所として、もっともふさわしいのはなんだろう。

美容室？　ありえない。あの電気ショックを受けたようなちぢれ毛は、ごわごわしたウールの帽子にもおさまりきらないのだから。

カフェ？　ジョーゼフは首を横にふった。あんなおかゆを、金を出してまで食いたいと思うやつはいない。

病院？　看護師たちにねぎらいの言葉をかけていたんだから、これはありえる。けど、あの性格じゃあ、患者の感情を逆なでしてけんかになるだろう。
と、いいことを思いついてジョーゼフの顔が一瞬にやけた。そうだ、ぴったりの仕事がある。葬儀屋だ。どんなあつかいを受けようと、死体は文句をいったり、口答えをしたりしない。それにミセスFの心は死体と同じように冷たい。

死体に死に化粧をほどこし、ネクタイを結び直しているミセスFの姿を想像するだけで、軽く数分は過ぎていき、もっとぞっとする細部まで想像しているうちに、すっかり現実を見失って、ジョーゼフはミセスFの背中に追突した。いきなり相手がとまったのだ。

ミセスFは強い舌打ちをして、「着いたよ」と告げた。ばかでかい南京錠とヘビのように腕に巻き付けたチェーンをがちゃがちゃさせて、金属のゲート二枚をあける。

ジョーゼフは数歩下がり、ゲートの両側にそびえる堂々たる石の柱を見あげた。その上に文字がふたつほこらしげに並んでいる。「ｏｏ」と読めた。見る者に「オー！」と感嘆の声をあげさせるようなものはどこにも見えない。それどころか、ドイツの爆撃機が飛んできたら、爆弾を落として一気に打ちこわしてくれと懇願しそうな、おちぶれた姿をさらしている。

しかしもちろん、この建物の正体を見極めるのに、そう時間はかからなかった。ジョーゼフもばかではないから、足りない一文字がなんなのか、すぐに気づいた。

「動物園（zoo）で雇われているの？」

4

つまらなそうにいったものの、本当は興奮に胸がうずいた。

ミセスFがふりむいた。まるでそこにニシキヘビを眠らせているように、両腕にチェーンを軽く巻き付けている。

「雇われている？　いいえ、ちがう。わたしは経営者。兄も戦争に行くまではここを切り盛りしていた。従業員はね、ほんの少ししかいないの。いまは一九四一年で戦争のさなかだから。まあ、あんたがここの労働力の三分の一を担うってところかな。早く慣れたほうがいい」

そういうと、チェーンをジョーゼフの首にかけた。ずしりという思いがけない重みに、尻もちをつきそうになる。

「じゃあ、ゲートを閉めてから、わたしについてきて。ここの住人たちに、今朝はいつもより朝飯が早くとどいたなと思われないようにね」

冗談をいっているのだ。そうに決まっている。

けれどそれからすぐ、あたりに奇妙な音がひびきわたった。ぞっとするうえに、何やら危険な感じもする。

檻の前を次々と過ぎていくものの、なかで動物が動く気配はない。それなのに、ジョーゼフの耳は不気味な声や、耳ざわりなさけび声を拾った。そばの檻ではなく、どこか遠いところからきこえてくる。

さらに、いつまでもしつこく、うなっている声がある。低く重々しい声で、それが歩いていくうちにどんどん大きくなる。

ミセスFは少しも気にならないようだった。それどころか顔色ひとつ変えないので、この声がきこえているのは自分だけなのかもしれないと、ジョーゼフは思った。

気分がざわざわして、ジョーゼフは手をのばして地面に落ちている木切れを拾った。それを、こぶしの関節が白くなるほど、ぎゅっと力をこめてにぎる。これでおれは何をしようというのか？　自分でもばかげている気がした。おびえる必要などないのに。

ミセスFは平然とした顔だ。どういうことだ？　あれがきこえないはずはない。おれと同じようにパニックにおそわれて当然じゃないか？

いったいこの音はなんなのかと、ミセスFにきくつもりはもちろんない。

ミセスFは調子っぱずれの口笛を吹きながら、何食わぬ顔で歩いている。

と、ふいに暗がりから、むさくるしい黒いかたまりが竜巻のように飛びだしてきた。ミセスFの前を過ぎてジョーゼフにとびかかる。武器をかかげるひまもなかった。

地面に転がされ、シャツと背中のあいだに砂利が入ってきて、ジョーゼフは思わず悲鳴をあげた。檻に入れられたどんな動物も、これほどみっともない声はあげないだろう。

ジョーゼフは肩をこわばらせ、腕をバタバタさせる。とびかかってきた動物はジョーゼフの顔の前で何度も歯をかみあわせている。木切れは役に立たず、地面に転がっているだ

4

け。いっそのこと、こちらからかみついてやろうと思うものの、身体が動かない。いまジョーゼフを地面におさえつけているのは動物ではなく恐怖だった。いまに全身をひき裂かれて痛みが広がると覚悟すると、別の声がほえた。

「ツイーディ。やめな！」ミセスFがぴしゃりといった。

「友だちだよ。男の子」

そういったとたん、たちまちうなり声がやみ、動物の力がゆるむのをジョーゼフは感じた。まだ胸の上にのっかってはいるものの、そいつのあごはもう、ジョーゼフの肉のいちばんうまそうな部分をさがしてはいない。鼻面が顔から少しはなれると、三センチほど先にチョコレートブラウン色のふたつの目が見えた。老人の眉毛のように、ぼさぼさした毛の奥にかくれている。

次はなんだ。きっと歯がくると思ったが、きたのは舌だった。よだれをたらした長い舌が、ジョーゼフのあごから髪の生えぎわまで、べろんべろんとなめまわす。

「やめろ！」

長い舌の持ち主は犬だった。ジョーゼフははずかしくなってさけんだ。熱い舌はむっとする悪臭を放って、別の犬の尻を長いことなめたあとのようだった。あるいはなめたのは自分の尻かもしれない。いずれにしろ、そんなものを顔に近づけられてはたまらない。ジョーゼフがおしやると、犬はあっさりはなれた。さっきまでの力はなんだったのか。

ごろんと横転して、自分の頭と鼻を手ではらう。ここで初めて犬をまともに見て、ジョーゼフの胸に羞恥心がわきおこった。

こんなものにおびえるなんて。予想したのはジャーマン・シェパードのような犬だった。ナチスの将校が持つリードをぐいぐいひっぱって、臆病な群衆をすくみあがらせる役目をするような犬。何かこう、重量感と力を全身にみなぎらせた動物。しかし情けないことにジョーゼフがおびえていたのは、長毛のホイペット種のような小型犬だった。

子犬ではない。からんだ毛のなかに、たくさんの白髪がまじっている。それなのに、若い犬のようにキャッキャッと飛びはねて、自分のしっぽにかみつこうとして、目がまわりそうなスピードでぐるぐるまわっている。ここまでむさくるしい犬は生まれて初めて見た。あごひげには食べ物のカスや、なんだかわからないものがこびりついているし、全身の毛にいろんなものがからみついていて、花盛りの茂みのようになっている。

最後に身体を洗ってもらったのはいつだろうと、ジョーゼフは思う。いや、ここまでくると、洗ってきれいにするのは無理だ。耳からしっぽまで、全部きれいにそりあげて、新しい毛が生えてくるのを待つほうが手っとり早い。

「恐ろしいけものでしょ？」

ミセスFが犬の背から顔をのぞかせ、にっこり笑う。

「この園全体で、いちばんおっかない動物かも。ふだんはわたしといっしょに暮らしてい

4

るんだけど、あんたがやってくるから、昨夜はここにおいておいたの。番犬の任務を真剣にまっとうしようとするのよ」

　そういうと、ポケットから何か小さなおやつのようなものを出して、それを犬に放った。犬はそれをがぶ飲みして、もっとちょうだいというように、気をつけの姿勢をとった。

「飼い犬？」

「それはどうかな」

　ミセスFは犬にかがみこみ、ちょっと顔をゆがめた。

「カバの檻で眠っているところを見つけたの。七か月前にね。どうやって入りこんだのかわからないんだけど、えさを横どりされないかぎり、カバたちも気にならないようだった。それどころかカバたちは、ここからほかの動物園へ移送されるとき、この犬を残して去らなきゃいけないのをほかのどんな動物よりも悲しんだ。ああいう大きな動物が実際に泣くことができるのかどうか、それはわからないけど、このマヌケ犬を残していくのをいやがってね。ツイーディに率いられて、ようやくトラックに乗ったの」

　ミセスFがこんなに長く語ったのは、ジョーゼフがここに来て初めてのことだった。それに口調もこれまでとちがうし、わずかだけれど、身体もリラックスしていて、犬の毛にくっついた葉っぱやごみをていねいにとってやっている。むさくるしい犬にこれだけの気遣いを見せるのに、おれには命令と要求しかしない。

葉っぱやごみをとってきれいにしてもらった犬は、ジョーゼフに注意をもどし、両手をくんくんかいでから、そのまわりを小走りでくるくるっとまわった。ワンワンほえて、いっしょに遊ぼうといっている。それを無視して、ジョーゼフは大きな檻のほうへ歩いていった。自分が檻の外ではなく、なかにいるような気がしていた。

「わたしなら、そっちの檻にはあまり近づかないようにするけどね。アドニスは新しい人間が好きじゃないから」

「ここにいるだれかさんと同じだ」

ジョーゼフはぼそっといって、ミセスFを無視してさらに近づいていった。

檻のなかは暗い。広すぎるし、影が落ちているしで、終わりが見えないが、奥のほうにほっ立て小屋のようなものがあるのはわかる。板壁で囲んだ上に波形のブリキ屋根がのっている。ミセスFはおれをおどかそうとしているだけだろう。ほかの檻と同じように、この檻もなかはからっぽだった。

ジョーゼフは棒きれを拾いあげる。自分の腕と同じぐらいの長さだ。それを鉄の柵に当てながら歩いていく。カンカンカンと、音楽のようにひびく音が耳に心地よく、手から腕や胸へ、じんじん伝わってくる振動も楽しい。檻のはずれまで行くと、くるりときびすを返して、同じことをしながらまた来た道をもどっていく。ミセスFにもう一度注意されたものの、今度も無視した。

4

と、檻のなかほどまでもどったところで、いきなり異変が起きた。

警告もなく、空襲のサイレンも鳴らなかった。津波のような動きと耳をつんざく音が空気をふるわせていると思ったら、何かが鉄柵に体当たりしてジョーゼフの指から棒をもぎとった。ジョーゼフはぎょっとして後ろへ飛びのき、足がもつれて地面に倒れた。

音は続いている。それもふつうじゃない、いまだかつて経験したことのない、すさまじい音。耳をかきむしられるような衝撃に、思わず耳をぎゅっとおさえた。そこから血があふれてきそうな気がした。なんなんだ、これは？　おれへの罰か？　なんでこんな目にあわなくちゃいけない？

さわぎはいっこうにおさまらない。檻のなかに何がいるのか知らないが、そいつはいまも鉄柵に体当たりを続け、鉄の棒のあいだから毛むくじゃらの長い腕をのばしている。ひっかかれると思ってジョーゼフは地面をはうようにして逃げる。

サルだ。いや、それより大きい。ずっとでかい。しかも激怒している。

これはまずいと、ミセスFが動きだした。はなれようとしているジョーゼフとは逆に、鉄柵に近づいていく。ジョーゼフが、はあはあ息を切らしながら見ていると、ミセスFは片腕を前にのばし、檻にむかって手のひらを見せながら、ゆっくりゆっくり歩いていく。そのあいだ頭は低くして、檻のなかのモンスターとは決して目を合わせない。

なんのまねだ？　檻のなかを見て、やつがどんな状態でいるか、わかっているはずじゃないか？　きっと八つ裂きにされる。正気じゃない。

ところがミセスFはじつに落ち着いていた。檻との距離がせばまるにつれて、さらに歩調をゆるめ、今度は話を始めた。いや、実際には妙な声を発しているだけだ。耳ざわりな低い声でうなりながら、のばしていないほうの手をポケットにもぐりこませる。

鉄の柵まであと数センチ。モンスターがまだ興奮して体をゆらすなか、ミセスFは鉄柵の真ん前で、すとんとしゃがみ、檻の主とそっくり同じ格好になった。ゆっくりと頭を下げ、ポケットからニンジンをとりだし、ガブリと食べるまねをする。檻の主は興味をひかれたようで、わずかに怒りをといて、ミセスFをじっと見ている。

ミセスFは、がぶりともう一口、さらに一口。それから、スローモーション映像のように、ことさらゆっくりとニンジンを持った手をのばしていって、鉄柵のあいだに入れた。その手を動物の手がさっとかすめ、ニンジンをうばった。

どうなる？　どうもならない。動物はニンジンをむしゃむしゃやりながら、下腹をぼりぼりひっかいている。たぶんノミがいるのだろう。見ていると、ミセスFもそのまねをして、下腹を手でこすりだした。

ニンジンはあっというまに動物の腹におさまった。まだ口をもぐもぐさせながら、そいつはミセスFに背をむけた。影のあたりへ、ゆっくり、ゆっくり、歩いていく。ミセスFも立ち上がって、こわばったひざをほぐした。

4

「心配いらないよ。初めて見る顔だから、なんだろうって、アドニスはたしかめようとしたんだ。すぐにあんたは、あの檻のなかをそうじすることになるからね」

「檻のなか？　やつがなかにいるときにそうじ？」

「そう。アイスクリームを食べさせに、外に連れ出すわけにはいかないでしょ？　それに、鋤を檻に入れておいても、自分で自分のふんを片づけはしない。そうじは眠っているときにすることもあるし、そうじゃないときもある。信頼第一」

「おれは、あのなかには入らない」ジョーゼフはぼそっといった。

ミセスFはきいておらず、話もまだ終わっていない。

「教訓その一。つねにミセスFの言葉に耳をかたむけること」

一瞬の間。

「教訓その二。動物園ではつねにミセスFの言葉に耳をかたむけること。動物園のなかでは〝特に〟ってこと。三つ目の教訓は思いついたらすぐ教える」

それだけいうと、地面に尻もちをついているジョーゼフに手も貸さず、ミセスFは歩きだした。そのあとをくるくるまわりながらバカ犬がついていく。

ジョーゼフは檻から目がはなせない。いったい何が起きたのか、まだよくわからない。わかっているのはひとつだけ。アドニス（それがあの動物の名前なら）は、おれのことが気に食わない。おれと出会う、あらゆる人間がそうであるように。

5

動物園のなかにいるというのに、楽しくない。アドニスとの初顔合わせで痛い目にあい、それで不機嫌になっているという以外にも理由はあった。

どうしてああいうことになったのか考えずにはいられない。おれを見ると、だれであろうと本能的にむかっ腹が立つということか？　出会った相手から嫌悪感しかひきだせない、おれはそんなにいやな人間なのか？　そもそも、あれでよかったのか？　仕返しをするべきだったんじゃないか？　わからない。あの出来事がおれに何かを教えているとしたら、おまえはああされて当然の人間で、これからも同様のことが起きるぞという警告だろう。いろんな考えが身体の内側でぶくぶく泡を立てて煮えたぎっている。どの泡もつぶすことはできず、結局いつもと同じやり方でやりすごすしかなかった。不機嫌を通す、ということだ。

「ふざけたサルめ」

つぶやいたあとで、ミセスFがすぐ目の前にいると気づいた。

5

「そういう言葉を本人にきかせちゃだめ」

ミセスFがいって、くさいオーバーオールをジョーゼフに放ってよこす。

「それに彼はサルじゃない。ゴリラだよ。背中の毛が銀色になった、シルバーバックっていう、ゴリラの群れのボスなんだ。動物園のほこりといっていい。開園しているときはそうだった」

言葉が尻すぼみになった。その理由はジョーゼフにもわかる。もうここには、ほこれるようなものはほとんどない。

ジョーゼフはしぶしぶオーバーオールを身につけた。ふんがかたまってこびりついている。それもかさぶたのようにひからびて、脚の上から下まで一定の間隔をおいて付着している。こんな身繕いが必要になる仕事は何か、考えてもよくわからないが、愉快なものじゃないことはたしかだろう。仕事にかかるより先に、ジョーゼフはミセスFに案内されて園内をひとめぐりすることになった。まずは状況を知っておけということらしい。

「どこに何があるか、二度はいわない。だからすねてないで、しっかり話をききなさい」

ぴしゃりといわれた。

まずは水族館から。といっても魚はいない。水もほとんど入っていない。ジョーゼフはこの手のものにくわしいわけではないが、水槽のなかで生きているのは藻類だけだとわかる。そえ物の、火を通しすぎたホウレンソウのように、水槽のガラスにへばりついている。

「超高級ホテルとまではいかなくても、もう少しきれいにしたっていいんじゃないの？」

ジョーゼフはせせら笑った。

「うん。だけど、よくいうじゃない。せっかく犬を飼っているのに、飼い主にほえさせてばかりじゃもったいないって」

冷たい笑みを返してきた。

くそっ、いやなやつ。きれいにするのは飼い犬の役目。つまりあんたにまかせると、そういっているのだ。ああいえば、こういう。何をいっても相手は返す言葉に困らない。ばあちゃんもそれを知っていたにちがいない。まあいい、いまに見ていろ。必ずやり返してやるから。

水族館内を歩きまわっていて不思議だったのは、大量の粘着テープが水槽にはられていることだった。縦にも横にもびっしり。まるで四歳児がプレゼントをラッピングしたみたいだ。テープを指でたどってみても、これになんの意味があるのかさっぱりわからず、ジョーゼフのひたいにしわがよる。

「爆弾が落ちてきたときのため」ミセスＦが上を見あげていった。屋内で空は見えない。

「ガラスが粉々にわれるのをテープが防いでくれる。われて、とりかえるとなったら、そうとうな額になるからね」

「魚はどこ？　死んだ？」

となりでミセスFが身をかたくするのがわかった。

「そう、死んだのもいる。外の池に移されたものもね。低温に耐えられる種類はそれができるけど、そうじゃないものは……だいたいえさ代が高騰して……」

ためらっている。それに気づいてジョーゼフは、さらにつっこんでいく。

「何？　飢えて死んだの？　それとも庭の置物のこびとみたいに、あなたがそこにすわって水槽に釣り糸をたらしたとか？」

ミセスFの怒りに火がつき、めらめら燃えあがって全身に広がったのがわかった。ジョーゼフは喜んだ。これでようやく相手を怒らせることができたと思った。しかし、またもや空振りだった。ミセスFはいたって冷静に、冷たい一言を返してきた。

「いいえ。釣りざおは持ってなくて、鋼鉄のはしごと網しかなかった。一匹一匹、水槽からすくって外に出して、死ぬのを見ていた。なかにはいつまでも息をしているものがあって、苦しそうにもがいているから、わたしが楽にしてやらなきゃいけなかった」

ジョーゼフは言葉を失った。こんなことをいわれて、どんな言葉が返せるだろう。考えただけで恐ろしい。ふだんどんなにつっぱっている自分でも、そういう状況におかれて、ミセスFと同じことができるかどうかわからない。さも当然のようにそれを認めることも。

じゃあどうしたらいい？　とうさんがここにいたら、なんというかはわかっていた。おれを射貫くような目で見つめ、あやまれと、そういうにちがいない。

でもとうさんはここにいない。とうさんもおれをすてた。仕方がなかったのはわかる。でもその結果おれは、おれをとことんきらう女といっしょにいる。

「ひでえな」それだけいうのがやっとだった。

「そうよ。じゃあ、ここはもういい？　残りを案内するから」

ミセスF(エフ)は先へずんずん歩いていく。


その先もあちこち連れていかれたが、見るべきものはほとんどなかった。

「あれはゾウのいた柵(さく)……」

「老いたライオンのねぐらだった……」

「あそこでペンギンが泳いでいた……」

ほとんどが過去形で語られる。過去の栄光も動物も、田舎の動物園へ移されたか、飢(う)え死にする前に処分(しょぶん)された。

みすぼらしい鳥たちが入った野鳥小屋を通りかかったときには、どの檻(おり)の前に立ったときより、ミセスF(エフ)がほっとした顔になった。しかし、檻(おり)のなかに植わっている樹木(じゅもく)のしょぼくれた葉っぱをヒトラーのチョビヒゲになぞらえたジョーゼフのジョークはまったくウケなかった。

ラクダやポニーのほかにヘビもいた。ヘビ（ジョーゼフががっかりしたことに、毒ヘビはいなかった）は、ガタのきた建物のすみっこに身をかくしていた。げっそりやせたオオカミが二頭いて、ジョーゼフに気づいて檻のなかをせかせかと歩きだした。しかしジョーゼフは怖いとは思わず、危険も感じない。口のなかが見えた。歯よりも歯茎がめだっている。

「見るべきものがたくさんあって、いいねえ」

皮肉をいったものの、ミセスFは食いついてはこなかった。

「理想にはほど遠いけど、わたしにいまできることは、ほとんどないからね。昔からの家族経営で、父のあとを兄がついだから、そのふたりのためにも、この狂気の沙汰が終わったあとも、それなりに残るようにしておかなきゃいけない」

「どうやって食わせてる？」

「ここの連中は配給帳なんて持ってないでしょ？　だから、わたしにできることをするだけ。どこかから集めてきたり、人に頼んだり、取引をしたりする。これからあんたに、それをやってもらうから」

「おれが？」

「そう、あんたがやる。それで思い出した。そろそろ時間だ。肥やしは勝手に移動してくれないからね」

「肥やし？」

この先に待ちかまえているものを想像して、とたんに気がめいった。

「二トンの肥やしをラクダの柵から移動させる。今日じゅうに配達しなきゃいけない」

「ラクダのふんをほしがるやつがいるって？　マジで？」

「マジで。いまは戦時中。それを忘れなさんな。地元のサッカー場が市民農園に転用されたけど、粘土質の土壌で何も育たない。だけどラクダのふんをまぜれば、六週間後にはそこでパイナップルだって育てられる」

「なるほど。で、トラックはどこ？　荷台に積むんだよね？」

「トラックにはガソリンが必要。灯油もね。でもって、うちにはそのどっちもない。だから、手持ちの動力をつかう。動物が出したもんなんだから、運ぶのにも、多少力を貸してもらう」

それはいい考えだが、ラクダはシャベルをつかいこなせず、その仕事はジョーゼフにまかされた。檻の前に広げた巨大なシート二枚に、ラクダのふんをわずかも残さずにシャベルですくってのせていく。そのあいだ、ラクダたちを動揺させないのが肝心だ。

「お尻に近づきすぎない。いきなりけってくるからね」ミセスＦが檻の外から注意する。

ジョーゼフは反応しなかったが、頭のなかにふたつのことを明記しておく。ラクダの尻には近づかないこと、そしてこの新たな地獄につき落としたミセスＦに、なんらかの仕返しをすること。しかし、ミセスＦの注意はまだ終わっていなかった。

「そうそう、頭にも注意して。つばをはくからね、一頭残らず。肺にたまったつばをどっと浴びせられたら、それから何日もにおうよ。ホースで水をかけて洗ってもとれない」

ふたつの注意事項をきいて恐怖とおぞましさに身体がまひしたとしても――実際そうだった――ジョーゼフはそのあと、あぶなっかしいダンスをすることになった。ラクダの動きに合わせて、うっかり近づかぬよう始終ぴょんぴょん飛びはねていなければならない。ラクダのほうはいらついた様子を見せながら、おもしろがってもいるようだった。

もうひとつやっかいだったのは、仕事が進むにつれて、たまらなく退屈になってくることだった。おまけに、においにまったく慣れない。この食糧難の時代に、こいつらがどうして大量のふんをするのか、わけがわからなかった。退屈が頂点に達すると、ジョーゼフは休みをたくさんとるようになり、そうなると少しでもおもしろそうなものがないかと自然と檻の外に目がむく。そんなとき、アドニスの檻のなかで、ミセスFが鋤とバケツを手にしているのが目に入った。

ジョーゼフはわらのなかにシャベルを落とし、檻の外へ出て目をみはった。アドニスの檻をそうじするというのは冗談じゃなかった。しかしミセスFが檻のなかにいるのなら、ゴリラはどこだ？　ねぐらに鍵をかけて閉じこめているにちがいない。ところがそこで、アドニスの姿が目に飛びこんできた。ミセスFのいるほうへゆっくりと近づいていく。

ジョーゼフは思わず息をのむ。見えてるよな？　ゴリラが近づいてくるってわかってるよな？　教えてやるべきか。でもそれでアドニスが動揺して凶暴化したら元も子もない。

結局見ているとしかできず、息をつめて見守っているとミセスFがアドニスに気がついた。すぐに腰を落としてしゃがみ、顔を地面にむける。アドニスはどんどん距離をせばめ、手がとどくところまで来てようやくとまった。そこから一撃されれば一巻の終わりだが、ミセスFはまだ動かない。じっとしたまま背中だけが呼吸に合わせて上下している。どうするつもりだ？　いったいこの苦境からどうやってぬけだす？　その方法を知っていたとしても、そのそぶりは見せない。ミセスFは胸や脚をひっかくという、アドニスのちょっとした仕草をまたまねして、鏡になりきっている。

それから新たな動きが始まった。片手をポケットに入れて、ひとにぎりの草をとりだし、まるで神様にささげるように、ゴリラの目の前に持っていく。そのときも頭は下げたままだった。アドニスはゆっくり草をつかむと、しげしげと見つめてから、口のなかにおしこんだ。

アドニスはからっぽになった手をのばすと、ミセスFの頭をポンポンと二度たたいた。それからゆうゆうと去っていった。

ジョーゼフはつめていた息をようやくはきだしたが、ミセスFが仕事を終えて、檻から出るまで、一瞬も目をはなさなかった。

わけがわからない。ジョーゼフは首を横にふった。ミセスFは、信じられないほど勇敢なのか、それとも恐ろしくマヌケなのか、決めかねていた。どちらにしても、同じ状況に自分がいたら、あんなふうに自信たっぷりに楽々と乗り切れたとはとても思えない。そもそも、アドニスにたちまち嫌悪感をむきだしにされたあとでは、とても無理だ。なんだか神経がピリピリしてきた。ミセスFにサボっているのが見つかって、仕事にもどれといわれて、さらにムカついた。

　全部終えるまでに、どれだけの時間がかかったのか。手のひらに並んだ豆を見るかぎり、気が遠くなるほどの長時間だろう。少なくともいまは寒さを感じない。

「よし、第一弾はそこまで」ミセスFがため息をついていった。

「やっと終わったね。第二弾は運搬だけど、これはわたしも力を貸さないと。あんたにはまだ、うちのやり方がわかっていないからね」

　そういうと、檻に入ってきて、ドアにかかっていた引き具をとりあげた。それをためらうことなくいちばん大きなラクダの頭にかけ、落ち着いた様子で外へ連れ出した。二本のロープを両わきに接続し、それをシートの一枚に結びつける。肥やしを運ぶ奇妙な橇のできあがりだ。

「市民農園は通りの二本先。奇異な目で見てくる連中がいるかもしれないけど、あんた、そんなのは慣れてるよね」

「あんなものをひいて道路を歩けない」

「どうして？」

「みんなに笑われる」

「それが何？」

「あなたは気にならないかもしれないけど、おれは気になる。ラクダがふんをひっぱっていくなんて。その先頭におれが立つなんて冗談じゃない！」

ミセスFは首を横にふっている。

「このダフネが、あんたのいうとおりに動くって、本気でそんなこと思ってるの？ 着いたときには、ふんは化石になってるよ。最初からよくばらずに、少しずつ運んでいく。悪いがそういうことなんだ」

そのあとの展開に、ジョーゼフの絶望はさらに深まった。ラクダが入っている檻より、もっとずっと小さな檻から、ミセスFは小さなポニーを二頭ひっぱってきた。スタン、オリーと呼んだら反応したから、そういう名前なんだろう。

「冗談だろ」

「わたしは冗談をいわないって、さすがにもう気づいてもいいんじゃない？」

「なんのゲームだか知らないが、おれはやらない」

「いわれたとおりにやる」ミセスFがどなった。

「もしやらなかったら？ おれをばあちゃんのところへ送りかえすって？ やれるもんならやってみなよ。ばあちゃんにとっておれは厄介者だって、あんたも知ってるはずだ」

5

ミセスFはため息をついた。

「ジョーゼフ、頼むから、いわれたとおりにしてくれない？」

ジョーゼフは首を横にふった。するとミセスFが先を続けた。

「あのね、あんたがここにいたくないっていうのはわかる。おばあさんのことをどう思っていようと、あんたは家に帰りたいんだよね。おばあさんの何があんたをいらだたせるのか、わたしは知らない。家じゃあんたは、おとうさんになついていた。いまは不在でもね。だけど、あんたが家に帰るには、このゲームをやるのがいちばんなの。ジョーゼフはそんなに悪いやつじゃない、いわれたことをちゃんとやれるって、おばあさんにわからせてやればいい」

ジョーゼフは怒りで頭がくらくらしてきた。相手のしゃべり方が気に食わない。まるで故郷で何があったのか、全部知っているような口調だった。それに、とうさんのことをひき合いに出すのもムカつく。何も知らないくせに。毎日とうさんが恋しくて仕方ないのも、いちばん必要としているときにとうさんがいないのがどれだけ頭にくるかも、この人は知らない。ミセスFに、とうさんをひき合いに出す権利はない。

発散できない怒りに左右の足を何度もふみかえて、こぶしをにぎってはひらく。ミセスFがじっとこっちを見ているのがわかる。おれに何かいってほしいのだ。

しかし、いえない。どんな言葉をつかえばいいかわからないし、何かいったところでばあちゃんと同じで、これっぽっちもわかりゃしないだろう。腹が立つ。それどころか、はらわたが煮えくり返っている。怒って当然だ。とにかく、ここは相手をだまらせたい。そのためにポニーの手綱をひったくるようにしてつかみ、ジョーゼフは用意ができたことをミセスFに知らせる。

「じゃあ、行くよ！」とミセスFに発破をかけられ尻をたたかれて、ダフネがゆっくりと動きだした。怖い物知らずのツイーディがダフネのかかとにパクッとかみついて加勢する。

今日一日が終わるか、地面がおれをのみこんでくれるか。どっちでもいいから、とっとと終わってくれと思った。ジョーゼフはミセスFと同じことをしてみるものの、結果はまるでちがった。尻をたたかれたのをスタンは膀胱をからにしろという合図だと思ったらしい。ジョーゼフのオーバーオールにこびりついたふんの上に黄色い滝がどっと落ちてきた。ジョーゼフのなかにまだ涙が残っていたら、その場に立ち尽くしてくやし泣きをしたことだろう。

6

サーカスが町にやってきたときのようだった。

よく覚えている。サーカスのショー、そのものじゃない。チケットを買えるほどとうさんは裕福じゃなかったけれど、始まる前に町を練り歩く行列を見たことがあった。世界一すごいサーカス・ショーが町にやってきたと、みんなに知らせて歩くのだ。

宣伝してまわる奇妙な行列を見て、みんなは指をさして笑う。いい見世物だ。それをやらされるほうの気持ちが今日はじめてわかった。

生ぬるい湯のなかに頭までしずんでも、はずかしさが消えない。

家に帰ってくると、まずはおふろに入らなきゃとミセスFがいい、やかんでお湯をわかしだした。しばらくすると敷物の上におかれたブリキの浴槽から白い湯気がたちのぼった。ミセスFには子どもを最初に入れてやろうという気遣いはまるでない。「すんだら呼ぶから」といって、ジョーゼフは二階の部屋へ追いやられた。

喜んで自室にひきあげてベッドに横になると、時計のチクタクいう音と、床板のすきま

からかすかにきこえてくるミセスFの鼻歌をきいていた。

ずいぶんたってから、おりてくるようにと声がかかった。

「まだお湯は冷めてないから。せっけんは浴槽のへりにおいてある。でも全部つかっちゃだめ。今月いっぱいもたせるんだから」

ジョーゼフは、ひょいと肩をすくめた。せっけんなど減るわけがない。ふろに入りたいとは、まったく思わなかった。その場に立ち尽くし、ひとまず服をぬいでいると、二階にあるミセスFの部屋のドアが閉まるのがわかった。さっとすませようと、ジョーゼフは思う。ミセスFがつかった湯に自分もつかるというのがいやだった。

最後にふろに入ったのはいつだったか、思い出せない。ばあちゃんはもうおれに何かをさせようとするのをあきらめてしまって、ふろに入れるなんていうのは、リストの最後に追いやられていた。けれど、いやいや入ってみると、二番ぶろとはいえまだ湯は温かく、筋肉がほぐれていくのがわかった。しかし心まではほぐれない。

まったく屈辱的な一日だった。動物園から市民農園までは、通りを二本進むだけでいいのに、その距離が何キロにも感じられた。ゆっくりと、しかし着実に荷をひくダフネに、見物人たちは甘い声をかけてきた。平凡な街並みに異国の動物がいるのがめずらしいのだ。

スタンとオリーのほうは、人のいうこともきかなければ、見物人に畏敬の念を起こさせることもなかった。ジョーゼフが追い立てようとすると決まって足をとめ、肥やしの山を

6

さらに高くしていく。身体に比して、まったくありえない大量のふんをするので、公衆の面前で何度はずかしい思いをしたかわからない。

通りに立っている子どもたちが、おもしろいことが始まったというようにじっとこっちを見てきた。指をさしてゲラゲラ笑う。なかには笑いすぎて溝に転げ落ちる者もいたが、近づきすぎてダフネのキックをまともに食らうと、もう笑わなかった。ジョーゼフの頭から緊張がとけるのはこういうときで、手綱をすてて子どもたちを追いかけずにすんだ。

しかしいまになっても、こうして湯のなかに顔をしずめていても、ジョーゼフの耳には子どもたちの笑い声がきこえていて、顔がかっと熱くなる。

怒りのやり場がないままに、顔を湯にしずめたままバシャバシャやって水面を泡だらけにする。ところがそこへ、新たな音が入ってきた。くぐもっているが、せっけんが耳に入った音ではなかった。ウ――ウ――ウ――という連続した音で、のんきに浴槽にしずんでいる自分にも、何やらせっぱつまって感じられる。無視しようと思うものの、音はどんどん大きくなっていくので、しぶしぶ湯から顔を出した。耳からぽんと空気がぬけると同時に、閉めた窓を切り裂くようにして、外で鳴っている空襲警報が入ってきた。

浴槽の左右のへりに手をおいて身体を起こしたところで、ちょうどドアがあいて、ミセスFが現れた。いつも以上に髪の毛が爆発していて、いっしょにやってきたツイーディの毛も、ごみのなかを転げまわったあとのようにぼさぼさだった。

裸を見られてジョーゼフはうろたえ、飛び散る湯が床をぬらすのも気にせずに、またバシャンと浴槽にしずんだ。このときばかりはミセスＦも怒った様子を見せない。

「ノックってものを知らないのかよ？」ジョーゼフがどなってもミセスＦは怒らない。

「ああ、知らない。ヒトラーも同じ」

そういうと、ゴワゴワしたタオルをジョーゼフのほうへ投げ、床にぬぎすててある服を拾い集める。

「タオルで身体を巻いて、急いで出なさい」

いいなりになるのはしゃくだったが、こうしているあいだにも、世界が一気にくずれ落ちてくるかもしれない。そう思うと急に恐ろしくなり、立ち上がってタオルを巻き付けると、ミセスＦのあとについて裏口から外に出た。

寒いなんてもんじゃない。冷たい風に凍りそうだ。きっと、身体からしたたる湯がつららになっている。皮膚がじんじんするのを感じながら、ミセスＦのあとについて、庭はずれにある防空壕へむかう。

もちろん故郷にも防空壕はあった。くしゃみひとつでくずれてしまいそうな、まったくみすぼらしいものだったけれど、べつに気にしたこともなかった。ドイツ空軍がわざわざこんな北までやってきて、爆弾を落とすわけがないと思っていた。

だけど、ここはどうだ？　都会はヒトラーの格好のターゲットだ。きっとこっちの防空

6

壕はもっとずっと頑丈にできていると思っていたのに、目の前に現れたのは、奥の塀に土嚢を乱雑に積み上げて、その上に波形鉄板で形ばかりの屋根をつけた代物だった。正面には、また別の金属板が立てかけてあって、そのドアとも呼べないような入り口をミセスFがわきによせてあけた。

「入って！」

どなりながら、ミセスFは目を空にさっと走らせる。

こんなところに入っても意味はなさそうだったが、ジョーゼフはしぶしぶ、いわれたとおりにした。こんなに動揺してピリピリしているミセスFを見るのは妙な気分だった。いまに至るまで、ジョーゼフの目に映っていたミセスFは、その激しい気性だけで、空を飛ぶナチスの爆撃機を撃墜できるようだったのに、いまはちがう。別人のようだった。

なかに入っても、さほど暖かさは感じない。せまくて窮屈な場所だった。ツイーディがふりまわすしっぽが、ふたりの身体に順番に当たり、タオルを落とさないように着替えをするジョーゼフのじゃまをする。

「身なりはきちんとね。いまにお客さんが来るから」

客？　セーターを苦労して着ながらジョーゼフは思う。こんなところでお茶会もあったもんじゃないだろう。

ちょうどそのとき、ドアが勢いよくあいて、ふるえる身体が三つおしこまれた。

「またお世話になるわよ」

女がミセスFにいう。女のあとにぴったりついている男はずいぶんと体格がいい。半分眠っている子どもを腕にしっかりかかえ、ランタンを手に持っている。暗がりのなか、ふたりにじっと顔を見られて、ジョーゼフはどぎまぎする。

「こちらはトワイフォード家のみなさんで、シルヴィー、トーマス、ルーファス」

ミセスFがジョーゼフに紹介する。父親の腕のなかで子どもがもぞもぞ動いたのが、唯一あいさつと呼べるもので、大人ふたりはだまったまま、ジョーゼフをまじまじと見ている。

「そして、こちらがジョーゼフ。彼のことは少し話してあったよね、シルヴィー」

そういったあとで女ふたりが顔を見あわせた。無言でいることで、すべてを語っていた。

「ええ」

シルヴィーがいって、ジョーゼフの顔を再度確認する。それからできるだけ奥へ行こうとするのだが、狭苦しい場所では難しい。

「じゃあ、わたしは行くから」

ミセスFがいった。外の状況を考えれば、まったくおかしな発言であり、さすがのジョーゼフもきかずにはいられなかった。

「行くって？　どこへ？」

6

「仕事」

決まり切ったことをきくなという口調だった。

ジョーゼフはうす暗がりのなかで眉をひそめた。いまは肥やし集めをしている場合じゃないだろうに。

「あんたはここにいていいって、シルヴィーがそういってくれてるから。終わるまでね。ツイーディもそう」

これにはすぐシルヴィーから抗議の声があがった。

「ちょっと待ってよ。この子のめんどうは見るっていったけど、犬となれば話は別。わたしの見解は知ってるはずでしょ」

ジョーゼフは眉をひそめた。ケンカイ？

ミセスFがすぐ反論する。

「ツイーディを連れていけっていうの？　この危険な状況で？」

「ざっくばらんにいうけど、あなただってみんなと同じようにすればよかったのよ。悪くとらないでね。でもこの戦時中にペットを飼っていること自体が残酷だって、みんなそう思ってるの。えさ代だってかかるでしょ？」

「この子は、あなたの配給帳には手を出さないよ、シルヴィー。ふところが痛むのはこのわたしだけ。それにわたしは、健康な動物をその必要もないのに処分するなんて絶対しない。こんなこと議論している場合じゃないし、ここはわたしの庭だから、あなたの見解とやらは、しまっておいてほしい。

さあ、ジョーゼフ、ツイーディのめんどうをちゃんと見るんだよ。目をはなさないで。それと終わったらすぐベッドにもどること。わたしもそう遅くならないうちに帰ってくるから」

それで口を閉ざし、それ以上ジョーゼフが何もきけないまま、ミセスFはドアをたたきつけるようにあけて、警報の鳴りひびく外へ飛びだしていった。かわいそうに、ツイーディもあとを追いかけようとして、一生懸命もがいている。

自分の人生は悪いほうへむかっている。いまの状況も、それを証明する新たな例だとジョーゼフは思う。世界が戦いのさなかにあって、故郷で唯一おれをたいせつにしてくれていた人は戦場に行ってしまった。そしていま自分は、故郷よりも爆弾が落ちてくる可能性がはるかに高い都会へ送りだされた。吹けば飛ぶような屋根の下、じめじめしたごみ穴でヒトラーにおびえながら、知りもしない家族と、ヒトラー以上に正気を失っている犬と身をよせあっている。

ツイーディも同じように、この状況にむかっ腹を立てているようだった。落ち着くどころか、相変わらずめちゃくちゃにあばれ、常軌を逸した囚人さながらに泥壁を無我夢中でひっかいている。だれも自分に手をさしのべてはくれないとわかると、ウォーンと

6

遠ぼえをし、一瞬静かになったと思うと、ジョーゼフの靴下をガシガシかんでいる。いっしょに外に出ようと懇願しているのだ。

選択肢も与えられず、有無をいわせずおき去りにされる。そうされる者の気持ちが、ジョーゼフにはわかりすぎるほどわかっている。自分だっていやなのだ。

「心配すんな」

人がペットに話しかけるときによくつかうような、甘い声はあえて出さない。

「すぐにもどってくるさ」

しかし、その背中を何度なでてやっても、あごの下でからみついている毛をいくらほぐしてやっても、ツイーディはおとなしくならず、最後にもう一度めちゃくちゃに壁をひっかいたかと思うと、いきなり作戦を変えてドアに体当たりした。ちょうど自分の体が通りぬけられるだけのすきまがあいて、勝ちほこったように外へ飛びだしていった。

「マジかよ！」

ジョーゼフはうなった。防空壕で犬を逃がすなんてありえない。

「どうして外に出しちゃったの！」シルヴィーがどなった。

「連れもどしてくる」

ジョーゼフはきすてるようにいった。こんなやつらといっしょに、これ以上ここにいたくなかった。ふたりともおれを見下しているのは見え見えだ。

どこかにはさまっていて、ドアは動かない。すきまに身をねじこんで外へ出る。いっしょに行けと、シルヴィーが夫をせっついていた。

「マーガレットの逆鱗にふれたいの？　子どもの身にでも犬の身にでも、何かあったら大変なことになるわよ」

しかしそのあと聞こえた悪態からすると、ミスター・トワイフォードには防空壕を出る気はこれっぽっちもないとわかる。

ジョーゼフはさっそく犬をさがした。どうせ庭で自分の影を追いかけているんだろうと思ったら、どんぴしゃだった。

「ほら、こっちへおいで」

猫なで声を出して、そうっと近づいていく。まったくおれらしくもない。

「いっしょになかへもどろう」

しかし犬は耳を貸さない。それどころか、この機に乗じておれに意地を見せつけてきた。あんたと同じでボクだって、人のいいなりになんかならないぞとばかりに、おとなしく地下へもどる代わりに正反対の方向へいきなりかけだした。そうして隣家の庭のフェンスを一気に飛びこえた。

「あの野郎」

ジョーゼフはうめいた。なんだってこんな目にあわなきゃならない？　それ以上に重要な問題は、どうするかだ。

　考えられる行動がふたつ頭に浮かんだ。どちらも簡単だが、結末は同じように悲惨だ。犬を追いかければナチスの爆弾が落ちてくるかもしれない。自分ひとりで防空壕にもどれば、ミセスFの爆弾が落ちる。どっちにしても泣きを見る。そもそもおれはミセスFにそこまでしてやらなきゃいけない義理はない。けど、いやな夫婦に文句をいわれながら、あの穴ぐらにおしこまれていたいとは思わなかった。

　くそっ、どうすりゃいい？　ジョーゼフは空を見あげた。あたりはしんと静まって、警報の音だけがひびいている。なんにもない。爆撃機ひとつ見えない。

　この状況でなんの危険がある？　ジョーゼフは自分の胸にいいきかせる。犬を追いつめて防空壕へ連れてかえり、そのあとはひたすら無口で不機嫌な男で通せばいい。

　ジョーゼフは走っていって、フェンスをぶざまに乗りこえた。

7

　しかし計画はすぐ壁にぶつかった。

元凶はあのクソ犬だ。ホイペット種の遺伝子がそうさせるのか、隣家の庭から飛びだしていったかと思うとさらに六軒のフェンスを飛びこえた。それもものすごいスピードで。ジャンプもまた目の覚めるように見事だった。ジョーゼフは走りながら口をあんぐりあけて、真っ暗な闇の奥をすかし見ている。まるで大障害物競馬の勝者のように、ツイーディは次から次へフェンスを飛びこえていく。そのあとを必死になってついていく自分が、よろよろの老いぼれ馬のように思える。そもそもジャンプは得意じゃない。だれかの背中に飛びついて、地面におし倒すときをのぞけば。

脚をフェンスの板ですりむいたうえに、やっかいなバラの茂みにしたたかにひっかかれた。それでも最後の障害を飛びこえると、ツイーディが大急ぎで角を曲がって、カームリー・ビュー通りから出ていくのが見えた。

「ふざけたヤツめ！」

顔をぎゅっとしかめ、全速力で追いかける。

「もどってこい！」

さけび声があたりにこだまする。ようやく警報がやんだいま、きこえるのは自分の声だけだった。通りは闇のなかにひっそり静まって、ここが都会であることをすっかり忘れてしまいそうだった。

くそっ、縁石につまずいて転んだ。頭にくるが、もしこれがなかったら先へ進むことは

7

ほぼ不可能だ。すみきった冬の夜ではあるものの、月は、地平線がどこにあるか教える程度の光しか投げてくれない。

立ち上がったところで光が炸裂した。目もくらむようなオレンジの光が地平線を走っていき、それを一連の白いスポットライトが追いかける。ジグザグジグザグとどこまでも。

何だ、あれは？　そうか、遠くで爆弾が爆発して、市民軍が爆弾を落とした犯人を追跡に出たんだ。本来ならワクワクする場面だろうが、あまりに……リアルすぎる。

そう思ったそばからあたりに爆音がとどろき、これは絵空事ではないのだと念おしされる。稲光のあとの雷鳴に似ていた。距離がどのぐらいはなれているのかわからないが、こうなったら一刻も早く犬をつかまえないと。爆撃機が近づいているなら、マヌケ犬を追いかけてこんなところをうろうろしてはいられない。

それでも逃げるつもりはなかった。おれは腰ぬけじゃない。自分の人生で何があろうと、それから逃げはしない。だから犬をつかまえるのだ。ミセスFのためじゃない、自分のために。他人は関係ない。

いた！　たぶんあれだ。お気楽に電柱をくんくんかいでいる。しかし足音で気づいたのか、またかけだした。

「ツイーディ！」

呼んだところで、返ってきたのは空襲監視員（人々を防空壕に誘導したりする一般市民）のどなり声だけだった。

「帰れ！　吹き飛ばされるぞ！」

もちろん無視。すぐかけだして犬を追う。懸命に足を動かすものの、方向が合っているのかどうか、完全に運頼みだった。あのばか犬はつかれを知らないのか？　こっちはもうへとへとで、まともに息も吸えない。

と、見覚えのある風景が目に飛びこんできた。ここは……。

ゲートの両わきに石の柱が二本。その横で一匹のむさくるしい犬が、せまいすきまに体をおしこんで通りぬけた。

動物園。そりゃそうだ。あのどさくさのなか、ツイーディが逃げる先といったら、ここしかないだろう。女主人を追ってここまで来たんだ。

ヒトラーの爆弾から逃れるにはなかなかいい場所だが、また別の戦争が勃発しかねない。おれと犬がのこのこやってきたのを目の当たりにして、ミセスＦが喜ぶとは思えなかった。ふん、どうだっていい。結局悪いのは、あんたのばか犬なんだからな。

しかし一歩なかへ足をふみ入れたところでまた新たな光が炸裂し、破壊音がとどろいた。すぐ近くというわけではないが、動物園の静寂を破るのに十分な近さだった。耳ざわりな鳴き声や金切り声があちこちからあがって、飢えたオオカミたちの遠ぼえがひびいた。

見つけるだけでいい。ミセスＦに見られないうちに犬を連れ帰ろうなどとは思っていない。さすがにおれもそこまでおめでたくはない。そんなことをすれば、ツイーディが大さ

7

わぎして、そうでなくてもガンガンしている耳がますます痛くなるだろう。

おれたちを同時に見つければ、きっとミセスFもそんなに怒りはしない。いや、それはないな。いずれにしろ激怒する。けど、それがなんだ？　どうでもいい。

それで園内をぐるっとめぐることにしたものの、また新たな爆発で地平線が光ったのを見てひるむ。野鳥小屋の前を通りかかると、小鳥たちがものすごいスピードで飛びまわっていた。スピットファイア（英空軍の戦闘機）の編隊さながらだ。ふだんはだらけているラクダまでが興奮して、何かけるものはないか、つばをはきかけるものはないか、さがしている。動物園のオオカミたちは遠ぼえに夢中で、その飢えた目をジョーゼフにむけることもなかった。

どっちの道を進んでも、ミセスFのいる気配はない。ひょっとしてここにはいないとか？　何かおれにかくしていることがあるのかもしれない。とうさんは別として、これまで出会った大人はもれなく、正直者の顔をしながらうそばかりついていた。

と、アドニスの檻が見えてきた。まずい。あいつのそばには近よりたくない。また怒りをぶつけられたらたまったもんじゃない。檻に近づいていきながら万一のために小石を拾う。もしこのあいだみたいなことになったら、臆することなく投げてやる。

しかしゴリラのいる気配はない。暗がりから、うなり声はきこえるというのに。

代わりに目に入ってきたのは、ミセスF。檻の鉄柵から二十メートルほどはなれたところに立っている。

そばによったとたん、何かものすごい違和感を覚えた。

地平線でまた爆弾が炸裂する。かなり近いのか、ミセスFの身体が反射的に動いてポーズをとった。何やってんだ。あのときみたいにゴリラを落ち着かせるのかと思ったら、ちがった。両足をひらいて立ち、ライフルをあごの下でかまえている。

ミセスFの手のなかでライフルはふるえていたが、ねらいはちゃんと定めて、いつでも撃てるかまえをとっている。ねらっているのはアドニスのねぐらだった。

8

このごろでは、ちょっとやそっとじゃおどろかなくなったが、これはまったく意味がわからない。いったい、なんのまねだ？　この檻の前にミセスFがいるのを最初に見たときには、そんなのありえないと思うような方法で、ゴリラをなだめていた。そのあとは、身を守るものを何一つ装着せずに檻のなかに入っていった。まるでゴリラが何を必要としているのか、わかっているみたいに。いや、それ以上だ。まるでミセスFは、あの獣を

8

愛しているかのようだった。

それなのに、いまはその命を絶とうとしている。わけがわからない。

「ミセスＦ？」

声をかけて、ごくりとつばを飲みこんだ。遠くでまた新たな爆発が起きた。

ミセスＦの目がさっと空にむけられる。上空にいるドイツの爆撃機がさっきと比べてどれだけ近くなったか測っているようだった。その目がいきなり檻にむけられた。アドニスがパニックになって暗がりから飛びだしてきたのだ。そのとたん、ライフルの銃口がアドニスにむいた。ミセスＦはあごの下でしっかり銃をかまえ、顔にも腕にも緊張がにじみでている。

アドニスは不快をあらわにしていた。大きなほえ声。怒り。おれが目に入ったからか？ナチスの爆弾よりもムカつくというのか？

緊張と混乱が頂点に達した瞬間、それがいきなり粉々にくだけた。どこからともなくツイーディがはずむように走ってきて後ろ足で立ち上がり、檻にむいていた女主人の注意をうばった。

「ここでいったい、何をしているの？」

犬をすわらせながら、ミセスＦはライフルのストラップを肩にかけた。周囲に目を走らせ、ほんの数メートル先にいるジョーゼフを見つけると、顔をしかめた。

「なるほど。あんたはわたしが頼(たの)んだことを何もできないの？」

　ジョーゼフはいい返したかった。こんなところに来たくて来たわけじゃない。あんたのばか犬を追いかけてきただけだ。しかしそれと同時に、なぜライフルをかまえていたのか、その理由も知りたかった。どうしてアドニスに銃口(じゅうこう)をむけたのか。

　しかしきいているひまはなかった。ミセスF(エフ)の注意は次の空襲(くうしゅう)に持っていかれた。まだ至近距離(しきんきょり)ではないが、園に残っている動物たちがさわぎだし、ミセスF(エフ)が電流に打たれたように動きだした。

「いっしょに来て、さあ！」

　どなってツイーディをジョーゼフのほうへおしやった。

　動こうとしないジョーゼフをミセスF(エフ)がつっつく。信じられないほど強い力で。

「どこへ行くの？」

「水族館。地下室に通じる扉(とびら)がある。そこからおりて、警報解除(けいほうかいじょ)のサイレンが鳴るまで、何があってもそこを動かない。わかった？」

　いいなりになるのはいやだったが、ミセスF(エフ)のスピードと力には太刀打ちできなかった。まるで竜巻(たつまき)に身体を持っていかれるようだった。ようやく抵抗(ていこう)できるようになったと思ったら、暗い階段(かいだん)をひとりでおりていて、足もとで犬が哀(あわ)れっぽい声を出していた。

「どけ、ふみつぶすぞ」

はきすてるように犬にいったところで、扉がバタンと閉まり、あたりが闇に変わった。犬とふたりきり。ミセスFはまだ地上にいる。ライフルを持って何をしようというのか、さっぱりわからない。ここは外と同じで、少しも暖かくないうえに、むっとする悪臭が充満していた。まるで水族館じゅうの魚がここにすてられて、くさるにまかせておかれたようだった。

ジョーゼフにやれることはひとつしかない。湿っぽい階段のいちばん下に腰をおろし、暖かさを求めて身をおしつけてくる犬といっしょに、身体を緊張させて警報解除のサイレンが鳴るのを待っている。

9

いつまでたっても夜が明けないまま、時間を持て余す経験は初めてじゃない。なんだってかあさんはおれを……おれの何がいけなかったんだ。いつもならそんなことを考えてやりすごす。けど今夜はちがう。まるで永遠にこの夜が続くように思える。時間がとまってしまったみたいだ。しかも真っ暗闇の地下室じゃ、夜が明けたかどうかもわからない。いや、たぶん夜は明けているはずだ。それでもコンクリートの穴のなかにいては、爆撃機があきらめて帰ったかどうかはわからない。

こんなところで眠れるやつはいない。ツイーディでもなければ。こいつがここ三時間ほどいびきをかき続けているのは、おれのひざのぬくもりに、いくらか安心したからだ。最初はよってこられてもつき放していた。けれどこいつはしつこくて、とうとう根負けしてしまった。凍るような胴体の片側だけでもほんわかあったかいのは、何もないよりましだった。ただしそのためには、この牢獄の階段にすわって背筋をぴんとのばし、ひたすら考え事をしているしかない。考えることは山ほどあった。

まずは答えのわかりきっていることから。どうしておれは、いまこんなところにいるのか。それは、かあさんとばあちゃんと、それにとうさんのせいだ。とうさんのことはめったに悪くいわないけれど、いまは話が別だ。

しかし、そういうことを考えるのにもあきてくると、自然とあの場面がよみがえってくる。ミセスF、ライフル、檻。いろんな方向から考えてみるものの、どう考えてもおかしな話だった。真実を知りたいなら、本人にきくしかない。しかしどうやって切り出せばいい？　ミセスFはざっくばらんで、失礼なほどにずけずけ物をいうが、自分のこととなると、とたんに口が重くなる。それで暗闇のなか、頭のなかで台本を書くことにした。とことんプレッシャーをかけて相手をおしつぶして、真実をしぼりだすのだ。

9

「あのさ、ここに来て二日になるけど、あなたが格別やさしく接したのはあのゴリラだけだよね。おれにはつっかかるばかりでさ。ゴリラをなだめるのに、どなりもせず、まったく平然としていた。それに、あなたはあの檻のなかに入っていって、えさも食べさせた。そんなことしていないなんていわせないよ、おれはちゃんと見たんだから。まるで親友どうしみたいだった。それなのに、どうしてやつに銃をむけたんだ？　まったくわけがわからない！」

よし、これならうまくいきそうだと、自分のシナリオにうなずいた。そのものずばり、率直にきく。これならさすがのミセスFも逃げることはできない。

やっと警報解除のサイレンが鳴って夜が明けた。ツイーディは興奮して階段をかけ上がった。ジョーゼフも立ち上がり、しびれて冷え切った脚をほぐして血を通わせ、台本を思い出す。睡眠不足で頭が働かず、これがなかなか難しい。

水族館から、モグラのように外へ出ていく。身を切るように寒い朝で、足もとには露が光って、頭上の空はすみきっていた。それでも遠くに目をやると、煙が長い帯のようにくゆっていて、昨夜ナチスが町で派手にあばれたことを物語っていた。あの煙をたどった先に、どんな光景が広がっているんだろう。考えずにはいられない。

ミセスFをさがすのはわけもなかった。またアドニスの檻の前にいた。でも昨夜とはがらりと様子がちがっている。しゃがんだ姿勢で、おでこと両手をライフルの銃身にのせている。肌のあらわになっている部分がすべて青ざめていて不気味だった。そんな姿勢でどうやってと思うが、あれはどう見ても眠っている。

ただし眠りはすぐに断ち切られた。こっちが砂をふむ足音にはっとして、銃をあごの下にもどし、勢いよくふりむいた。血走った目はうつろで、まるで自分がいまどこにいるのか、わからないみたいだ。むけられた銃口に、ジョーゼフは両手をぱっとあげて降参し、「撃たないでくれ！」と、ふざけることもできただろう。

しかし例によって相手に先をこされた。

「あんたね、あんまり人を失望させるんじゃないよ」

はきすてるようにミセスFがいった。短気な人間は、眠気も瞬時に覚めるらしい。

「え？」

「空襲のさなかに、あんたはいったい何をしていた？　わたしがもどるまで、トワイフォード夫妻といっしょにいるようにって、はっきりそういったよね？」

「悪いのはおれじゃない。理由は、そこにいる小さな友だちにきいてくれ」

ジョーゼフはツイーディを指さした。やつは女主人の脚のあいだで身を丸め、おれにむかって「べーッ」と舌をつきだしやがった。事情がゆるせば悪態をついてやるところだ。

「そっちがいなくなったあと、すっかりおびえて逃げだしたんだ。おれはどうしたらよか

9

った？　ほっといて、爆弾(ばくだん)に吹(ふ)っ飛ばされてもよかったの？」

「トワイフォードは、あんたをとめなかったの？　死んでたかもしれないんだよ！」

「どうしてとめる？　おれなんて赤の他人なのに？」

「あんたはあの場所をはなれちゃいけなかった。わたしのいうことをきいていたはずだ」

「はあ？　じゃあ、ツイーディが爆弾(ばくだん)に吹(ふ)き飛ばされてもよかったのかよ？」

「そう！　それはそれで仕方ない」

ジョーゼフは相手の言葉をよくよく考え、考えていることが顔にも出るようにした。

「なるほど、そういうことか。なら、昨夜のことも納得(なっとく)だ」

「どういう意味？」

「つまり、おれの見たところ、あなたは自分でいうほど動物を大事に思っちゃいないんだってこと」

そういってジョーゼフは、相手にもわかるように視線(しせん)をアドニスの檻(おり)にむけた。

全部見せてもらったよと、そう教えてやりたかった。

するとミセスF(エフ)がくちびるをかんだ。いいたいことをがまんするかのように。

「ジョーゼフ、何をいっているのか、さっぱりわからない」

ずいぶん弱気な答えだと思った。ふだんのように、バシッといいきらない。それでジョーゼフはますます調子づいた。

「いいや、わかってる。おれがここに来たとき、あなたは何をしてた？」

ミセスFは肩をすくめ、ライフルを腰に立てかけた。こんなものはなんでもないという様子で。

「あんたには関係ない。それが答え」

「なるほど。けどおれには妙な光景に見えた」

「どうして？　みんなの安全を守る。それのどこが妙なの？」

「安全？　あなたはアドニスの腹をぶちぬこうとしていたんであって、安全を守ろうとはしていない」

「そんなに簡単な話じゃないってことぐらい、あんたにもわかるでしょ？　昨今はそんなに単純な世の中じゃない」

「簡単だ。あなたは動物たちを守るためにここにいる。息の根をとめるためじゃない」

ミセスFの顔がめまぐるしく変色する。ピンク、黄色、赤、真っ赤。いい眺めだった。

「わたしが好き好んでこんなものを持って、だれかれかまわず撃とうとしていたって？　あんたはそう思うの？　え？　どうなんだ？　子どもに何がわかる。冗談じゃない」

激しいどなり声に、ジョーゼフは勝ったと思った。この瞬間を存分に楽しもうと、両手をあげて降参のふりをする。

「おれに、かっこつけなくてもいいよ。あのなかにいる、でかいやつの、息の根をとめる

9

人間が必要になったら、いつでもおれにいってよ」

空襲監視員がこの場面を見ていたら、とっくにサイレンを鳴らしていただろう。ミセスＦの顔は真っ赤で、早朝の朝日を反射して、赤毛が燃え立つように輝いている。

そうそう、その調子と、ジョーゼフは心のなかでいう。さあ、どれだけの闘志があるか、おれに見せてくれ。ほかの人間と同じように、おれをやっかいばらいするには、あとどのぐらい怒らせればいい？

しかしミセスＦが爆発寸前だったとしても、ジョーゼフの前で爆発する気はないようだった。代わりにさっとジョーゼフの前を過ぎて、姿を消した。

通り過ぎる瞬間、ジョーゼフはミセスＦの感情のたぎりを肌で感じた。

ジョーゼフはベンチに腰をおろし、アドニスの檻をじっと見つめる。こんなにも簡単にミセスＦを怒らせるのに成功したことに、自分自身おどろいていた。だけど、ライフルでいったい何をしようとしていたんだ？

その答えはゴリラとミセスＦしか知らない。アドニスがヒントをくれるとは、まず思えなかった。

10

しばらくすわっていたものの、何もいいことはなかった。寒さで耳が切れそうだし、さまざまな疑問につっつかれて頭のなかもむずがゆい。

ミセスFはどこに行った？　あの人はいまどうしている？

答えられないので、さらに気分が暗くなる。

なんだってそんなことを気にする必要がある？　事務所にもどったミセスFが、おれがいまどうしているか悩んでいるとでも思うのか？　まさか。どうせお茶でもいれて、いい気分ですわっているのだろう。何かほかのことを考えるか、行動するかしろ。くよくよ悩んでいないで楽しめ。なんといったって、ここは動物園だ。

しかしそこで、はたと思う。動物園といったところで、入れ歯がほしいとうったえるオオカミ二匹と、乱暴を防ぐ拘束衣が必要なゴリラの何がおもしろい。はしゃげるような場所でないのは明白だった。代わりにジョーゼフは、頭のなかで簡単なリストをつくって、次の行動を決めることにした。

10

A）ミセスFをさがす――まったく心ひかれない。

B）ひとりで家にもどって、睡眠不足を解消する――心ひかれるが、ツイーディに案内してもらうのでないかぎり、道に迷うに決まっている。

C）汚いオーバーオールを着て、そうじすべきふんをもっと見つける。あるいは、動物に食わせるものを何か見つけに行く。

最後の選択肢を思い浮かべるなり、ジョーゼフはかっとなって首をぶんぶん横にふった。なんだって、そんなことをしなくちゃならない？　おれをそばにおきたくないとわかっている人間のために、額に汗して働かなきゃいけない理由がどこにある？

結局ミセスFだって、ほかの人間と変わらないとジョーゼフは思う。いやそれどころか、もっとたちが悪い。とうさんが戦場に行くと決まったとき、ばあちゃんは、わたしだって孫と暮らせるのはうれしいんだとかなんとか、もっともらしいことをいっていた。まあ、ほかにおれのめんどうを見る人間がいなかったんだから、そういうしかなかったんだろう。その考えが変わるのに、そう長い時間はいらなかった。

けど、ミセスFはどうだ？　服を洗えとしつこくいわれなかったら、おれは荷ほどきをしようとも思わなかった。どうせこの人も、かあさんやばあちゃんが見たのと同じものを、おれのなかに見いだすだろう。それまで待とうと思っていた。ひとたび見いだせば、ミセスＦはおれをおんぶしてでも駅へ連れていって、やっかいばらいをする。そうしてもう、だれもおれのめんどうを見ようなどといいだす人間はいなくなる。おれにはとうの昔からわかっていたことを、ようやくみんなが知るのだ。おれは放っておくのがいちばんだと。

だからもう何もしないと心を決めて、ジョーゼフはベンチに背中を預けてアドニスの檻とむき合った。

するとタイミングよく、暗がりからゴリラがゆっくり現れ、よつんばいになって歩きだした。背中をまったいらにして、のっし、のっしと歩いてくる。その上にカップをおいて、ポットからお茶を注げそうなぐらいだ。

「なんだよ？」

こいつと正面からむき合うなど、まっぴらごめんだ。それでもジョーゼフはそこから動かなかった。動いたら、逃げたと思われる。最初の出会いと同じように、むこうは勝ちほこった気分になるだろう。今度はそうはいかないぞ。

顔をそむけたいのに、それができない。あたりを圧するように堂々と歩く、アドニスの姿に目がくぎ付けになっている。こぶしをつく場所も、きちんと計算しているように迷いがなく、地面についた瞬間、身体の重みをひき受けて、腕と胸の筋肉がさざ波のように細かにゆれ動く。大股で歩きながら、頭をゆっくりと左右にゆらし、目がとどくところ

10

に、自分に危険をおよぼすようなものがないか、するどい視線を走らせている。自分のおかれた環境を完璧に制圧しているようで、それがジョーゼフには、ねたましかった。

そして、アドニスの制圧する王国は鉄柵内にとどまらないようだった。たまたまあそこに、鉄の棒がずらりと並んでいるが、その気になればいつでもぶちこわして、どこへでも勢力を広げていけると、その全身が語っている。

すわってアドニスを見つめているジョーゼフは、自分の口もとが意地悪くにやけてくるのがわかった。怒りをぶつけるべきミセスFがいないのなら、代わりにこいつにぶつけてやろう。こっちにはそうするべき理由がちゃんとある。

あいつはしょっぱなから、おれがチビりそうになるほど怖がらせてくれた。そしてそれ以上に頭にくるのは、これまで出会ったあらゆる人間と同じように、こいつもおれを拒否することに決めた。それも瞬時のうちに。だったらこっちも反撃するべきだと、いまのジョーゼフにはわかっていた。投げつけられた怒りのことごとくをはね返してやろう。

アドニスは檻のなかを行ったり来たりしている。左から右へ、右から左へ、鉄柵から二メートル弱はなれたところを、同じ軌道を描いて行ったり来たり。ふみつぶされた草はとうの昔に姿を消して、ひからびて、ひびの入った地面がむきだしになっている。アドニスがどれだけゆっくり足をおこうと、そのたびに地面は細かくふるえる。五、六回、行ったり来たりをくり返したところでようやくとまり、ばかでかいこぶしに体重をかけて腰をおろした。

アドニスの視線がジョーゼフにむけられた。ジョーゼフは心臓の鼓動が速くなる。アドニスから一瞬も目をはなさずにいれば、いずれ目が合うだろうと思ったのだが、実際に合ってみると、予想とはまるでちがった。

こちらが見つめても、相手はまばたきひとつしない。瞳孔にめらめらと燃えあがるオレンジ色の光。野生動物の放つまじりっけのない怒りだと思うが、自分の瞳孔もまた、アドニスのそれと同じように激しく燃えているのにジョーゼフは気づいていない。

アドニスの顔に点々とあとを残す傷にジョーゼフの注意が持っていかれた。どれも古傷といってよく、あとから生えてきた長い毛の下に半ばかくれている。そのひとつひとつがトロフィーさながらに、あえて近づこうとする者に、おれに勝てると思うのかと警告しているようだった。

ジョーゼフは身をひこうとも、目をそらそうともしなかった。この対決に先にあきたのはアドニスのほうだった。突然あがった大きな咆哮に、ふいうちを食らったジョーゼフはバランスをくずした。それからもう一度、今度はさっきより小さな声でほえると、アドニスは地面をこぶしでおして、再びけだるげに動きだし、まもなくジョーゼフの目には、彼の尻しか見えなくなった。

なんでそうなる？　このおれが何をしたっていう？

ジョーゼフの胸のなかに、おさえきれないものがこみあげてきた。いつだって相手は、おれを一瞬のうちに見下す。こんな汚くて、くさいゴリラにまで同じことをされて、だまっていられるか。はじかれたように立ち上がり、ジョーゼフは近場にある石ころを拾った。横むきになって腕をのばし、アドニスをねらう。相手は再びすわりこんでいた。

さあ、行くぞ。復讐だ。ジョーゼフの胸になじみのある感情がわきあがってワクワクする。肩を緊張させ、目を細めて、腕を思いっきり後ろにひいた。見てろよ。はずしはしない。

11

「わたしだったら、やめるけどな」

後ろから声がした。

「彼はたぶん、今日はもう動かない」

声に気をとられて、ねらいをはずした。小石はみじめにも、ターゲットにまったくとどかなかった。

ふり返ると、壁にもたれている人間がいた。自分よりずっときれいなオーバーオールを着た女子だった。こちらとそう年は変わらず、ひょっとしたら同い年かもしれない。髪もジョーゼフと比べてさほど長くはなかった。

石を投げているところを見られたはずかしさと、じゃまされた怒りで、ジョーゼフはまた石を拾おうと腰をかがめた。

「びくともしないから。いくら石を投げてもね。本当だよ」

ジョーゼフはいらついて顔をしかめた。だれだ、こいつ？　おれがいつ、アドバイスをしてくれと頼んだ？

えいっと石ころを投げると、手からはなれたそれは大きく弧を描いて飛んでいき、今度は鉄柵にぶつかったが、ターゲットにはとどかなかった。アドニスはまったく動じることなく、遠くを見つめているだけだった。

「ジョーゼフね。わたしはシド」

自己紹介ではない。事実をそのまま述べたというだけで、歯切れのよい上品ぶった声は、ラジオから流れてくるアナウンサーのそれに似ていた。

しかし、「シド」という名前のひびきに、ジョーゼフは相手を二度見した。ひょっとして、男か？

「つづりはね、ＳＹＤ」

11

そういって相手はふたりのあいだの沈黙をうめたが、ジョーゼフは知らんぷりをした。会話をする気はないと相手が悟って、立ち去ってくれるのを願っていた。

ところがシドは、そういう気働きができる人間ではないらしい。

「あなたこっちに来るときに舌を忘れてきたの？　それともあなたには、話す価値のあるようなことは何もないとか？」

挑発されているのだと、ジョーゼフにはわかった。いうべきことは山ほどある。おまえにだけじゃない。いったい、この町の人間はどうなってるんだ？　まずはミセスF、それから、穴蔵のなかでいっしょになった、ふざけた夫婦トワイフォード、そして今度はこいつだ。南の人間は、心のなかから親切心をスプーンでえぐりだしてすてちまったのか？

「おれになんの用だ？」

ほえるようにいった。もちろん、それはまちがいだったと口に出してからすぐ気づいた。

「しゃべった！」

相手はからかうようにいい、それでそばによっていいというゆるしを得たかのように、ジョーゼフに近づいてきた。

「ひょっとして口がきけないのかなって思ったんだけど、単に失礼な人間というだけだったのね。ひとまずそれはわかった。でも用なんてないんだ、そういってくれるのはありがたいけど」

ジョーゼフは口をつぐんでいるだけで精一杯だったが、うっかり言葉を口にしないよう努力する必要はなかった。相手は、こちらが一言でも口をはさむすきを与えない。

「あなたががんばって会話をしようとしたことで、話の腰を折られちゃったけど、わたしは教えてあげたかっただけ。なぜアドニスが、あそこにああやってすわっているか。あなたは彼がきらいなんでしょ。顔にそう書いてあるからわかる。だけど、あんなふうにいやがらせをしようとしても、むこうはほとんど痛くもかゆくもないから。じきにわかると思うけど、アドニスはよほどのことがないかぎり、最近はだれにも注意をむけない」

「最近?」

「もともと愛想がないのは本当よ。それに芸なんかしないし。ペンギンたちとはちがう。せいぜい自分の小屋から出てきて、あきるまで、しばらく歩きまわるぐらいだった。それがいまはどう? めっきりおとなしくなって、内気なおじいちゃんになっちゃった」

「内気? おれに目の色変えて攻撃しようとしてきたやつが?」

そんなばかな話があるかと、ジョーゼフは鼻を鳴らした。

「それホント? めずらしいこともあるものね。じゃあ、本気で怒らせちゃったんだ。家族がいなくなってから、ずっとしゅんとなってたのに」

ジョーゼフは、きかずにはいられなかった。

「家族?」

ジョーゼフの関心をひいたとわかって、シドが胸をはった。

「そうよ。アドニスには奥さんがいた。息子もね。ひどい話よ」

そこでシドはのどをつまらせたような音を出し、めずらしく話に間ができた。

「戦争がにくらしい。いいことなんてひとつもない。戦争は何もかもうばっていく」

ジョーゼフは眉をよせた。

「で、そいつらはいまどこ？　やつの家族ってのは？」

「もういない。奥さんは別の動物園へ移された。息子のマラキが死んでからね。もしここにいたら、奥さんのアフロディテまで死んでしまうって、ミセスFはそう考えた。悲しみすぎて命を落とすって」

アフロディテ（ギリシャ神話に登場する女神）？　ゴリラにそんな名前をつけるなんて、どうかしている。しかしそれは胸の内におさめておく。

「たしかに、アドニスといっしょに暮らしたところで、心はなぐさめられないよな。あんなキレやすい夫じゃ」

「そうじゃない。ぜんぜんちがう。あの三頭の家族は、はなればなれじゃ暮らしていけないのよ。おたがいの影のささないところに立っているところなんて、めったに見られなかった。そういうところが、動物園にやってくる人たちに愛された。だからマラキが死んで、残された二頭は大きな打撃を受けたの」

話のほとんどが信じられなかった。ただにくんでいるほうが、よっぽど楽だ。

「つまりあいつは檻のなかで悲しんでいると、そういいたいのか？」

「悲しむのに、何もすわってえんえん泣かなきゃいけないってわけじゃないでしょ。あなたは、わたしたちのようにはアドニスを知らないし、わたしたちがしてきたことも見ていない。

赤ん坊のマラキが病気になったとき、ミセスFは看病しようとしたけど、簡単にはいかなかった。近づくことができなかった。アドニスが近づけさせないの。たとえミセスFが近づけたとしても、できることはあまりなかった。獣医さんを呼ぶのは難しいし、来てくれたとしても、薬を動物に〝むだづかい〟するのはゆるされていない」

「つまり、アドニスは自分の息子だっていうのに、医者にもみせたくないっていうのか」

「はあ？　彼はゴリラよ、ばかじゃないの⁉　人間に気持ちを伝えられるはずがないでしょ。アドニスはただ息子を守りたいだけ。親はみんなそうでしょ。マラキが病気になったとわかった瞬間から、アドニスはもう片時もそばをはなれなかった。マラキの遺体を外に出すときには、アドニスに鎮静剤を投与しなきゃいけなかった」

「じゃあ、奥さんのほうは？」

「ここにいるほかの動物たちと同じ。戦争が長びきそうだとわかったところで、よそへ送られた。アフロディテを受け入れてくれる田舎の動物園があってね。そこなら檻ももっと大きくて、えさもたくさんあるし、爆弾が落ちてくる危険も少ない」

「けど、アドニスのほうはいらないって？　まあ、無理はないか」

シドの顔につらそうな表情が浮かんだ。

「そうよ。だけど、あなたが考えているような理由じゃない。いまはだれも十分なお金を持っていないでしょ？　食料だってそう。それにアドニスはアフロディテとはちがう。年をとっているの。アドニスの年でマラキの父親になれたこと自体おどろきなぐらい。でも母親のアフロディテはまだ若い。新しい動物園では、すでにそこにいる雄のゴリラとアフロディテをつがいにしたかった。アドニスをいっしょにもらう意味はない」

ジョーゼフは肩をすくめた。母親が去っていくという話は、自分の痛いところをつかれたようでばつが悪く、檻のなかにいるゴリラに意識を集中する。

「で、やつはすねている。結局、そういう話？」

「自分の身にそういうことが起きたら、どんな気持ちになるか考えてみたらどう？　想像するかぎり最悪なのは、たいせつな相手を失うこと。いまのわたしには、はっきりそういえる」

「いや、ちがうな。最悪なのは、ああしろとか、気持ちを考えろとか、生意気な子どもに偉そうにいわれることだ！　だいたいおまえは、何しにここに来たんだ？」

シドは一瞬間をおく。それで気分を切り替えたようで、努めておだやかな口調で先を続けた。

「わたしがここに来たのは、これからあなたといっしょに働くことになるから。あなたと同じように、わたしにもいろいろあったんだけど、ミセスF(エフ)のおかげで、そのことばかり考えないですんでいる。それと、あなたに声をかけたくなったから。だって、はっきりいって悲しそうに見えたから。ひょっとしたら、わたしが力になれるかな、なんてばかみたいなこと考えちゃって。でもあなたは、アドニスに石を投げるのに夢中だった」

どっかへ行ってくれと、ジョーゼフはいいたかった。おれのことを何も知らないからそんなことがいえる。もしおれが勝手を通したら、そんなことはいわないに決まってる。それでもジョーゼフは自分をおさえた。ひょっとしたら、こいつはつかえるかもしれないと、そう気づいたからだ。

「友だちになりたいっていうんなら、手はじめに教えてくれないか。ミセスF(エフ)が事務所においているライフルのこと。昨夜、空襲(くうしゅう)のまっただなかにここに来てみたら、あの人、アドニスに銃(じゅう)をむけていた。どうしてそんなことしてたんだ?」

しかしシドのほうではもう、人の力になってやろうという気持ちはつきたようだった。

「あのね、そういうのは自分できいてみたら?」

それだけいうと、ふり返りもせずにずんずん歩いていってしまい、ジョーゼフは謎(なぞ)のなかにひとり、おき去りにされた。

12

「ジョーゼフ・パーマー?」

翌朝、どなり声がきこえてきた。

「さっさとおりておいで。でないと、わたしの手が飛んでいくよ」

ジョーゼフは答えない。着替えを全部すませた状態で、ベッドのはしにちょこんと腰をおろしている。ミセスFといっしょにいる時間はできるだけ減らしたい。

もう九十秒待つ。それだけ間をおけば、素直にいうことをきくつもりはないのだと態度で示すことができるが、それ以上長く待てば、新たな怒声に耐えないといけなくなる。

おりていったところで楽しいことは何一つない。今日もまた寒さに凍えながら動物園で作業をするのだ。ふんをそうじし、えさをくさっているものと食べられるものにより分ける。もちろん王座にすわったアドニスから、また怒りをぶつけられるという展開も十分ありえる。さらにそこへシドがくわわった。あたしはなんでも知っているという偉そうな女。

階段をおりる足が進まないのも当然だ。

「やっとだね」ようやくおりてきたジョーゼフにミセスFがいう。

「あんたを寝床から呼びだすのに、くり返し声をかけているひまはないんだよ。こっちはやることがいっぱいでね。だからよく覚えておきなさい。朝食は六時四十五分。六時五十五分でも、六時五十分でもない。どっちの時間におりてきても、朝食は出さないから、そのつもりで。食べたいなら、ここに急いでおりてくる。わかった？」

　ジョーゼフはごくごく浅くうなずいた。

「よろしい。さて今日は月曜日。それはどういう意味か、わかるよね」

「また動物園だろ？」ぶすっといった。

「それは午後から。まずは学校」

「学校？」

「そう、学校。知らないとはいわせないが、おばあさんの話によると、あんた最近はご無沙汰だったらしいね」

「ああ、そのとおり。でもばあちゃんは、おれについて、あなたに全部話しているわけじゃないよな。こっちで学校がまだ閉鎖されてないなんて思いもしなかった。駅にいた子どもたちはみんな田舎へ行ったのに」

「ほとんどはね。だけど、疎開は強制じゃないから」

「こんなときに学校に行っても意味はないと思う」

12

　自分の心臓の鼓動がきこえる。授業を受けると思っただけでこうだ。

　しかしミセスFは相手にしない。

「意味はおおありだよ。そうそう、ガスマスクを入れた箱を忘れないようにね。それと制服もそれらしいのを用意しておいたから。ご近所さんからお古をもらったんだ。それとリンゴ、パン、チーズ少々をガスマスクの箱にのせて、玄関においてあるから。明日からはそういったものを全部自分で用意する」

　最後の言葉が尻すぼみになった。そこまで準備万端ととのえてやったことに、ミセスFはばつの悪さを感じているらしく、スカートの前で手をごしごしぬぐった。

「けど、おれはいいよ」

　たいしたことではないように、あっさりいったものの、本当はおおごとだった。

「あなたと動物園で働くほうがいいんじゃないかな」

　いぶかしげな目が自分にむけられるのがわかった。そりゃそうだろう。もっといっしょに過ごしたいと、そういったようなものなのだから。

「ああいいよ。授業のあとでね」

「ばあちゃんは、しまいにはもうおれを学校へ行かせようとはしなかった」

「でも、わたしはあなたのおばあさんじゃない。それに、そんなことは信じられない。だからさっさと支度をして、門のところで待っていなさい。学校まではいっしょに行ってくれる子がいるから。わたしは仕事なんでね」

ここが勝負どころだ。それも大勝負。ジョーゼフはすでにもう何度もミセスFに負けている。でもこれだけは絶対負けられない。最後に学校に行ったときの場面が頭のなかによみがえって、心臓の鼓動が速くなる。ゲラゲラ笑われ指をさされ、ばかにされた。そんなのは耐えられない。もう二度と。

ジョーゼフはキッチンの椅子に腰をおろすなり、パンの大きなかたまりを苦労してちぎっていく。かびくさいのをがまんして次々と口におしこんで、ほっぺたをぱんぱんにふくらませる。こんなことをすれば、ミセスFが怒るとわかっていた。かびくさかろうと、そうでなかろうと、パンは貴重品だ。しかしこうすれば、なぜ学校へ行こうとしないのか、理由を説明しなくてすむ。しかしミセスFはよく心得ていた。

「心配しなくていいよ。あんたはしゃべらなくていい。きいているだけでいい。あんたは学校へ行く。あんたは授業をきく。あんたは勉強する。まずは靴ひもを結ぶことから学ぼうか。十分たったら出発だよ」

十分後、ジョーゼフは門の手前に立って、首からガスマスクの箱をぶらさげていた。半ズボンもシャツもまったく身体に合っていない。まるで自分のほうが洗濯されてちぢんでしまったみたいだった。気に入らない。見るからに弱虫でとるに足りない人間に見える。

これじゃあ、いじめの格好の標的だ。

ウエストバンドを何度か折り返すと、半ズボンの丈が短くなって、ひざの上まであがった。けれどそうすると、すそが外に広がって、両足をそろえて立つとスカートをはいているように見える。そのすそから、ひょろひょろしたすねが申し訳なさそうにのびていって、足は他人のでかい靴のなかにかくれている。

「べつにどうってことないさ」

事実に目をつぶって、希望的観測を自分の胸にいいきかせるものの、学校へ連れていってくれるという案内人が現れたとたん、その考えを大幅に修正することになった。

「あら、ずいぶんさまになってるじゃない」

シドがいって、にやりと笑う。その笑みから、ジョーゼフは言葉とはまったく別の意味を読みとった。こいつはおれをちゃかしてやがる。内心ひるんだが、言葉にはしなかった。今日一日、物に動じないタフな男でいこうと心を決めた。

「そろそろおまえも、疎開したほうがいいんじゃないか？」

いいながら、どうしてまだ疎開していないんだろうと、ぼんやり思う。

「まあそれもありうるね。けど、それまでのあいだ、あなたのお守りができるんだから、ラッキーでしょ」

「ねえシド、学校が終わったら、そこから動物園へ直行させてくれない？」

ミセスFは玄関から出てくるなりそういって、一度も足をとめずにジョーゼフとシドふたりをあとに残して、門の外へずかずかと出ていってしまった。

「なんで、おまえなんだ？」むっつりしてジョーゼフはいった。

「だってミセスFに頼まれたから」

「おれだってあの人に山ほど頼まれる。だからって、ぜんぶやることはない」

「やるべきよ」

その言い方が、ジョーゼフは気に入らない。

「だいたいおまえ、なんであの人を慕ってるんだ？」

「仕事をくれたから。それに支えてくれる。助けてくれる。おれのそばにいてくれるなって顔をしている人から、こんなにあれこれきかれるなんて、不思議」

「きいたからって、気があるわけじゃない。だいたい、『仕事』ってなんだよ？　一日八時間、動物のふんをそうじすることかよ？」

「もっと大変な仕事はいくらでもある。それに、つまらない仕事がうってつけのときもあるの。考えなくてすむから」

「なるほど、いっぱい考えることがあって大変ですねえ」

シドが軽蔑の目で見てきた。

「戦争で迷惑をこうむっているのは、あなただけじゃない。たくさんの人がその影響を受けているのを、わたしは知っているの」

シドが歩きだし、その後ろをジョーゼフは、だらけた前かがみの姿勢で歩いていく。

「そうそう、これから行くカール・レーン・スクールについて、知っておいたほうがいいことを、二、三、教えておくから」

「おれが知りたいのは、なんだってこんなときにまで、学校で授業をやっているのかってことだけだ。子どもはみんな田舎に送られたと思ってた」

「ほとんどの子はそうだけど、結局何も起きないし、みんなが思っていたようには爆弾も落ちてこないとなって、子どもを呼びもどす親も出てきたの」

「また空襲が激しくなる可能性だってあるのに？」

「ほかに選択肢がない家庭もあるの。うちのクラスにいるティムっていう男の子がそう。父親がお店をやっているんだけど、おとうさんが戦争に行ったあと、店を切り盛りするのはおかあさんとおばあさんになった。ところがそれから、おばあさんが亡くなったもんだから、ティムは疎開先から家に呼びもどされたの。まだたった九歳なのに。

それからウェンディも。おとうさんが戦場に送られたんだけど、おかあさんは足が不自由でうまく歩けない。だからウェンディがもどってきて、おかあさんのめんどうを見なきゃいけなくなった。かわいそうに、まだ八歳なのに！」

けれどジョーゼフは人に同情するのがあまり得意ではなかった。

「なるほど。じゃあ、はみ出し者ばっかが、ひとつの教室におしこまれているってわけだ」

シドの顔色が変わった。

「自分だってそうでしょ、ジョーゼフ・パーマー。わたしたちはみんな理由があってここにいる。ひとり残らずみんな。で、あなたは学校に行く前に心の準備をしたいの？　したくないの？」

ジョーゼフはまともに答えを返さず、ふん、とうなっただけだった。それでもシドはそれをイエスと受けとって先を続ける。

「まずはミスター・グライス。校長よ。気をつけて！　一度は注意をしてくるけど、二度目はない。うそじゃないから」

ジョーゼフは肩をすくめ、どうってことないと示す。

「覚悟しておいたほうがいいよ、ジョーゼフ。あの人は前の戦争で将校として従軍して、いまも将校のようにふるまっている。学校を兵舎みたいに切り盛りしているの。毎日、毎週、毎月、決まって同じことをやる」

「たとえば？」

「金曜日のテスト。月末の金曜日になると教室に入ってきて、子どもたちがどれだけ学んだか、ひとりひとり確認するの。計算をやらせたり、音読させたりね。親を参観させることもあって、そうなるとまるで練兵場。大人だって泣かされそうになるんだから、子ど

12

もが泣いてあたりまえ！」

ジョーゼフの胸にみるみる心配がふくれあがった。なんてやつだ。これは戦い方を考える必要がある。どんな学校にもグライス校長みたいな教師はひとりぐらいいて、なかにはひとりじゃすまない場合もある。そういう教師はことごとく、おれの能力、いや、無能を見ぬいたとたん、いやがらせをして、あざけってくる。だからおれは学校に長いこと足をむけていないんだ。

「きいてる？　あなたのために教えてあげてるんだよ。真面目にきいておかないと痛い目にあうよ。まあ、登校して講堂のドアの上を見あげれば、毎日いやでも思い出すことになるんだけど」

「なんで？」

「そこにクラレンスがつりさがっているから」

シドは声をひそめていった。まるでだれかにきかれるのを心配するようだった。

「警告としてね」

「いったいなんの話だ？　クラレンスってだれだよ？　生徒？　なんだって、子どもを壁からつりさげるんだ？」

シドがうんざりした声をもらした。ばかなことをきくなと、そういいたげだ。

「ばかねえ、クラレンスはグライス校長のむち。カバノキの枝でできた四十五センチのね。

ジョーゼフ・パーマー。あなただって、クラレンスでお尻をたたかれたくないでしょ。今日だけじゃない。これからいつでも」

「いらぬ心配だ」

ジョーゼフは鼻をふんといわせたものの、よみがえってきた記憶に、両手のひらがじんじんしてきた。

「いずれにしろ、つかまんなきゃ、たたかれることもない」

「へえ。前の学校では、たたかれるなんて一度もなかった？　そんなことはないでしょ？」

図星だった。短期間の学校生活のなかで、ジョーゼフはしょっちゅうたたかれていた。むちで打たれるだけじゃない。教師のなかには、わざわざそんなものを用意しないやつもいた。名前なんてついていない、ふつうのベルトをつかう。おれをむち打つのに必要になれば、いつでもベルトをさっとぬく。ズボンが落ちることもない。まったく用意周到だった。できないのはおれのせいじゃない。一生懸命やっているのにぶたれる。

よみがえる記憶に冷や汗が出てきて、ジョーゼフはますますシドから遅れた。

「速く歩いて！　クラレンスは遅刻だってゆるさないよ。ほかに知りたいことはある？」

もちろんある。けれど学校とは関係ない。ジョーゼフが知りたいのは、動物園でシドにきいて拒否された、あの質問の答えだけだった。

「ああ、ひとつある。どうしてミセスＦはアドニスを撃ち殺したいんだ？」

13

信じられないという顔で、シドはジョーゼフを見た。

「それ、冗談でいってるんだよね？」

「どういう意味？」

「まさか本気で、ミセスFが彼をうちたがっているなんて、思ってないよね？」

正直いって、ジョーゼフにはさっぱりわけがわからなかった。ミセスFはおれに対してはすぐかっとなる短気な人だけれど、アドニスを相手にするとまったくちがう面を見せる。あのゴリラをたいせつにしていた。だからライフルの銃口をまっすぐアドニスにむけたのを見て、あれほどおどろいたのだ。

「わからない。だからきいてるんだ」

「ミセスFはそんなことはしたくない。これは本当よ。絶対。だって考えてもみて。ミセスFはお金はないし、支援も得られない。わたしとあなたをのぞけばね。ベルリンの人間とは思えないやつらのせいで、動物園が見る影もなくなっていくのをずっと守ってきた。

そんな人が、かろうじて残った、園のほこりともいえる動物を殺したがっているなんて、本気でそんなことを思っているの？」

「だけど、おれはこの目で見たんだぜ。いまにも爆弾が落ちてくるかもしれないってときに、檻の前につったって、やつをライフルでねらっていた。殺したくないというのなら、いったいあれはなんのまねだ」

シドは首を横にふった。

「まだわからないの？」

ジョーゼフは肩をすくめた。こんな話題を持ち出さなければよかった。どうせ学校に足をふみ入れたとたん、自分がばかに思えてくるのだ。シドにまで、ばかにされたくない。

「ミセスFはやらなきゃいけないことをやっていただけ。それが仕事なの。そんなのが仕事だなんておかしいけど、いまはしょうがない。本来なら動物を元気に生かしておくのがミセスFの仕事だけれど、ヒトラーと、やつの落とす爆弾のせいで、世の中の仕組みが変わっちゃった。いまではミセスFは、空襲警報が鳴るたびにアドニスに銃をむけなくちゃいけない。世の中がミセスFに要求する唯一の仕事がそれ。

なぜなら爆弾が落ちて惨事になったら、動物園は大混乱に陥って恐怖の源になる。爆弾が落ちてくれば、遅かれ早かれそうなるの」

「つまり、恐怖におびえないように、殺してしまおうって？」

「ちがうわよ、ばか。もし彼の檻に爆弾が落ちてきて鉄柵が破壊されたら、恐ろしいことになるってこと。強力なゴリラが町に放たれる。あなたもふくめ、だれの腕だろうと一瞬のうちにもぎとってしまう猛獣がね。だれもそんなことは望まない。わたしだって、あなただって。ミセスＦだってそうなの」

ジョーゼフは自分の耳を疑った。

「じゃあ、ヒトラーがアドニスの息の根をとめなかったら、代わりにミセスＦがそれをしなきゃいけないってことか？」

「そのとおり」

「そんなこと、あの人がやると思うか？　そもそもできるのかよ？」

「あなたはできる？」

答えは世界一簡単だというように、ジョーゼフは胸をはっていった。

「もし、おれがやらなきゃいけないなら、やる。相手はたかが動物だ」

「たかが動物？」

「おれに目をとめた瞬間、つかみかかろうとしたケダモノだぜ。そんなやつがどうなろうと、こっちの知ったこっちゃないだろ？　だから答えはイエスだ。もしミセスＦができないっていうんなら、このおれにライフルをよこしてくれればいい」

シドが目を大きく見ひらいている。まるでまばたきの仕方を忘れてしまったかのようだった。

「あなたには、そんなに簡単なことなの？」いってから、シドは指をパチンと鳴らした。

「こんなふうに簡単に命を絶つことが、あなたにはできるっていうの？」

ジョーゼフは肩をすくめた。

「なるほどね、あなたには、この先もたいせつな人をだれひとり失わない、そんな未来が待っているといいね。そういう経験をした人間なら、とてもそんなことはいえないもの」

いまのはききずてならないと、ジョーゼフは思った。

「おまえはおれのことを何一つ知らない。知ったかぶりをするなよ。おれが何を失ったか、これっぽっちも知らないくせに」

「それって、おとうさんのこと？　だけどあなたのおとうさんは死んでない。このへんの人たちと同じように戦っているんでしょ。だから、自分だけ特別だなんて思わないでよ。たしかに、あなたがどうしていつも不機嫌でいるのか、わたしにはさっぱりわからない。でも、見ていて気分のいいものじゃない。それどころか、目も当てられない。

そういう相手と、昼も夜もいっしょにすわっていなくちゃならないうえに、引き金をひく瞬間を待っているんだから、あなた以外はみんな、ミセスFに同情するでしょうよ」

「なんだよ、それ……」ジョーゼフはしかられている気分になった。

「おれは血も涙もない人間だといいたいのか？」

13

「そう。けどあなたは、ミセスF（エフ）にしてもらっていることを、よく考えたほうがいいよ。ミセスF（エフ）はあなたにチャンスをくれた。仕事も与（あた）えてくれて、学校にも行かせてくれる。あの人はあなたを助けようとしているの。わたしにそうしてくれているように」

ジョーゼフは片手（かたて）を腰（こし）に当てて背筋（せすじ）をのばす。反撃（はんげき）したかった。

「なんでおまえにチャンスが必要だったんだ？　何か特別な事情でもあるとか？」

「あなたには関係ない」ぴしゃりといわれた。

「けど、あなたは自分のことを考えたほうがいい。このままミセスF（エフ）に対してつっぱった態度をとり続けたら、しまいにどうなると思う？　わたしが見るかぎり、ミセスF（エフ）はあなたの最後のチャンスよ。あの人がいなかったら、あなたはひとりで生きていくしかない」

それだけいうと、シドは猛烈（もうれつ）な勢いで歩いていって校門をぬけた。

いわれなくてもわかっている、とジョーゼフは思う。もうずいぶん長いこと、ひとりで生きてきたような気がする。学校に通ったからといって、生活が少しでもいい方向へ変わるとは思えなかった。

14

学校に足をふみ入れて、これまでいい思いをしたことは一度もなかった。この学校も前の学校と同じにおいがして、入ったとたん心配で胸がもやもやするのもまったく同じだが、それ以外はまったくちがっていた。

まず大きさがちがう。校庭に歩いて入ったときから、もうジョーゼフはその大きさに圧倒され、校舎のなかに入っても威圧感は少しも減らなかった。認めるのはくやしいけれど、シドのいったことも正しかった。クラレンスが恐ろしげに壁からつりさがっている光景には、やはり心をかき乱される。細い木の棒が自分をみはっていると考えるのはばかげているが、ジョーゼフには、その存在感がひしと感じられる。あれは単なるおどしじゃない。じきにあれを自分の肌身に受ける日がくるのだ。

クラレンスから目を移して周囲を見渡す。石の壁には穴がぽつぽつあいていて、灰色のペンキがはげていた。木製の床はほこりっぽいうえにひびわれていて、優等生の名前を記した掲示板は二年前から更新されていない。

そしてここには、ひとつ欠けているものがある。大きな建物のどこを見ても生徒の姿がなく、がらんとしているのだ。シド以外だれにも会わず、そのためだれかに話しかけられて、いらだつこともなかったから、ジョーゼフとしてはなんとなくありがたいが、自分たちの足音のひとつひとつが周囲にひびきわたるのは不気味だった。

もしジョーゼフがもう少し深く考えたら、生徒の姿が見当たらないのは、自分にとって不都合であることにも気づいただろう。生徒が少なければ、自然とめだってしまう。すぐつっかかっていく性格も勉強の弱点も……。

「おい、そこの子、きみだ！」

自分の足音より大きな声がひびきわたった。壁のあちこちにぶつかって反響しているので、声の主がどこにいるのか、つきとめるのに少し時間がかかった。

「こっちへ来なさい」

声の主は男で、一目見ただけで校長のミスター・グライスだとわかった。よく観察する。クラレンスにちょっと似ている。むちのように細く、古びている。年齢は六十近いだろう。木の床の上をすばやく移動するのに足音がしない。不気味だった。あの長いガウンの下で、足は宙に浮いているのか？　幽霊みたいに？

「なるほど、きみがそうか。マーガレット・ファレリーの保護下にある」

ホゴカ？　意味がわからず答えにつまる。それが相手をいらだたせたようだ。

「この学校の……転入生じゃないのか？」

「ええ、まあ」考えもせず、そういった。

「そういう無礼な態度をとり続けるなら、きみはこの学校に入ったことをすぐ後悔することになる。名前は」

「ジョーゼフ」

「母親からは、名字ももらったんじゃないのか？」

これにはすぐ答えられるが、「母親」という言葉に一瞬ビクッとする。こうなると、ますます、かあさんがにくらしく思える。

「どうなんだ？」

「パーマー」

「パーマー、なんだ？」

「パーマーで終わりです、先生」

グライス校長の首で血管がドクドクと脈打っているのが見える。校長は、今度は言葉をつかわず、クラレンスのほうをだまって指さした。しょっぱなから、つまずいてしまったと、ジョーゼフは気づいた。

「パーマーです、先生」

「パーマーぼっちゃん、きみがここでうまくやっていくために、覚えておいたほうがいいことをひとつ教えよう。〝礼儀は人をつくる〟だ。これを忘れると、きみとクラレンスはひとときもはなれない親友どうしとなる。さあ、わたしについてきなさい」

あとについていきながら、寄木張りの床にひびくのが自分の足音だけであるのに、またぞっとする。長く暗いろうかを歩いて、つきあたりの教室に到着した。グライス校長は大げさに手をふって、ジョーゼフをクラスのみんなに紹介する。

生徒は全部で九人。シド、自分より年上の男子ふたり、年下の子どもたち六人。なかには、まだ入学してまもないと思われる幼い子たちもいた。シドにまた怒られそうだが、目にした瞬間、おかしなよせ集めという言葉が浮かんだ。

「ミス・ドハーティー、そして生徒諸君――こちらはジョーゼフ・パーマー。今日からきみたちのクラスに入る。わたしとクラレンスがどこにいるかは、みんなわかっているな。必要ならいつでも助けに来るぞ。パーマーぼっちゃん、きみの勉学がどこまで進んだか、月末金曜日のテストで見せてもらうのを楽しみにしているよ」

そこで腕時計にちらっと目をやる。

「しっかり準備をしておくように」

ジョーゼフの胸の奥深くに、おどし文句を焼きつけてから、グライス校長は足音を立てずに教室から消えた。

ドハーティー先生がにっこり笑って近づいてくる。この町の人間にはありえない態度。

何か裏があるのか。

「ジョーゼフ、こんにちは。わたしの名前はミス・ドハーティー。このクラスへようこそ。さあどうぞ、奥へ入って」

ジョーゼフはからっぽの座席がずらりと並ぶあたりに目をむけた。これじゃあ、すぐにめだってしまうとわかり、恐ろしくなった。

「これ、だけ?」

ジョーゼフがきくと、ドハーティー先生は意味がわからないという顔をした。

ジョーゼフはからっぽの座席の列を指さす。

「ええ、ほかのみんなは疎開して――主にヨークシャーに行ったの」

「運がいい」ジョーゼフはそっといった。

「そうなの、少ししか残っていないけど、わたしたちは幸運よ」

歌うような調子で話すその声から、この先生はふだんはもっとずっと幼い子どもたちを教えているのだろうと、ジョーゼフは見当をつけた。

「じゃあ、ジョーゼフ。あなたの通っていた学校について教えてちょうだい」

「べつに話すことは」

おだやかな口調でいいながら、心のなかではおびえていた。きっと何をいっても、ほとんど覚えていないのがバレてしまう。学校にまつわることはほぼすべて、頭のなかから追い出してしまった。

「大きな学校だった？」

「いや」

「じゃあ、こぢんまりとしているのね。ステキだわ。先生たちはどう？　みんないい先生だった？」

「だいたいが、あの人と同じ」

そういって、グライス校長が去った場所をあごでさす。

「先生たちがはりきるのは、手に棒きれを持っているときだけだった」

ドハーティー先生は顔を赤くして、両手を胸の前でぎゅっとにぎりしめた。頭に浮かんだいやな場面を手のなかでつぶそうとしているようだった。

「それじゃあ、ジョーゼフ、ここへ立って、わたしに本を読んでくれるかしら。ちょっとでいいの。前の学校でどこまで勉強が進んでいたか、見るだけだから」

ずいぶんと気弱な口調だ。まるで自分が生徒の痛いところをついてしまったのを知っているかのようだった。

実際そのとおりで、ジョーゼフの背筋がぞくっとした。

「めがねがこわれてて」

あわてていった。情けない言い訳だが、いまはそういうしかなかった。

「まあそうだったの。そういうことなら、何か――」

「読めるから」

「そっ、そうよね」

先生はいった。突然ジョーゼフがいらだったのにおどろいている。

「読めるのはわかっています。だって、あなたは十一歳だもの」

「十二歳」

また先生の顔が赤くなった。

「まあ、そうなの。じゃあ、あそこの椅子に腰をおろして、机においてある本を一ページ、席からでいいので読みあげてちょうだい。それなら目がつかれることもないだろうし、あなたが打ちこむのにぴったりの課題を見つけられますから」

そういうと先生は戦争ポスターに描かれている人みたいに、こぶしをつき上げて見せた。

地獄だ。すでにいやというほど訪れている地獄。教室内は静かで、先生がおれに無理やり読ませれば、静かなままだろう。ジョーゼフはそこで教室内と子どもたちに目を走らせる。小さいやつらはきっと何もいわないだろうが、大きいやつらは？　わかっている。ここだって同じだ。

なんらかの奇跡が起きて、この状況を変えてほしいと祈りながら、自分に集まる視線を無視して、ジョーゼフはゆっくり教室の床を歩いていく。

深く息を吸う。打開策が何も浮かばない代わりに、からっぽの頭のなかに、これから起きることを思って怒りがみるみる充満していく。机にたどりついて、椅子に腰をおろそうとした瞬間、背後で声がきこえた。

「ふん、クソだな。さっさと北へ帰れよ」

それに続いて別の声。

「心配ねえよ。こてこての北部なまりじゃあ、本もまともに読めねえって」

それだけで十分だった。怒りの導線に火がついて、ジョーゼフは火花のようにはじけた。予想どおりのこと、怖れていたとおりのことが、すべて出そろった。ジョーゼフは腕をさっと動かし、本を、机を、椅子を、次々とひっくり返した。

15

ふたつ目の机も、一瞬のうちにひっくり返ったが、三つ目、四つ目、五つ目のほうが、周囲に与える衝撃は強かった。そのころになるとジョーゼフはもう破壊のリズムをつかんでいて、ほかの子どもたちは教室のいちばん遠いすみへ逃げていた。しかし、本人はそ

んなことには気づいていない。燃えさかる怒りで何も見えなくなっていた。

椅子がひとつ倒れ、続いてもうひとつ。壁に反響する音がやけに耳につく。

やめろ。ここでも同じことをくり返すのか。自分にいいきかせるものの、まったくコントロールがきかない。あらゆるものをたたきつぶし、目に入る本をかたっぱしから焼きはらってしまいたい。だれが本なんて読むか。

窓に目がむいた。でかい。それにすぐそこだ。パニックになった頭では最高の逃げ道に思えた。ドアから逃げれば校長の手に落ちるだけだとわかっている。

次にひっくり返す椅子を目でさがしているジョーゼフには、ドハーティー先生が近づいてきているのがわからない。先生のゆっくりとした慎重な足どりは、ミセスFがアドニスの檻に近づいていくときと、そう変わらない。

ただし、ミセスFがアドニスを知るようには、先生はジョーゼフを知らない。うなり声がひとつ飛んでくると、それ以上近づくのはやめて、あやまるように両手をぱっとあげた。

「どうしたの、ジョーゼフ？　どういうこと？」

先生もパニックになってきく。

「バートがいったことが原因なの？　バート！　ジョーゼフにあやまりなさい」

けれど謝罪の言葉はなかった。

礼儀正しさよりも、腕っぷしの強さで鳴らしているバート・コナハンは、ひっくり返された机(つくえ)のかげで、ジミー・ロドウェルといっしょにすくみあがっている。もう少し時間がたって状況(じょうきょう)が落ち着いたら、笑いとばすなり、ばかにしたりもするだろうが、いまはまだショックで口がきけない。

しかしグライス校長においては、そんなことはなく、いつのまにか教室にいて、手にクラレンスをにぎっていた。

「ミス・ドハーティー！」

太い声がひびきわたり、不運にも、校長のうっぷんはまず担任(たんにん)教師にむけられた。

「校長室にもさわぐ音がきこえた。いったいぜんたい、どうなっているんだ？」

「すみません、校長先生。ジョーゼフがちょっと気が動転したみたいで。なんとおわびして——」

しかしグライス校長は、謝罪にも生徒の精神状態にも興味はなく、教室内を軽々(かるがる)とつっきっていくと、ききわけのない犬にやるように、ジョーゼフのえり首をぐいとつかんだ。やせてはいるものの、ジョーゼフにはそれなりの体重があり、おまけに手がつけられないほど興奮(こうふん)している。年をとった男がそう簡単(かんたん)におさえつけることはできないはずなのだが、グライス校長はそれを片手(かたて)でやってのけた。

ジョーゼフの足が床(ゆか)から浮(う)き上がり、近くにある机(つくえ)に頭をおしつけられた。

校長がクラス全員の前で生徒をむち打つのは初めてのことではない。グライス校長がこの職についてからずっと、そんなことは日常茶飯で、それを見て他の生徒たちは身をつつしんでいた。しかし、入学初日に生徒を打ちすえるのは、さすがに初めてだった。

　ジョーゼフのほうは、みんなの前であろうとなかろうと、むち打たれる経験は数え切れないほどしている。それでも校長におさえつけられながら、背をのけぞらせ足をけりだし抵抗をやめない。尻にクラレンスの最初の一撃を食らって、ショックと痛みに腕と脚がこわばっても、あばれるのをやめなかった。

　どんな経緯でかは知らないが、いずれこうなると、ジョーゼフにはわかっていた。今朝、ミセスFに本日の行き先を知らされた瞬間から。わかっていたからといって、屈辱も痛みも、少しもうすまりはしなかった。

「こういう、ふざけたまねは、この学校では、決して、ゆるさない」

　上から飛んでくる怒声の一言一句を、ジョーゼフの皮膚に刻みこむように、クラレンスが調子を合わせて尻を殴打する。しまいにジョーゼフは腕にも脚にも力が入らなくなり、ぐったりして動けなくなった。そうなって初めて、グライス校長は背を起こし、ひょろりとした髪のふさをひたいになでつけて息をととのえた。

「ミス・ドハーティー。あとは先生におまかせしましょう。同じことが二度とくり返されることのないよう、しっかり見てやってください。また仕事を中断されては、かないませんからな」

15

ジョーゼフが微動だにせずにいると、ドアが音を立てて閉まった。それと同時に、先生のやさしい手が肩におかれた。ジョーゼフははっと飛びのいて、窓の下の安全な場所へ逃げた。そこにしゃがみ、腕で両ひざをかかえると、その上に頭をのせた。

「みなさん、心配いりません」

ドハーティー先生がいった。興奮して声がかすれている。

「近くにある椅子や机をもとにもどしてから、読んでいた本の続きにもどりなさい。休み時間になるまで、黙読をすることにしましょう」

クラスのみんなは素直にしたがった。ようやくショックから覚めたようだ。ろうかを歩く校長の手のなかでクラレンスがまだゆれているのを思って神妙になっているのかもしれない。しばらくは机を移動させたり、倒れた椅子をもとにもどす音がひびいていたが、やがて教室内はしんと静まった。折々にページをめくる音がひびくものの、読んでいる内容が頭に入っているかどうかは怪しかった。

ジョーゼフはその場から動かない。ドハーティー先生が近づいてこようとすると、あからさまに拒否する態度を見せ、実際に身をひいた。終業のベルが鳴ってみんなが外に出ていっても、ジョーゼフは動かなかった。

足もとにグラス一杯の水がおかれて初めて、緊張の糸がほんのわずかにゆるんだ。

「これ、飲んだほうがいいわ」

ジョーゼフは動かない。

「つらかったわね、本当に」

ジョーゼフには、うわべだけの言葉にしかきこえない。

「どうしてああいうことになってしまったのかしら。バートの言葉に傷(きず)ついたのよね」

ジョーゼフはふんと鼻を鳴らし、ますます強く頭を腕(うで)におしつけた。だれもおれを傷(きず)つけることはできない。子どもなんぞに傷(きず)つけられてたまるか。

「だけどジョーゼフ、あれは本当なの？　バートがいったこと。本は、読めない？」

ジョーゼフはあごを両ひざのあいだにおしこんだ。下をにらみつける怒(いか)りの視線(しせん)で床(ゆか)に穴(あな)があいてしまいそうだった。

「お願い、ジョーゼフ。話をして。だってわからないの。ほかの何が、あなたをあれほど怒(おこ)らせたの？　まだ教室に足をふみ入れたばかりなのよ。だからここに来て、わたしといっしょにすわって。ちょっとでいいから。そうすれば、あなたが音読の勉強でどのあたりまで進んでいるかわかって、助けてあげることができる」

ジョーゼフは首を横にふった。あんなことがあったあとで、どうしてそんなことができる？　まるでドハーティー先生はおれに、またかんしゃくを起こしてほしいとでも思っているようだ。でももう、そんなことはしない。このまま動かない。必要ならば、クリスマスがくるまでずっと。ジョーゼフは、かたくなな性格をむきだしにした。

15

「ジョーゼフ、ねえ、きいて。あなたの勉強がどこまで進んでいるのか、わたしはグライス校長に報告しないといけないの。それ以上に心配なのは、毎月校長先生が行うテスト。そこであなたは音読しなきゃいけなくなる。
だから選択肢は簡単。いまここに来て、わたしといっしょに読むか、それとも読まずにおくか。読まなかったら次に校長先生がやってきたときどうなるか、わたしもあなたも、よくわかっているはずよ」

それだけいうと、先生はジョーゼフのそばからはなれて教壇にもどった。教壇のとなりに椅子を運んできて、さあ、いらっしゃいと態度で示している。

このままでは、らちがあかない。それでもジョーゼフは折れたくなかった。そちらに目をむけなくても、先生がそわそわしているのが気配で伝わってくる。壁の時計をちらちら見ながら、休み時間終了のベルが鳴る前に、なんとか生徒に近づいていこうと自分をふるい立たせているのだろう。

「じゃあ、これをおうちへ持って帰ってちょうだい」

ため息をついて、先生がジョーゼフのひざの上に本を一冊おいた。

「ミセス・ファレリーといっしょに読んで、わたしにメモを送ってくれるよう頼んでね。この本があなたには簡単すぎるか、難しすぎるか、それを教えてくださいって」

ジョーゼフは答えなかったが、本はひざの上におかれたままにした。素直に喜べないが勝利にはちがいない。小さいものだが、ここに来て以来、初めて手にした勝利だった。しかし、ミセスF（エフ）といっしょに本を読む段（だん）になっても、はたして同じ勝利感に酔（よ）いしれていられるかどうか。それはわからなかった。

16

動物園へむかう足どりは重かった。行かないですむなら、行きたくない。文字を読むことについて、ミセスF（エフ）と話したくない。シドに連れられてそこへ行くというのも、まったくうれしくなかったが、それでもいまシドはふたりのあいだに距離（きょり）をおき、いつになくだまって歩いている。それだけはありがたかった（教室であんなことがあったからだろう）。

しかし、のろのろと歩いている直接の原因はそういったことではなかった。

一歩ふみ出すたびに、激痛（げきつう）がつき上げてくる。クラレンスのせいだ。最初はまひしていたのか、身体も頭もほとんど何も感じなかった。ところがひとりぽつんとおかれて、時間がたってくると、アドレナリンも落ち着いて激痛（げきつう）がやってきた。痛（いた）みが強いのは尻（しり）か、それともプライドか。わからなかった。

16

「スイーツね」シドがふり返って、唐突にいった。

「何？」ジョーゼフはわけがわからない。

「甘いもの。いまあなたに必要なのはそれよ。戦争前は、甘いものを口に入れると元気が出たでしょ？　いまいましいヒトラー。わたしたちからお菓子までとりあげるなんて。きっとあなたが好きなのはレモンキャンディー」

はずれだった。ジョーゼフの好物はゼリーベイビー（赤ん坊の形をしたゼリー菓子）。でも、いまとなってはもう、どんな味だったか忘れてしまった。

「ちょっと休んでいかない？」

シドがいった。声がやわらかい。やさしい、といってもいいぐらいだ。

「どうして？」

「だって落ちこんでるから。それに、むちで打たれるのがどんなに痛いか知っているから」

ジョーゼフは信じられなかった。むち打ちに値するようなことを、このシドがやらかすとはとても思えない。でもうそをついているとしたら、うますぎる。

「べつにいいよ」ジョーゼフはため息をついた。

「すわれないって、わかってるだろ？」

「そうだね」

そういってニッと歯を見せて笑った。一列にきれいに並んだ歯はまっすぐで、口からはみ出しそうなほど大きい。

「そういう痛みをやわらげてくれるクッションは、わたしの経験から、どこにも存在しないってわかってる」

「シドがむちで打たれるなんて、信じられない。いったい何をやったんだ？　だまれといわれたのに、だまらなかったとか？」

「わたしには、あなたの知らない事情がたくさんあるの。あなたがそうであるように」

「どういうことだ？」ジョーゼフにいわれて、シドがちょっと口をつぐんで考える。

「どういえばいいかな？　ジョーゼフは……すぐかっとなる。前にもそういうところを見たけど、今日のは……またそれとはちがった。怖かった。わたしが怖かったという意味じゃないよ。あなたが心配になって怖かった」

ジョーゼフは肩をひょいとすくめ、相変わらずガードをゆるめない。

「先生がよけいなことをするからだ。おれのことなんか放っておけばよかったんだ」

「でも相手は教師よ。きくしかないでしょ？　新しい学校に入ってきたばかりの生徒なんだし。その子がどれぐらい本を読めるのか、教師は真っ先に知っておかなきゃいけない。そうでしょ？」

ジョーゼフはだまっている。ジョーゼフがしかめっ面をしているのも気にせず、シドは先を続ける。

「そもそも、もしあなたがまだ読む勉強をしていなかったとしても、そんなにたいしたことじゃないでしょ」

「したよ」ずっといいたかったことだった。

「努力はしたさ。いやになるほど」

「だけど……」

「だけど？」

「だけど、まだ読めないってこと？」

「ああ。だがおれのせいじゃない」自分を守ろうとあせって声が一オクターブ高くなった。

「文字だ」

「悪いのは文字ってこと？」

「ああ、そうだ」ジョーゼフの顔が赤くなった。

「ばかみたいにきこえるだろうが、本当だ。やつらはページの上で片時（かたとき）もじっとしちゃいない。読もうとするたびに動きだす。学校に行った初日から、そうだった。文字があちこち動きまわる。ダンスをしているみたいに。先生の発音はちゃんとききとれるし、意味もわかる。けど、文字が片時（かたとき）もじっとしていないんじゃあ、読めるはずがないだろ？」

答えにつまっているシドを見て、ジョーゼフはいわなきゃよかったと後悔（こうかい）した。

「おれは頭がおかしいって、そう思ってるんだろ？」

「そんなことない――」

「みんなそう思ってんだよ。おれがそういうことをいうと、頭がおかしいやつか、なまけ者だと思われる。その両方ってこともある。だから今朝学校へ行くのをしぶったんだ。べつになまけたいわけじゃない。どうせ最後には、むちか何かで打たれることになるって、わかっていたんだ」

シドは口をひらいたが、言葉が見つからない。

「もう忘(わす)れてくれ。シドが気にするようなことじゃない。これはおれの問題だ」

「だからといって、力になれないわけじゃない」

「なんで力になろうなんて思う？」

「それ、真面目にいってるの？　人と人は助け合う、そういうものよ。心配な相手には、手をさしのべずにはいられない」

「おれには、それはあてはまらない」

「そうみたいね」シドが悲しげにいった。

「それか、ジョーゼフが受け入れてくれないから、みんなただ、あきらめちゃったのかも」

ジョーゼフは鼻で笑った。こいつに何がわかる？

「でも、わたしはあきらめないから。実際どれだけの助けになるかわからないけど、やるだけはやる。だから、その気になったら知らせて」

シドが小走りになった。動物園のゲートが見えてきた。すぐにでもとりかかりたい仕事があるようだった。

「おい、シド！」

大事なことを思い出した。忘れちゃいけない。

「今日あったことを、あの人には話さないよな？　ミセスF（エフ）に？」

「さあ、どうかな。話してほしくないなら、わたしを信頼（しんらい）してくれないと。できる？」

それだけいうと走っていってしまった。そのときシドはニコッと笑ったのだが、ジョーゼフには見えなかったし、見えたとしてもそれが何を意味するのかわからなかっただろう。信頼（しんらい）か、とジョーゼフは思う。これまでそんなものにはとんと縁（えん）がなかった。それでも、ここは信頼（しんらい）するしかないのだろう。

17

ミセスF（エフ）は事務所ですわっていた。ジョーゼフが入っていくなり、はじかれたように立ち上がった。まるでビスケットの容器に手をつっこんでいるところを見つかった子どもの

ようで、なんだかばつが悪そうだった。

　まだ知り合って数日しかたっていないものの、ミセスFが長いことすわっている人間でないことはジョーゼフにもわかっていた。顔が赤らんでいて、オーバーオールはしみだらけ。ずっと忙しく働いていたのだろう。

「で、どうだった？」あいさつ代わりに、ぶっきらぼうな声が飛んできた。

「何が？」

「占領下のフランスに、パラシュート降下したんでしょ。学校よ。ほかに何がある？」

「まあ順調」目を合わさずにいった。

「すべてが……？」

「すべて？」

「何も問題はなかったってこと？」

　まさか。その逆だ。尻が痛みに悲鳴をあげているのだから大問題だ。けれど初日からむちで打たれたと話してしまえば、相手がすでに下している自分への評価が正しいと証明することになる。ミセスFの顔に満足そうな笑みが浮かぶのを見たくなかった。

「で、何をやったの？」

「まあ、ふつうに」

「算数？　つづり？　音読？」

17

「ああ、そういったこと全部」

ミセスFが最後に口にした言葉が、熱い痛みとなってジョーゼフの全身をかけぬけた。

「みんな歓迎してくれた？」

「みんなといっても、そんなにいない」

この事実はジョーゼフにとってありがたかった。それぐらいしか、ミセスFに提供する話題はない。

ミセスFがいぶかしげな目で、じっと顔を見てきた。きっとおれのかくしていることをさぐろうとしているんだろうとジョーゼフは思う。

「まあ、そうだろうね。何か宿題は出なかった？　あるなら、仕事を始める前に片づけておいたほうがいい」

かばんのなかに入っている本はわずか三十ページほどだったが、この瞬間、それが一ダースの聖書のように重くなった。この重荷をミセスFと分かち合うことはできない。それでジョーゼフは首を横にふった。ラクダのふんをミセスFといっしょにシャベルですくっているほうがよっぽどいい。説明できないことを説明するよりも。

「わかった。じゃあ、オーバーオールはぬいだ場所にそのままになっているから。オオカミとラクダはそろそろ食事の時間」

ジョーゼフは何もいわず、命令を受けとって、とぼとぼとドアのほうへもどっていく。

「そうそう、それが終わったらアドニスのほうも頼むね。えさは鉄柵のそばにもうおいてあるから」

完璧だ、とジョーゼフは思う。これからえさを与えに行くゴリラ以上に、逃げ場をすべて閉ざされた気分だった。

重たい足をひきずって園内をめぐりながら、自分に声をかける者があっても完全に無視する。といっても、ここの住人たちは決しておしゃべりなほうではない。野鳥だけが、ジョーゼフの存在を認めてかんだかい声で鳴くものの、それさえも、ジョーゼフには笑われているような気がしてならなかった。

まずはラクダから始める。といっても主導権をにぎっているのは動物のほうだった。ラクダは動作の鈍い動物で、走るというよりだらだら歩くイメージがあったのだが、ジョーゼフがほし草の大きなかたまりをかかえていると見たとたん、急に活気づき、気がついたらジョーゼフは檻のすみにおしやられて身動きできなくなっていた。猛烈な勢いで口を動かすラクダに指をかみちぎられそうだった。かばんから本をとりだそうかとジョーゼフは思う。こいつらが知識にも旺盛な食欲を見せるのか試してみたい。しかし鉄柵にぐいぐいおしつけられるので、それはやめておくことにした。

オオカミたちも同じように歓迎してくれたが、ラクダ同様、やつらがおれという人間を

17

好いているのではないことぐらいわかっている。やつらの目には、よしステーキが来たぞと映っている。バケツのなかでぽちゃぽちゃいっている動物の内臓よりも、こっちのほうがうまそうだと、そう思うのも無理はなかった。食べられそうなものはなんでも集めてくると、ミセスFがいっていたのは冗談ではなかった。もともとジョーゼフはレバーや内臓肉がさほど好きではなかったが、えさ用にバケツに入れてきたそれは、見かけもにおいも、数週間前に食べておくべきだったと思える代物で、においが手にしみついて、いくら洗っても永遠にとれないんじゃないかと思えた。

安全な距離をおいて放り投げるしかなく、それをオオカミたちが、がつがつ食べるのを見て思わずちぢみ上がった。たがいに争うように食って、あっというまになくなった。バケツの中身が血と死臭だけになるとジョーゼフはほっとした。問題は、オオカミたちのえさやりが終わってしまうと、えさを与える相手はもうアドニスしかいないということだ。奥歯をかみしめ、重たい足をひきずって、ゴリラの王国があるほうへむかうと、泥だらけの王座に堂々とすわっているアドニスが見えた。アドニスの目は、動物園の入り口のほうへずっとむけられている。

「おい、食事だ」

声をかけるものの、ぜんぜん気が入っていないのが自分でもわかる。アドニスはこちらに目をむけないどころか、まばたきひとつしない。自分がゴリラにどう見られているのか、よくわかって情けなくなる。

　こいつにえさをやりさえすれば、ミセスFも文句はない。しかしどうやって？　あっちはおれなど、まるで眼中にないのに？　ミセスFみたいに鉄柵に近づいていこうとは死んでも思わない。そんなことをすれば、腕をひっこぬかれずにはもどってこられない。

　代わりに、バケツから草をひとつかみとって、宙でゆらしてみせる。

「おい、めしだぞ！」

　大声をはりあげたものの、檻のなかに動きはない。こちらをちらりとも見ようとしない。

「来いよ！」

　むかっ腹が立ってきた。

「おれにだってチャンスをくれよ。ミセスFのえさはちゃんと食べたじゃないか！　そんなことないなんていうなよな。そこでふたり、仲よくしているのをちゃんと見たんだから。おれのえさの何が気に食わない？　おまえが何も食わないと、こっちが大目玉を食らうんだぞ！」

　アドニスのいる檻のなかに入ったらどんな感じがするのか想像もできない。ミセスFとアドニスはおたがいに信頼して、何もまずいことは起きないと信じているのだろう。本当のところはよくわからない。でもおれは今日まで生きてきて、そんなふうにだれかを信頼することなんて、まったくといっていいほどなかった。

17

しぶしぶながら、草をやめてキャベツにしてみる。ずいぶん古くなったそれをアドニスが視線をむけているほうへふってみせる。

「これならどうだ？」

やっぱりだめだ。アドニスの視線は動物園の入り口から片時もはなれない。

「あんなところを見ていても、何もいいことはないぞ。奥さんをさがしているんだろ。何があったか、きいたよ。シドが話してくれた。

奥さんは行っちゃって、もうもどってこないんだ。だからこっちへ来て、これを食ってくれよ。食ったら、何かほかのことをすればいい。木からぶらさがるなり、胸をドンドンたたくなり。なんでもいいけど、おまえがいましていることよりずっといい。

はっきりいって、むだだよ。行ってしまったものは、二度と帰ってこない」

たまたまだったのかもしれないが、その瞬間、アドニスがジョーゼフに目をとめた。

頭をゆっくりまわしながら、ふたりのあいだに広がる空間に焼けるような視線を走らせる。

ジョーゼフは緊張した。またむかってくるつもりか？　怖かったが、それを知られたくなくて、ジョーゼフは挑戦するようにぐっと胸をはり、相手より先にまばたきをするまいと胸に誓った。

「いらないのか？」

もう一度きいてみるものの急に自信がなくなってきた。アドニスがゆっくり立ち上がって、こちらへ歩いてくる。その場から逃げださないでいるために、全身からなけなしの勇気をふりしぼる。鉄柵をはさんでいても安心はできない。アドニスの動きには力がみなぎっている。その力が、ゆっくり歩くからこそ、ますます増幅されるように見えるのだった。

「やっぱり腹が減ってるんだな？」

えさをどうすればいい？　放り投げて、鉄柵のあいだから通すか？　それとも、ミセスFのように思い切って近づいていくべきか？

それは無理だ。もう安心して立ってはいられない距離までアドニスは近づいており、ジョーゼフは一歩下がってえさを投げた。

〝ごちそう〟に興奮したとしても、アドニスはそれを表に出さなかった。歩くペースは変わらず、目はずっとジョーゼフを見つめている。あと数歩の距離まで来たところで、ようやくとまった。そこで初めて、アドニスの様子に変化が現れた。腰をおろし、しゃがんだ姿勢で投げられたものをじいっと見ている。まるでメニューを調べているかのようだった。

キャベツの葉っぱをまじまじと見て、においをかぎ、指でつっつく。

と、わきにひょいと放り投げた。気に入らなかったようだ。

「おまえはグルメか？　キャベツはお気に召さないってか？　芽キャベツよりましだぜ。少しだけどな。だいたいここには、うまいもんなんて何もないよ」

ならばこれはどうかと、汚れたブロッコリーを投げてみるものの、すぐ投げ返された。

17

そのスピードにたじろいで、またジョーゼフは一歩下がり、バケツを放り出してベンチに逃げた。少し休もうと腰をおろしたとたん、尻の痛みで、今日の出来事を思い出す。

明日の学校はどうする？　ミセスFに音読のことを話すつもりはないが、その件をドハーティー先生が、明日になったら忘れているということもありえない。選択肢ははっきりしている。家に帰ってミセスFと本を読み、書いてもらったメモを先生にわたす……それか、グライス校長とクラレンスにむき合う。

最悪というしかない。ミセスFの前で屈辱をかみしめるか、また尻をこっぴどくむち打たれるか。どっちにしてもぞっとする。バケツに入ったオオカミのえさと同じだ。
と、ミセスFとシドの姿が遠くに見えて、ジョーゼフの思考は中断された。大きなほし草のかたまりを運びながら、ふたりで深刻そうに話をしている。

すでにぼろぼろになっている精神状態のせいかもしれないが、ジョーゼフはたちまち被害妄想に陥った。話題はひとつしかない。教室でおれがキレた事件だ。

だけどシドが密告するだろうか？　わたしを信頼してと、そういっていた。

近づいてくるシドをよくよく観察する。ひっきりなしにしゃべっているシドの顔から感情を読みとり、話をききながら首を横にふっているミセスFの様子を見る。その一秒ごとにジョーゼフの確信は強まっていく。やっぱり密告だ。信頼なんて口からでまかせだった。

かっとなって立ち上がり、学校のかばんをひき裂くようにあけて、ページのすみが折れた本をひっぱりだす。これで音読の練習をしろという。

シドはおれをはずかしめる気だ。ミセスF(エフ)の前で無理やり本を読ませようという。だれがそんなことをさせるか。

ジョーゼフは左手で本をつかむと、アドニスの檻(おり)へずかずかと歩いていき、どんな結果になるか考えもせず、鉄柵(てっさく)のあいだから檻(おり)のなかへ放り投げた。それからミセスF(エフ)をふり返り、とりわけシドにするどい視線(しせん)をむけて、大声でどなった。

「これでもう、読めない！　好きなだけ密告(みっこく)すればいい。ドハーティー先生にでも、校長にでも、なんならクラレンスにでも。もうおれの知ったこっちゃない。よく覚えておけ！」

声がふるえている。手も腕(うで)もそうだった。そればかりか、荷物をまとめようとかがむと、全身がブルブルふるえているのがわかった。身体がいうことをきかない。逃(に)げだす前に、もうミセスF(エフ)がすぐ横に立っていた。

「ジョーゼフ、いったいこれはなんのまね？」

「わかってることをきかないでくれ」

それからジョーゼフはシドを指さしていう。

「おまえもだ。早く教えたくて待ちきれなかったんだよな」

「何をいってるのか、さっぱりわからない。いったいぜんたい――」

いい終わらないうちにシドの注意は、舞(ま)い落ちる紙吹雪(かみふぶき)に持っていかれた。ジョーゼフの本を材料に、アドニスがつくった紙吹雪。三人が見守るなか、アドニスは残ったページのにおいをくんくんかいでから、舌を軽くくっつける。勢いよく放り投げたところを見ると、本はキャベツよりもそそられないらしい。

「ジョーゼフ。説明しなさい。それもいますぐ」ミセスFがいった。

しかしジョーゼフはそれに素直にしたがう気分にはなれなかった。

「べつにどうってことない。次になかに入ってだっこをしてやるときに、片づければいいだけだ。いずれにしろ、あなたが知りたいことはすべてアドニスが語ってくれた。おれと同じように、やつも本を読むのがきらいなんだ」

そういうと、ジョーゼフはシドを思いっきりにらんでから、足音も荒く歩み去った。

18

ジョーゼフはベッドから落ちた。

空襲警報の音が今夜はやけに大きく、切迫感もひときわだ。

あのサイレンはおれの知らないことを知っている？　着替えながらそんなことを思った。

急いで階段をかけ下りる。はく息が白い。キッチンではもうミセスFとツイーディが待っていた。

「行くぞ、ツイーディ」

裏口のドアから、その先にある防空壕へむかおうとしたところ、ミセスFに呼び止められた。

「今夜はふたりとも、わたしといっしょ」

ジョーゼフは眉をよせた。

「何かのごほうびだなんて、一瞬でも考えるんじゃないよ。今日学校で、何かあったのはわかってるんだ。あんたがいくらだんまりを通したってね」

「どうして穴ぐらにいちゃいけない？」

「ルーファス・トワイフォードが風邪をひいちまってね。母親の話じゃ、うつるってさ。だからしばらくのあいだ、距離をおいたほうがいい」

ジョーゼフは信じなかった。ミセスFはこちらの目も見ずにそういった。まったくくらしくない。それにおれだってマヌケじゃない。前回の空襲のあと、ミセスFとシルヴィー・トワイフォードのあいだで、なんらかの話し合いがあったのぐらいわかっている。それに会った瞬間トワイフォード夫人がおれを見下したのも、この人は見ている。トワイフォード夫人の目から見たら、感染性の病原菌を持っているのはルーファスではなく、おれだ。

ああいう目にはもう慣れている。ここ数年、同じような目で見られることは山ほどあった。おれの行動に対する非難、あるいは絶望を表明しているのだ。そういうときは、けんかになる前に、こっちが目をつぶるにかぎると、さすがにもうわかってきた。

そろってダッシュで家から飛びだすと、気温が一段と低くなっていて、一瞬だがジョーゼフは、屋外よりはしのぎやすい防空壕が恋しくなった。

「いいかい、わたしといっしょに来るなら、いわれたとおりにしないといけない。わかった？」歩調も気もゆるめずに、ミセスFがいった。

「わたしがいいというまで、そばをはなれないこと。今夜は水族館の地下にかくれることはできないんだ。震動で床の丸太がわれてきたんでね。それにあんたはわたしの目のとどくところにおいておきたい」

ジョーゼフは肩をすくめた。異論はなかった。それならライフルを手にしているミセスFを観察することができると思い、このときばかりはジョーゼフも、ミセスFとツイーディと並んで小走りになった。漆黒の闇のなか、自分たちがいまどこにいるのか正確につかめるのは、地平線が痛みに光を放つときだけだった。

それにしても寒い。時間がたつにつれて、指先も耳も切りつけられるように痛んできた。表に出ている肌という肌に、風がかみついてくる。逃れるすべはない。

「これ、つかって」

ミセスFがいって、ポケットから何か編み物のかたまりをひっぱりだし、ジョーゼフの手におしつけた。

見たところ、バラクラバ帽（肩までかかる大型の帽子）のようだったが、ジョーゼフはほしくなかった。

おれの機嫌をとろうとでもいうのだろうか？

「いいよ。そっちがかぶって」冷たくいった。

「ばかをいうんじゃない。あんたのだよ」

ミセスFの顔に、一瞬気弱な表情が浮かんだ。

「あんたに編んだの」

気弱そうな表情にバツの悪さがとってかわって、怒りに変わるまでは一瞬だった。

「つべこべいわずに、さっさとかぶりな」

ミセスFが正面にむき直り、真っ暗な夜に目をこらす。そのすきにジョーゼフは帽子をポケットの奥の奥までつっこんだ。

しかし、動物園のゲートの鍵をあけるころになると、ジョーゼフのやせがまんも限界がきた。遠くでまだ爆弾が落ちるいっぽう、頭のなかでは歯がカタカタ鳴っている。

「アドニスの檻の前で落ち合おう。もし悲しそうにしていたら、えさを与えてやって。途中、ほかの動物たちの様子も見てやってよ。犬も連れていって」

ミセスFはそういうと事務所のあるほうへ全速力でかけだした。

18

いうまでもなく、ツイーディはジョーゼフには見向きもせずに、ミセスFのほうへ飛んでいった。それでもジョーゼフは歩きながら、いわれたとおり、ラクダ、ポニー、オオカミ、野鳥のそれぞれに、ぞんざいながら目をやった。アドニスの檻の前に着いたところで、闇のなかにじっと目をこらす。しばらくすると目の焦点が合って、アドニスがいつものポーズで堂々とすわっているのが見えてきた。

「寒くないのかよ？」

ジョーゼフは凍えきった指先に息を吹きかけて、コートのそでのなかにしまった。

「おれだって必要がなかったら、こんなところにいないよ」

アドニスはゆっくりとジョーゼフに顔をむけ、眉毛の下からじろりとこちらをのぞいたかと思うと、ふんと鼻を鳴らした。不機嫌極まりない、という感じだった。

「おまえも寒いよな。だけど、おれのコートを貸すつもりはないから、せがむなよ」

また鼻を鳴らす音が返ってきた。今度はもっと大きく、長い。ゴリラの息のにおいがかげそうだった。

悲しそうにしていたら、えさをやるようにとミセスFからいわれた。ああやって鼻を鳴らしたのは、悲しみを表明しているのか、それとも単に機嫌が悪いだけか。ジョーゼフには判断がつきかねた。それでも草をひとつかみ、鉄柵のあいだから投げてやった。

情けないことにぜんぜんとどかず、アドニスから数メートルもはなれた場所に落ちた。

それでも注意をひくことはできたようで、アドニスは前足に体重をかけて、草の落ちた方向へぐっと身をのりだした。が、遠すぎると判断して、また身をひいた。

「なんだよ？　手のとどくところまで、ウェイターに運ばせろっていうのか？」

二度目に投げた草は、さっきより近くに落ちたが、まだアドニスには遠いらしい。相手はこちらをばかにするような態度を見せただけだった。それで今度は、汚らしいニンジンを投げてみた。すぐ近くに落ちたが、それでも手にとるには、アドニスのほうも多少なりとも動かないといけない。

アドニスはあざけるように首を動かした。が、それから片腕をあげ、もういっぽうの腕もあげると、その場でゆっくりと回転しだした。全身のすみずみにまでみなぎる力を見せつけているようだった。えさをつかむためにひょいと身をかがめた瞬間、たくましい筋肉が隆々と盛り上がった。

おどろいたことに、アドニスは自分のいつもいる場所にもどっていかない。代わりにジョーゼフと正面からむき合い、床に根をおろすようにこぶしをおしつけて、腰をおろした。これだけ近くで見ると、圧倒されるばかりだった。まさに堂々たる雄姿というべきだが、ジョーゼフはそれを認めたくない。

いまではあらゆる部分が拡大して見える。傷のひとつひとつも、目のなかで熾烈に燃える光も。冷たい風を受けて、毛がさざ波のようにゆれて流れたかと思うと、アドニスはえ

18

さを口へ持っていった。相手が自分を見ているのかどうか、このときジョーゼフにはわからなかったが、次に起きたことを思えば、まちがいなくこちらを意識しているといえた。アドニスは茎の部分をよけながらニンジンを一口で食い、それから片手を鉄柵のあいだから出した。その手とジョーゼフの距離は三十センチほどしかあいていない。

ニンジンの茎をすてるのだろうとジョーゼフは思った。実際アドニスもそのつもりらしかったが、その場に落とすのではなかった。手首をくいっと動かして、数メートル横へ放り投げた。片づけるためには、ジョーゼフもそこまで動かないといけない。

これにはおどろいて、ジョーゼフは大笑いした。笑わずにはいられなかった。そんなばかなと思われるかもしれないが、これはアドニスなりのジョークだとジョーゼフは考えた。〈おい、おまえ。食い物をとるためにおれを歩かせたんだから、おまえも茎を片づけるために歩けよな〉そういっているようだった。

「生意気なやつ！　これは仕返しだな？」

ジョーゼフはアドニスにきいた。アドニスは頭をぎこちなく後ろへひいた。

「笑わせてくれるよ。今度はバケツに当ててみてくれ。見事命中したら、オオカミのえさをくれてやる」

アドニスは最後にうなり声をひとつあげると、いつもの場所にゆっくりもどっていき、遠くで爆弾が落ちるのと同時に腰をおろした。今度の爆弾は以前より音が大きく距離も近かった。それが合図であったかのように、ミセスＦとツイーディがすぐ視界に入ってきた。

「えさはやった？」

「ああ」ジョーゼフはアドニスから目をはなさずにいった。

「王さまは、たしかに召し上がった」

「よし、それじゃあ、わたしといっしょにさがって。今夜のドイツ兵はあきらかにやる気よ」

「やる気は伝染するんだな」

ジョーゼフはいって、ミセスＦが手にしたライフルに目がくぎ付けになる。ミセスＦがそれをぐいと動かして、ジョーゼフを暗がりにさそう。

「いいかい、だれもこんなところにはいたくないんだ。でも仕方ない。ここの管理者はわたしであり、ここにいる動物たち――そのすべてに、わたしは責任がある。そんなことは起きてほしくないが、もし爆弾が落ちてきて、ここにいるアドニスが野放しになったらどうなる？　ヒトラーと同じように自由に町を歩きまわるよ。大変な被害になる。ちがうのは、アドニスがそうするのは恐怖からだってこと。ヒトラーはそうじゃない」

「それじゃあ、撃つの？　もしその必要が出たら、あなたがアドニスを殺す？」

「さあどうだろう。爆弾が落ちてくるまではわからない。どこに落ちるか見て判断する。ひょっとしたら、引き金をひく前に、わたしが爆弾に殺されるかもしれない。あるいはアドニスが先にやられるかもしれない。わかっているのは、正しいことなのに、心のなかではぜんぜんそう思えない。そんなこともあるってことだけ」

それだけいうとミセスFはベンチに腰をおろし、口もとをスカーフでぐるぐる巻きにした。これで話は終わりというあきらかなサインだった。

19

夜はまだ寒い。ミセスFの目から、涙が一粒こぼれ落ちた。

ごわごわしたウールの手袋でさっとぬぐったものの、ジョーゼフは見のがさなかった。

寒さのせいか、それとも、いざというときには引き金をひかなければならない重圧のせいか。さてどっちだろうと見極めようとするものの、しゃくにさわることに相手は帽子をひきさげてスカーフをひっぱりあげ、顔を完全にかくしてしまった。

ミセスFのとなりでふるえながら、ジョーゼフはふたりのあいだに距離をおいている。

寒さでエネルギーは枯渇し、ジョーゼフ自身も闇に消えかかっている。ミセスFは事務所から持ってきた毛布とスカーフで全身をぐるぐる巻きにしていた。

ジョーゼフは視線をずっと前方に据えて、檻の鉄柵を見ているが、時折ちらっと目を移して、ミセスFがちゃんと起きているか、ライフルをしっかりにぎっているか、たしかめもする。ひやひやしながらも退屈な時間だった。

一時間が過ぎた。

夜が深まって闇が濃くなり、星さえも力を失ってうすぼんやりとしか光らない。眠りにさそわれながらミセスFはそれを拒み、コートのなかでぎゅっと身をちぢめている。深くなった呼吸が、檻のなかのうなり声と調子を合わせるようにひびきあう。

ミセスFがまさに眠りに落ちようとするそのとき、ジョーゼフはぼそりといった。

「どうせできない」

ミセスFの目がぱっとあいて身体を緊張させた。無意識のうちに指が引き金におかれる。

「何？　どうしたの？」

「あなたは引き金をひけない。そうしなきゃいけなくなっても。ひけるわけがない」

ミセスFが大きくのびをしてあくびをした。眠りかけた自分にいらだっているようだ。

「なんでもお見通しという口ぶりだね」そういって、目をすーっと細める。

「つかれているなら、おれが拳銃の番をしてやってもいい」

「ライフルだ。拳銃じゃない。だいたい、わたしがあんたにこれを預けるなんて、本気で思ってるの？　アドニスを見るなり、とたんに嫌悪感をむきだしにした。たとえヒトラーがベルリンから白旗をふったとしても、あんたは引き金をひくだろうよ」

ジョーゼフはだまって考える。必要になったら、おれは引き金をひけるだろうか？

数日前だったら、相手に四の五のいわせず、手からライフルをうばっていただろう。やつにあんなにビビらされたのだから当然だ。しかし、認めるのは大いにしゃくにさわるものの、今は引き金をひけるかどうか、大いに疑問だった。

アドニスのちがった側面を見てしまった。今夜の冗談めかした行動ばかりじゃない。ミセスFといっしょにいるときのやつの態度。あんなにそばまで人間を近づけて平気でえさを食っていた。ふたりのあいだには鉄柵さえ不要だと思える強い信頼感で結ばれていた。

自分もあんなふうにアドニスにえさをやることができたら、どんな感じがするだろう。しばらく考えてジョーゼフははっとわれに返った。むだなことを考えるな。おれの人生はそういうふうにはできていない。友情や信頼になんの意味があるのか。意味なんてない。

あたりを静寂が支配し、闇がいっそう濃くなった。頭上の空に爆撃機の気配はなかったが、警報解除のサイレンはまだ鳴っていない。夜は寒い。あまりに寒いので、ミセスFが編んでくれたバラクラバ帽を活用することにした。思い切ってかぶってみれば、どうってこともなかった。

ミセスFから寝息がきこえてきた。あっちはとうとう眠りに屈したようだが、おれはそうじゃない。目をぱっちりあけていて、あつかましくも眠りが忍びよってきたら、いつでもつねってやろうと身がまえている。
ミセスFの寝息がいっそう深くなり、ぐったりした身体が自分にそっとよりかかってきた。本能的にぱっとおしのけたが、その拍子ににぎられていたライフルがすべって、ジョーゼフのひざに静かに落ちた。それをジョーゼフは慎重にかかえる。地面に落ちて発砲したら大変だと思った。しかし銃身を手でつかんだとたん、なんともいえない違和感につつまれて、いろんな感情がいっぺんに胸にふくれあがった。危険な手ざわりと、力を感じるずしりとした重み。その力は持つ者を圧倒し、ジョーゼフはたちまち恐怖にかられた。ライフルを手にすれば、勇気が出ると思ったのに、恐ろしいばかりだった。

兵士も初めて銃を手にとったとき、同じように感じるのだろうか？　それが、時間がたつにつれて徐々に変わっていくのか？　何度も銃で敵をねらううちに、だんだんに軽く感じられるようになり、特別なものではなくなっていくのか？　あるいは、自分もまた、だれかにねらわれるようになって初めて、人に銃をむけるのが怖くなくなるのだろうか？
ジョーゼフは父親のことを考える。何百キロもはなれた遠いところにいるとうさんも、いま同じように銃をにぎっているのだろうか。やっぱり怖い？

そうであってほしくない。こんなところに自分をひとり残して、つらい目にあわせる父親をジョーゼフはにくんだが、それと同時に、父に対して燃えるような愛も感じていた。だからこそどうしても知りたい。とうさんはいまも生きていて、ちゃんと息をしているのか、家に帰ってくるのか。

檻のなかから、やわらかな音がして、ジョーゼフは物思いから覚めた。アドニスが檻のなかを行ったり来たりしている。ミセスFを目覚めさせるほどではないものの、ジョーゼフが銃をむけるには十分な物音だった。心臓の鼓動が速くなる。

そのときが来たら、撃てるのか？

空を見あげる。何もない。からっぽだ。もしまたやってくるにしても、まだここにはいない。近くに来ている様子もない。

それでジョーゼフはミセスFと同じようにして待った。両手がじんじんしているのは、かみつくような寒さのせいばかりではなかった。

しかし、何も起きない。だれも来ず、ミセスFとふたりきり。身体をつつんでいる衣類と毛布がジョーゼフを眠りにひきこむ。抵抗もむなしく、ジョーゼフはとうとう目を閉じた。ライフルがすべって、ふたりのあいだの地面に落ちる。もう拾いあげることもしない。

檻のなかでは、まだふたつの目があいている。距離はあるものの、少年を見張っている。

時がたって警報解除のサイレンが鳴りひびくまで、その目はずっと見張っていた。

20

長い夜は、長い一日を意味する。

ジョーゼフは、ほんのわずかにあけたまぶたのあいだから、まだ寝かせておいてくれと懇願した。家にもどってきて枕に頭をのせたのは、ほんの一時間ほど前だった。それでもミセスFはジョーゼフの懇願にまったく耳を貸さない。

「昨夜この町で眠れなかったのは、自分だけだと思っているの？」

そんなのは知ったことじゃない。どうでもいい。ジョーゼフが知っているのは、目にさすような痛みがあることと、ひどい筋肉痛が残っていることだけだった。

ベンチは寝床にするような場所ではない。しかも目覚めたときのバツの悪さといったらなかった。ジョーゼフはミセスFにぴったり身をよせて、そのぬくもりを少しでも吸いとろうとしていたのだった。はずかしさが多少やわらいだのは、ミセスFもまた同じことを感じたとわかったからで、あわてて地面に落ちたライフルを拾いあげると、ベンチの反対はしにさっと移動した。

「どんな言い訳も、きかないからね、ジョーゼフ・パーマー」

ジョーゼフはひき下がらず、腹が痛いとうったえたものの、ミセスFは病欠届を書いてくれないのはもちろん、心配げに眉ひとつあげることもない。気がつけばジョーゼフはキッチンのテーブルについていていた。

「で、昨日先生は、なんていってた？　授業にちゃんとついていける？　家で補習が必要だといわれなかった？　わたしが算数や国語を勉強したのは、もう遠い昔だけど、なんなら協力するよ」

「先生はまだ考えている最中」

ジョーゼフはボウルに入ったおかゆを食べながら、はきすてるようにいった。残念なことに、甘みはまったくついていない。そして今日もまた、気づいていないながら、知らんぷりした事実がある。またミセスFはおれのボウルに、自分より多くよそっている。

「じゃあ、計算はしなくていいんだね？　ほかもだいじょうぶ？」

ジョーゼフは肩をすくめた。しゃべらなければ、うそはつけない。

「そうだ、今日はわたしがついていったほうがいいかもしれない」

言い訳をさがそうと、ジョーゼフはあせる。救いの手は意外なところからさしのべられた。玄関に立っているシドを見て、ジョーゼフは学校のかばんとガスマスクの箱を手に、走って出むかえに行く。ミセスFはあぜんとしている。

「ちょっと、どうしたの？」とシド。

シドはジョーゼフにほとんどひきずられるようにして門を出て、通りを進んでいく。ジョーゼフはシドの質問に答えないばかりか、それからしばらく無言を通している。ミセスFから逃れられてほっとしたと同時に疲労感がもどってきたのだ。一歩ごとに足が重たくなり、なかなか先へ進めない。

「ちょっと、しっかり歩いてよ」

「つかれてるんだ。おれ、ほとんど寝てないんだぜ」

シドは少しも同情せず、首を横にふった。

「まだ気づいてないの？　ここではね、疲労は慣れなきゃいけないものなの」

「シドの無礼のように？」

「わたしは無礼じゃないよ、ジョーゼフ。ただ率直なだけ。睡眠不足はお肌に悪いから、今夜は爆撃をやめて寝かせてやろうなんて、ドイツ兵が思うわけないのは知ってるでしょ」

ジョーゼフはあたりに目を走らせた。この光景を見れば、シドの言葉に納得せざるを得ない。角を曲がるたびに、無残にくずれ落ちた建物と、爆弾が破裂して道にできた穴が目に飛びこんでくる。

「昨日の夜は、もっと遠くでやってると思ったんだけどな」

ジョーゼフはいった。自分の胸にもうそはつけない。こんなに近かったとわかって、ぞっとした。

「あそこの穴、見える？」

　五十メートルほど先にある、とりわけ大きな弾痕をシドが指さした。

「先週まで、あそこに二階建てのバスがあったんだけど、吹き飛ばされて、見事まっぷたつ。その次の夜には、建ち並ぶ店のはしからはしまで全滅」

　シドの指さす先には、さらにたくさんのがれきがあって、裸のマネキン人形がさまざまな姿勢をとって転がり、どれも手や足など、身体の一部が欠損していた。シドは顔をしかめて目をほかへ移したが、ジョーゼフの目はそこにくぎ付けになっている。シドが話題を変える。

「だけど、家からあんなふうに走りでてきたから、びっくりしちゃった。ジョーゼフが学校に行きたくてたまらないなんて信じられない。だってつかれてるっていうし、あんなこと……ほら、昨日のことがあったあとだし」

「べつに行きたくてたまらないわけじゃない。ミセスFに、ついてこられるのがいやだったんだ」

「ついていくって、おどされたの？」

　ジョーゼフはうなずいた。

「なるほど」

シドは一拍おく。

「そっか。じゃあ話したの？」

「話すって何を？」

「昨日何があったか」

「どう思う？」

「話したとは、とても思えないよ」

「さすが天才」

「天才じゃなくたってわかるよ。だって、話したところで、いっしょに本を読んでくださいって、ミセスＦに頼めない」

「え？　なんで？」

「だって、このあいだ見たもん。アドニスがジョーゼフの本をびりびりに破いたのを。わたしはべつに読むのは苦手じゃないけど、あんな紙吹雪みたいになったものを読むなんて無理。しかも首筋にシルバーバックゴリラが息を吹きかけてくるんだよ」

「ミセスＦだって、無理だな」

ジョーゼフはいいながら、シド以上にその場面をおもしろがっている自分に気づいた。

「本当のことを話したら、おどろくのはジョーゼフのほうだと思う。ミセスＦはあなたの力になりたがるだろうから」

「そりゃそうだろう」皮肉たっぷりにジョーゼフはいう。

「だけど、おれをおどろかすようなことは、あの人には何もできない。シドと同じだ」

「それ、どういうこと？」シドが眉(まゆ)をよせてきいた。

「わかってるはずだ。昨日動物園に着いて、別れぎわにおれになんていった？」

「さあ、なんだろう。『バイバイ』かな。それとも、『またね』かな。『あなたとお話をして、楽しく有意義な時間が持てました、ありがとう』でないことは、たしか」

「わたしを信用してって、そういったんだ」

「だから？」

「見たんだよ。シドがミセスＦ(エフ)と話しているところ。学校であったことを全部バラした。図星だろ」

　シドの足がとまった。

「なんだよ。ちがうっていいたいのか！」

「ジョーゼフ、世界はあなたを中心にまわっているわけじゃない。胸(むね)に誓(ちか)って正直にいうけど、わたしは話してない」

「じゃあ、何を話してたんだよ？」

「別のこと」

「信じない」

「でも、本当だから。だいたいなんだって、わたしがそんなケチをつけられなきゃいけないわけ？」

「わたしを信じていいって、そういったからだ」

「それはそのとおり」

「じゃあ、何を話していたのか、いえよ！」

思わず大声をはりあげた。何もかもが疑わしくなっていた。

「話していたのは……わたしの両親のこと」

ジョーゼフの声に怒りがにじんでいたのと対照的にシドの声には悲しみがこもっていた。

「なるほど。で、両親の何について？」

シドが迷うような顔を見せる。口ごもるなんてめずらしいと、ジョーゼフは思う。

「それは……。ふたりが亡くなってから、そろそろ四か月になるって話」

「亡くなった？」

「そうよ」

ジョーゼフの耳でふいに血液がドクドクいいだした。いまのはききまちがいじゃないかと、不安になる。

「話、つくってんじゃないのか？」

会ってまだ、さほどたたないというのに、ジョーゼフはすでにいくつもの失言を重ねている。しかし、シドの顔に浮かんだ、いまにも雷が落ちてきそうな表情を見ると、いま口にした一言が、ほかのどんな言葉より段ちがいに罪深い失言だったとわかった。

「なんでそんなことをしなくちゃいけないの？」

シドにいわれて、ジョーゼフの顔が真っ赤になった。まずいと瞬時にわかったが、いったん口から出てしまった言葉はとり返せず、次に口にした言葉で、さらに事態を悪化させてしまう。

「さあ。うそをとりつくろうためとか？」

「わたしがうそつきじゃないと、あなたにわかってもらうために、両親の死をでっちあげたって、そう思ってるの？　自分が何をいっているか、わかってる？」

「ああ、いやつまり、わかってない。とにかく、あんまりびっくりしたもんだから。信じられなかったんだ、本当なのか？」

シドはかすかにうなずいた。その小さな仕草が、悲しみをきわだたせる。

「二日目の空襲で。パパにはすでに召集令状が来ていて、その三日後には戦場に出発することになっていたの。ママもわたしも恐ろしかった。きっとパパはヒトラーに殺されるって。だけど、まさか、さよならもいわせてくれないなんて、ママまでうばってしまうなんて、思いもしなかった」

ジョーゼフは話についていくのに、つかれた頭を必死に回転させないといけなかった。

「けど、シドは……シドは生きている。どういうこと？　いっしょにいなかったのか？」

「空襲警報が鳴るのが遅かったの。爆撃機が頭上に来て初めて、警報が鳴った。階段をおりようとしたときには、もう爆弾が投下されていて、階段をおりきったときには……もう、遅かった。ふたりとも爆弾にやられた。

　わたしは運がよくて、たまたま生き残った。けど幸運だったなんて思えない。わたしが生き残れたのは、ママがわたしの上にかぶさって、ママの上にパパがかぶさって、守ってもらったから。ふたりがそういうことをしたのも、わたしは直接知らない。頼んだわけじゃなかった。わかっているのは、目が覚めたら、わたしは病院にいて、両親がいなかったってことだけ。ふたりともね」

「ほかには、何も覚えていないのか？」

「病院で教えてもらっただけ。看護師さんたちは、三体の遺体を見つけたと思ったんだけど、よく見たらひとりはまだ息をしていた。かろうじて呼吸があった。わたしの肋骨は折れていて、肺には穴があいていて、だけど両親はもっと……」

「もういわなくていい……」

　ジョーゼフが口をはさんだ。それ以上ききたいのかどうか、自分でもわからなかった。

「……けど、話してくれてもいい。もし話したいなら。ただ悲しい気持ちになるなら
――」

20

「悲しいのはあたりまえ。話すのは楽じゃない。だけど、自分の心のうちに閉(と)じこめておくよりはずっといい。ふたりとも最初からいなかったんだって、そんなふうに思ってしまうよりね。だって、もしそんなふうに思ったら……」

そこで燃えるような目をむけられて、ジョーゼフはちぢみ上がった。

「……そんなの、耐(た)えられない」

「じゃあ、いまはだれと暮(く)らしているの？」

「叔母(おば)よ。いい人なんだけど、子どもを育てた経験がないの。わたしの見るかぎり、子ども好きって感じじゃない。わたしにどんな言葉をかければいいのか、わからないみたい。きっと叔母(おば)さんも悲しいんだと思う。だからわたしは、できるだけそばをはなれて、動物園にいるようにしているの」

「忙(いそが)しくしていられるから？」

「そう、それにミセスＦ(エフ)は、わたしに話をさせてくれる。もっと大事なのは、気持ちをわかってくれる。気にしてくれているのね」

「あの人が？　冗談(じょうだん)だろ？　ミセスＦ(エフ)がやさしい言葉をかけるのは、アドニスだけだ。それでいて、ライフルの銃口(じゅうこう)もむける」

「ジョーゼフ、まだそんなことをいい続けるつもり？　ミセスＦ(エフ)は……そりゃ、不機嫌(ふきげん)になることもあるし、ちょっと無愛想よ。でもね、正直にいって、あの人がいなかったら、わたしはどうなっていたかわからない。ミセスＦと動物園のおかげで大丈夫なの。だからきっとあなただって、受け入れる姿勢さえ見せれば、ミセスＦは助けてくれる」

「それはないいな」

「そうじゃないって。助けようとしているのに、あなたがそうさせないだけでしょ。だからもう一度いっておく。わたしは助ける。学校のことなら。あなたが助けてほしいといえばね。これで最後だから覚えておいて。厚意を受けるも受けないも、あとはあなた次第」

沈黙が広がった。ふたりいっしょにいて、こういうことはめったになかった。どちらもだまって、自分の物思いにふけっている。ジョーゼフはいま初めてわかったことを、頭のなかで整理していた。

シドの話を疑うべき理由はどこにもない。自分が怒りをはきだすのと同じに、シドは思っていることを率直に外に出す。けれど、両親が死んだ事実が片時も忘れられず、毎日その事実とむき合いながら、笑顔を見せられるというのが信じられない。

シドは怒らないのか？　暗くなった夜空にむかって、怒りを発散させようとは思わないのか？　爆弾が落ちてくるというときに、どうして家のなかでじっとしていられるのか？走って外に出ていって、手榴弾を爆撃機に投げつけたくならないのか？

そこでふと、自分が失ったもののことに思いがいき、とたんにジョーゼフは怒りを爆発させたくなった。

相手に気づかれないよう、ちらっとシドの様子をうかがう。

ひょっとして、シドはおれを助けることができるのか？　こちらがほんの少しガードをゆるめるだけで？

21

壁につりさがっているクラレンスを見たとたん、ジョーゼフの疲労は吹き飛んで、代わりに恐怖がふくれあがった。それが燃料になって、つかれ切った足がてきぱきと動きだす。あれを見るたび、身に危険が迫っていることを意識する。危険はさまざまな形をとって、ジョーゼフの身に迫ってくる。

グライス校長（そしてもちろん、クラレンス）は、マナーと音読の両方をテストするとおどしてくるし、クラスメートのバートとジミーとは、いずれ徹底的にやりあうのはさけられない。

あのドハーティー先生だって例外ではない。考えただけで心臓の鼓動が速くなり、胃をかきまわされる気がする。恐怖のせいじゃない。先生は、この町ではめずらしい、やさしい心の持ち主であり、それでいて教室内の平和を保つ鍵をにぎっている。それでも、こちらに不用意な質問をひとつ投げるか、あるいは音読をさせようなどとしてきたら、自分がどうなるかわからない。しかし目の前にずらりと並んだ危険のなかで、最初にぶつかったのがドハーティー先生だったことに、ジョーゼフは心からほっとした。

「おはよう、ジョーゼフ」

やさしい口調だが、少しおどおどしている。

ジョーゼフはぼそっと返事をしただけ。あいさつを会話に発展させたくなかった。

「こんなに朝早く、晴れ晴れとした顔で登校してきてくれてうれしいわ」

先生は続けたが、これには答えないことにする。壁の時計を見るかぎり到着したのは時間ぎりぎりだし、目の下が睡眠不足でたるんでいる顔を晴れ晴れとした顔とはいわない。

「今日は算数から始めようと思うの」

先生がいった。懇願するような表情だった。音読をしろといったときと同じように、この子は算数でもキレてしまうだろうかと、さぐるような目だった。

どうでもいいというように、ジョーゼフがひょいと肩をすくめ、椅子にすとんと腰をおろしたのを見ると、先生がほっとしたように肩の力をぬいたのがわかった。

クラス全員が教室に入ってくるのに、そう時間はかからなかった。そもそもそんなに生徒は残っていない。シドが最初に現れて（ほんの数分だが、ジョーゼフのそばからようやく

21

はなれてくれた）、小走りになって、先生にいちばん近い席をとった。それから小さな子たちがワイワイがやがやと入ってきて、最後にバートとジミーの登場とあいなった。

長時間動物園で過ごしたせいか、ふたりを見るなり、ジョーゼフは動物になぞらえずにはいられなかった。あれは捕食動物だ。ふたりの動きには、どこか小ずるそうなところがあるうえに、群れになると強気になる習性をそなえている。これはもうオオカミしかないだろうとジョーゼフは思う。ただし、この二匹は動物園にいるオオカミたちよりも、わずかだがえさを多くもらい、あきらかにもっと危険だった。

「コンちわ！」

バートが下手な北部なまりをつかって、あいさつをしてきた。

「くず屋の子どもが、今日もやってきた」

もちろん、ジミーはこれをおもしろがったが、ジョーゼフはおもしろくない。遠くをじっとにらみながら、ふいにあごがこわばってきたのを感じている。するとジミーがいった。

「おい、やめろよ。そうでなくたって、かわいそうな身の上なんだ。家族ににくまれて、こんなところまで送りだされた。おまえは爆弾といっしょに遊べってな」

ふたりの笑い声は、いきなり立ち上がったジョーゼフの椅子の音にかき消された。周囲の子たちの息をのむ音と、あいだに入ろうとあわてて走ってくるドハーティー先生の足音がそれに続く。

「いいかげんになさい！」先生がどなって、いがみあう両陣営に交互に目をやる。

「バート、ジミー、むこうの席に着きなさい。ジョーゼフはそのままそこに」

だれも動こうとしない。

「ほら、早く。グライス校長先生におこしいただきたくないのなら」

当然ながら三人はすぐに動きだしたが、うっぷんはおさまらない。通りがけにバートは、ジョーゼフの椅子の足をこっそりけっていった。

「ではみなさん、机の上に算数の教科書を出してください。今から二十分、前回勉強した続きから、だまって問題をときましょう」

そこで先生はジョーゼフに顔をむけた。距離はおいたまま。

「ジョーゼフ、あなたには短いテストを用意したの。どこまで勉強が進んでいるか、見るためのテストよ。現時点ではとけない問題も入っているから、それは無視してちょうだい。あなたがどこまでできるのか、それを見たいだけだから。これ以上は無理だと思ったら、そこで終えて、わたしに見せてちょうだい」

数分後、ジョーゼフは手をあげた。同じ手で、昨日は机をひっくり返したことを思えば、それだけで進歩したといえる。

「終わりました、先生」自信のない声になった。

「本当に？」

21

先生がおどろいてひたいにしわをよせ、バートが皮肉な笑い声をもらした。けれど、教壇まで持ってくるようにいわれたので、ジョーゼフは怒りをおさえた。

「見せてもらうわね」

ドハーティー先生がいって、答えをえんぴつでたどりはじめた。次々と丸をつけながら、眉毛がどんどんつり上がっていく。

「あなたには簡単すぎた、そうなのね！」

どうして先生が興奮しているのか、ジョーゼフにはわからなかった。この手の計算は簡単だった。

「このページの問題をといてみて」

先生はいって、別の本をわたしてきた。こちらにはさっきよりずっとたくさんの数字が並んでいる。べつにさわぎもせず、かといってやる気満々というわけでもなく、ジョーゼフはそれを受けとると、十分ほどで全部といて先生に見せにいった。今度もすべて正解で、先生はさっきよりも興奮して満面に笑みを浮かべている。

「ジョーゼフ！　いったいどこで、これだけのことを学んだの？」

ジョーゼフは肩をすくめた。べつに格好をつけるわけではなく、正直な反応だった。どうしてこんなにさわがれるのかわからない。ジョーゼフにとって計算はいつでも簡単で、音読が難しいのとまるで逆なのだ。先生だけにきこえる声でジョーゼフはいう。

「それってパズルみたいなもんだから」

「それもそうね」

先生がジョーゼフよりずっと大きな声でいった。

「だけどここにはすごく難しいパズルも入っている。あと二年先にならないと、あなたにはとけないと思っていたパズルがね。だからおどろいたの。うれしいわ。本当に」

そこでジョーゼフの顔をじっと見たまま、先生は間をおいた。

「そうそう、ちょっと失礼するわ。ほんの一、二分」

そういうと、先生はジョーゼフのつかっていた教科書を持って教室からあわてて出ていった。バートとジミーにとっては、待望のチャンスが訪れたも同然だ。

「おい、アインシュタイン」バートがせせら笑うようにいった。

「答えをどこにかくしているんだ？　おまえが自力でとけるわけがない」

ジョーゼフは顔こそそむけないものの、ジミーに意識はむけなかった。それより前に投げつけられた悪口。あれが胸のなかに落とした怒りの火が、みるみる大きく広がっていくのがわかる。

「グライスの野郎だって、信じないぜ。初回から、おまえは尻にバッテンをつけられた。あの校長がおまえの悪事を見のがすはずがない。ドハーティー先生はだませても、校長はだませないんだよ」

21

ジョーゼフは気がつくと机を乗りこえていた。さすがにがまんの限界に来て、バートのセーターの胸元をぎゅっとにぎりしめ、ぐいぐい自分のほうへひっぱる。

「この野郎、もう一度いえるもんなら、いってみろ」

この挑戦をバートが受けて立たないわけがなかった。こういう対決は、彼が愛してやまないものだったが、ここ最近は、めっきりご無沙汰だった。戦争によってうばわれるものは、人によってさまざまだが、皮肉なことにヨーロッパじゅうで戦闘が行われているというのに、バートは戦いの機会をうばわれていた。入学以来ずっと、バートはけんかを通して、自尊心を肥え太らせていたのだった。

「おい、パーマー、何怒ってんだ？　本当のことをいわれて傷ついたか？　おまえはカンニング野郎だ」

ジョーゼフはセーターをつかむ手に力をこめた。

「おまえに、おれの何がわかる」

「おっ、図星だったか？　いや、おまえのことならおれは十分わかってる。おまえがここにふさわしい人間じゃないことぐらい、一目見てわかったさ。教室にいるだれひとりとして、おまえにここにいてほしいと思うやつはいないんだよ」

ならばひとりで全員と戦ってやると、ジョーゼフは思った。ふだんけんかになって真っ先に手を出すのは、たいていジョーゼフだった。しかしこのときは先をこされてしまった。

バートにではない。ジミーにでもない。先に手を出したのはシド。バートの身体を力まかせにおし、あやうくバートはジョーゼフも巻きぞえに机から床にひっくり返るところだった。

「何いってんの！　ジョーゼフにそばにいてほしい人間はいくらでもいる。それに、バート・コナハン、わたしはあなたに自分の気持ちを代弁してくれなんて頼んでないから」

バートはぎょっとした顔でシドを見ている。

「おまえには、関係ない。だいたい何様のつもりだ？　こいつの彼女か何かか？　消えろ」

バートの言葉は火に油を注いだようなもので、シドはますますふるい立った。

「消してみれば」

そういい返したものの、バートがそうする必要はなかった。ジミーがわって入ったからだ。頭脳でなら、シドはバートを打ちのめせたかもしれないが、どだい体格がちがう。ジミーに後ろからひっぱられ、両わきからかかえられて机の上にすわらされた。

また全員の目がバートとジョーゼフに集まった。ドハーティー先生の姿はまだどこにもない。

「来いよ、ジョーゼフ・パーマー」

バートがはきすてて、こぶしをひいてかまえた。

ジョーゼフには相手の考えていることがわかった。こちらをたきつけて先に手を出させ

21

たいのだ。そうすれば、自分は単に正当防衛でやり返したのだと、そういえる。

しかしバートは知らないが、このときジョーゼフは、自分が責められようと、バツを受けようと、なんならクラレンスと短いダンスをしようと、ぜんぜんかまわないと思っていた。とにかく、この激しい怒りを、目の前のバカ野郎にぶつけてやりたいという、その思いしかなかった。それで行動に出た。ジョーゼフのくりだしたストレートパンチ一発を受けて、バートは尻もちをつき、それと同時に椅子がひっくり返った。

こうなれば、あとはとっ組み合いのけんかが始まるばかり。ジョーゼフは身がまえた。

尻もちをついたバートの口からうめき声があがり、一瞬自分がどこにいるのかたしかめるように、床に目を落とした。苦労して床に両手をつき、そこにぐっと体重をかける。はずみをつけてこちらへとびかかってくるのだろう。ジョーゼフは嵐の襲来にそなえて身がまえたものの、次の瞬間、ドハーティー先生がもどってきて、嵐を吹きはらった。

先生は目を大きく見ひらいている。

「まあ、まあ、いったいここで何があったの？」

教室内のだれもが、その質問は実際に不要であると知っている。

ジョーゼフはバートが最悪の行動に出るのを待った。ここでひくつもりはない。にぎったこぶしをひらくつもりもない。たとえ手のひらにクラレンスがキスをしたがっても。バートがこうなったのは自業自得だ。チャンスさえあれば、昨日のうちに同じことをしてやっていた。ジョーゼフが態度で強気に出るいっぽう、シドは頭で勝負に出て、先生とバートのあいだに入った。

「失敗！」シドが高らかに宣言した。

「先生、これは挑戦だったんです。かたむけた椅子の上に立てるかどうか、バートが挑戦して、いいところを見せようとしたんだけど、やっぱり失敗」

先生は目を何度もぱちくりしている。耳から入ってきた情報がうまく脳にとどかないみたいだった。まさかこういう答えが返ってくるとは先生も予想しておらず、ジョーゼフの耳にも、無理のある言い訳にひびいた。

「バート？　本当なの？」

バートはジョーゼフに目をもどし、口をひくひくさせている。苦笑いと、せせら笑いの中間といった表情。やつが真実を高らかに告げた瞬間、喜んでその笑いを吹き飛ばしてやろうとジョーゼフはかまえた。しかし、真実もまた、道をはずれて飛んでいったようだ。

「椅子の強度が足りなかったんですよ、先生」バートがあっさりいった。

「そうでしょうね」

先生はいうものの、まだこの事態に首をかしげているのはあきらかだった。

「全部片づけて、もうばかなまねはやめなさい」

「はい、先生」

バートはそういって立ち上がりながら、ジョーゼフにまだするどい視線をむけている。

ジョーゼフはバートが自分の席にもどっていくのを見守った。まったくおどろきだった。すぐにでもおれを校長室送りにできる材料をすべて手に入れたはずなのに。

しかし、いまはそれをつかわず、バートはうそに調子を合わせることに決めた。それはつまり、これからもっとひどいことが起きるということだ。

バートが何をたくらんでいようと、それはジョーゼフにとって、クラレンスのむち打ち以上にひどいものになるはずだった。どんなに勇敢であろうと、強情っぱりであろうと、その矛先には立ちたくないと思わせる、とことん手痛い反撃がいずれ来る。

22

ボールが壁からはね返って、ジョーゼフの足もとにポトンと落ちた。ぜんぜんはずまない。はずませたいなら、もっと空気を残しておけと、ボールはそういいたげだ。

「これ、空気を入れたことがあるのか?」

「もちろんよ」シドがいって、遠くに見える柵に囲まれた一角を指さす。

「あそこにいたアザラシがつかってたんだもの。ジャグリングして遊ぶのが好きだった」

ジョーゼフはシドの指さした方向へ目をやるものの、あそこでシドがいったようなことが行われていたとは想像できなかった。見物人がおしよせて、笑い声をあげていたなんて。この死んだような動物園にも、かつてにぎわった時期があったというのが信じられなかった。またボールをける。さっきよりも強くけったのに、同じようにもどってきた。まったくつまらない。

ボールが壁に当たる音をききつけて、アドニスがねぐらから出てきた。いったいおまえは何をやっているのかという顔で、ジョーゼフをじっと見ている。ジョーゼフは見られているのに気づかないふりをした。

「それ、ボールじゃなくて、だれかさんだと思ってけってるでしょ。バートと比べたら、そのへこんだボールだってりっぱに見えるよね。あいつほんとにクズ」

ジョーゼフは声をあげて笑った。笑わずにはいられなかったし、笑って気分がよくなった。今日はシドのおかげで助かったのだと、それもちゃんとわかっていた。

「ありがとう」

いったそばから照れくさくなって、ボールをけって壁に当てた。

「いま、なんて？」

「きこえたはずだ……」

「いいえ、ボールに感謝してるみたいだったけど。本当なら感謝するべき相手はわたしなのに、おかしいなあって」

「おれにもう一回いわせたい、そういうことか？」

「ちがう。本気で感謝しているのかどうか、知りたいだけ」

ジョーゼフはもう一度ボールをけった。まるでそうやって力を発散することで、顔の赤みが消えるとでもいうように。

「どうすりゃいい？　地面にひざまずいたら満足か？」

シドはその場面を想像してうなずいた。

「それもいいかも。とにかく、あなたがむちで打たれないよう、わたしができるだけのことをしたっていうのを、忘れないでよね」

「知ってるよ。おれだってばかじゃない」

「どうしてなんでもかんでも、ばかだとか、マヌケだとか、頭が悪いとか、そういうことになるの？　だれかにそういったことをいわれたの？」

「いいや、けど……」

「じゃあ、やめなさいよ。都合よく忘れてしまったようだけど、あなたは算数の天才でもあるんだから！　だけどね、あなたが秀才でも、劣等生でも、わたしにはどうでもいいことなの」

「なるほど、そうなるとシドは、あのクラスで唯一の例外ってことになるな」

ジョーゼフが何をいっているのか、シドにはわかった。その日の遅い時間、ジョーゼフが教室の椅子にちぢこまって、ドハーティー先生といっしょに音読用の本を読んでいるのを見ていた。先生はよく考えていて、今度はジョーゼフをみんなからはなれた教室のいちばんはしに連れていって、ほかのだれにもきこえないよう、声をしのばせて話をしていた。

ジョーゼフが音読の本をなくしたといっても、先生はいやな顔ひとつせず、また別の本を持ってくるだけだった。それから、さあがんばりましょうねとやる気を出させ、ジョーゼフが本のページにいやな顔をむけるたびに、上手に機嫌をとって励ましの言葉をかける。

「じっくり時間をかけていいのよ。何も急ぐ必要はないんだから……読書は、建築ブロックと同じでね。ひとたび積み上げ方を覚えると、あとはどんなものでもつくれるの。高いビルだってつくれちゃう！」

先生は目を大きく見ひらいて、自分の言葉が生徒の心にひびくよう、念を送っているようだった。けれど、どれだけやさしくつつかれてもだめだった。ジョーゼフにはすべて、胸をゲンコツでなぐられたような気がするのだ。授業が終わって校門から全速力で走りでても、あとからシドが追いかけてきても、自分はどこかおかしいのだという思いはどうしてもふり切れなかった。

いまも頭をふって、その考えをふりはらおうとするものの、しっかりそこに根を張って

22

いて、どれだけボールをけろうと去っていかない。そんなことで去っていくなんて、本気で思ってもいなかった。

「音読の本をどうしたのか、先生にきかれてなんて答えたの？」シドがきいた。

「ゴリラが食べたって」

シドはアドニスに目をやって、紙吹雪事件を思い出した。思わず笑い声がもれる。

「犬が食べたっていうより、新しいね」

ジョーゼフはうなずいて、アドニスを見た。どうだ、うまくやってやっただろうと胸を張っているように見える。

「調子に乗るなよ。おまえはおれを助けようと思って、ああしたわけじゃない」

「あっ、アドニスが怒った！」

シドがいった。見ればアドニスがそっぽをむいている。

「そんなわけないなんて、わたしは思わないよ。ゴリラは賢いんだから」

沈黙。ジョーゼフにはそこに何もつけくわえることはなかった。もう一度ボールをける。

壁にドンと当たった。

「ということは、ドハーティー先生には話してないんだね。ページのなかで文字がじっとしていないって？」

「教室で先生の笑い声がきこえたか？」

「ジョーゼフ、先生は笑わない。教師なんだよ！」

「生徒が笑うのをとめなかった」

「じゃあ、本当に話さなかったんだね？」

話さなかったと、ジョーゼフは首をふり、ボールをけってひざの上にのせようとした。失敗して、ふんとむくれる。

「だけど、何もしないでは、いられないよ。二週間後にはグライス校長がやってきて、毎月恒例のテストが行われる。校長はとりわけジョーゼフに関心をむけるって、わかってるよね。おどかしたくないけど、楽しい午後のひとときになるとはとても思えない。パニックになって、おしっこをもらしちゃった女子もいたんだよ」

ジョーゼフは顔をしかめ、自分はそこまで弱くないと、表情でシドに教えたが、シドはさらにいいつのる。

「それに、ある男子は、七×二の〝九九〟がさっといえずに、グライス校長の前でもたもたしていたら、むちで十四回打たれた。七×二は十四だって、一生忘れないようにね」

自分は強いほうだと思っていたが、その話をきいて、手のひらに汗がにじんできた。

「ドハーティー先生から今日もテストのことで、おどかされたよ。算数ができるから、それでずいぶん助かるだろうけど、グライス校長を怒らせたくないなら、山ほどの努力が必要だって」

22

「怒らせたいの？　本気で？」

「まさか」

「じゃあ、何か手を打たないと。どうする……？」

ジョーゼフにはシドが何をいいたいかわかっていた。助けてくれと、そう頼むだけでいい。そうしたらこちらの望んだとおりに、シドが手をさしのべてくれる。しかし、その言葉。助けてくれの一言が、くちびるからどうしても出ていこうとしない。何度も努力をしてみるものの、舌にその言葉がのった瞬間、以前にその言葉を口にして、大いにがっかりしたことが思い出されるのだった。

ジョーゼフは視線を地面に落とし、思いっきり強くボールをけった。

「ジョーゼフ、頼むから、わたしに協力させてくれない？」

シドの申し出を受け入れることを思うと、胸がきゅっと痛んだ。

「はずかしいっていうのは知ってるよ。その気持ちもわかる。だけど、何も準備しないで、クラレンスにむち打たれるなんて、そんなことがあっていいわけがない！　だから、このわたしが、読めるように協力する。だから、断るなんていわないで」

「もし断ったら？」

「もし断ったら、わたしはあなたにとって、バートやジミーよりも手ごわい敵になる」

ジョーゼフはくちびるの内側をかんで考える。

「いいでしょ。だれも見てないんだから。見ているのは彼だけ」

そういってシドはアドニスを指さした。

「アドニスにとって、本は破いて遊ぶものでしかない。このあいだわかったでしょ」

ジョーゼフはもう一度考えて結論を出した。グライス校長とクラレンスの怒りを買いたくなかったら、選択肢はほかにない。

それで人目を気にするようにして、ベンチの上にシドと並んですわった。アドニスがまたこちらをじいっと見ているのがわかっても、少しも気は楽にならない。それどころか、アドニスは移動して、さっきよりも近づいている気がする。

「じゃあやろう、これを持ってきたんだ」

そういって、背中のウエストバンドから、ジョーゼフが音読につかっている教科書をひっぱりだした。

「どこでそれを?」

「あなたの机に決まってるじゃない。これがなくちゃ、授業にならないでしょ?」

「授業をしてくれと頼んだ覚えはない」

シドはうんざりした顔でジョーゼフを見つめた。

「頼まれてないよ。だけど、いずれは頼まれるとわかっていた。だから、さっさと始めない?」

ジョーゼフはむっとして、思わずうなった。なんだって、おれはこんなことをやるはめになったんだ?

シドはジョーゼフのひざの上に本をおき、肩先(かたさき)から身をのりだして、ジョーゼフをドギマギさせた。

「アルファベットから始める?」

ジョーゼフはあわてて首を横にふった。

「おれは赤(あか)ん坊(ぼう)じゃない」

「それは知ってる」

「それに、学校にだって行っていた。ただ……最近行ってなかっただけだ」

「じゃあ、母音はわかる?」

「もちろん」

「じゃあ、いってみて」

せっつかれたジョーゼフは、教える側にまわったシドがちょっと調子に乗っているように思えた。

「A(エー)、E(イー)、I(アイ)とか、なんとか」

「とかって?」

「シド、もうほっといてくれないか?」

ジョーゼフが立ち上がりかけたので、シドはきき方を変えることにした。

「ごめん。じゃあ、教えて。Aで始まる言葉は？」

「おれをからかっているのか？」

「とにかく答えて。そうしたら先へ進めるから」

ため息とも、うなり声ともつかないものが口からもれた。おれが爆発寸前であるのをシドは知らない。

「Aか？　それなら……」

一瞬頭のなかが真っ白になった。

「えーと……」

思いついた。

「air raid（空襲）、Adolf（アドルフ）、anger（怒り）……Adonis（アドニス）」

まあ時節柄、当然出てくる言葉だが、最後のだけは、ジョーゼフ自身、首をかしげた。なんでそれだ？　Aで始まる言葉なんて無数にあるのに、よりによって、どうしてゴリラの名前なんかを選んだ？

「これでもう先へ進めるだろう？」

かみつくようにいったのは、選んだ言葉について、シドに勝手な意味合いをつけられたくなかったからだ。

「よし、じゃあ次ね。教科書の最初の文字に指をおいて」

ジョーゼフはいわれたとおりにしたが、文字に意識をむけたとたん、また始まった。最初の言葉はもちろん、あらゆる言葉がページのなかでシャカシャカおどりだした。まるで言葉がいっぺんに、荒れた海に投げだされたようだった。最初の言葉から指がずれないようにするのに全神経を集中しなくてはならず、読むことなどとてもできなかった。

見ているシドにとっても、それは衝撃だった。ジョーゼフの人さし指がページのあちこちへすべっていく。

「また、起きたの？　文字がじっとしてないんだね？」

ジョーゼフは本をつき放し、砂利の上に落とした。

「何を考えてるんだ。シドがここにいるというだけで、こういう事態がさけられるとでもいうのか？」

「うす目をあけて見てみたらどうかな？　こう目をすがめる感じで？」

「人をばかにしているのか？」

そうでないのはジョーゼフにもわかっていた。お願いだからとシドに頼まれて、ようやく教科書をひったくるようにとりあげて、もう一度挑戦する。今度は目をぐっと細めて。

「暗いなかで、ぐちゃぐちゃにおどっているだけだ」

「ふーむ」

まるで探偵が手がかりをじっくり調べているときのような声。

「もうひとつ、試してくれない？　お願い！」

「それが、逆立ちして読むという方法なら、命はないと思えよ、シド」

シドは首を横にふった。

「ばかなこといわないで。とにかくわたしを信じて、やってみて」

そういうと、カーディガンのポケットから古いめがねをとりだした。見るからにいかめしい、角張っためがね。

「それ、だれの？」

ジョーゼフは傷ついた。

「うちの叔母が予備でおいてあるやつ」

「それがどうして、シドのポケットに入っているわけ？」

「きっと役に立つんじゃないかって思ったから」

いったい、いつから計画していたのか。ジョーゼフは信じられない気分だった。

「ずっと前から計画していた、そうだな？」

シドが肩をすくめた。

「やるならしっかりやりたいと思って。とにかく、ジョーゼフの力になりたいの。だから、かけてみて」

ジョーゼフはアドニスを横目で見た。ひょっとしてゴリラにもユーモアのセンスがあるのだろうか。もしこいつにゲラゲラ笑われたら、おれは気がおかしくなる。

「どうしたの？　何を待ってるの？」

ジョーゼフはぼうぜんとした顔で、めがねをまじまじと見ている。

「ほら、早く。さっさとやって、さっさと終わらせよう！」

小声で悪態をつきつつ、ジョーゼフはしぶしぶめがねのつるを耳にかけた。けれど鼻にのせることはせず、両手でめがねのフレームをくるむようにして持っている。そうすれば顔を見られないですむと思ったのだが、シドはちゃんと見ていて、まるで双眼鏡を手に潜水艦をさがしているようだと思った。

「どう？」

きくまでもなかった。シドがそういったとき、すでにめがねは地面で回転していた。ジョーゼフが怒って放り投げたのだった。

「ちょっと」

シドはいいたいことが山ほどあったろうが、ジョーゼフが砂利にめりこませるようにめがねをふみつけたので、もう何もいえなかった。

「これで満足か？」

ジョーゼフは乱暴にはきすてて、はずかしさをごまかそうとする。

「え？　どうなんだ？」

「役に立つと思ったの。それだけのことよ」

シドが言い訳するようにいった。

「そうか、じゃあもうおれのことは放っておけるな？　おれはやっぱり、どこかおかしいんだ。シドであろうと、ほかのだれであろうと、治すなんてできない」

「そんなことないよ、ジョーゼフ。それに、こんなふうにあきらめるわけにはいかない。そうでしょ」

しかしジョーゼフの心は決まっていた。

「ひとりにしてくれないか？　助けはいらない。もう行ってくれ。助けたいなら、ほかのやつを見つけてくれ」

「わたしはあきらめない」シドは冷静にいった。

「行けといっただろ！」

それでシドはしぶしぶその場を去り、本人のしたいようにさせた。ジョーゼフは我を通すのに成功し、そういう自分にふさわしい状況におさまった。

つまりは、ひとりぼっち。

けれどひとつ問題が残った。完全にはひとりになっていない。アドニスがいるのだった。アドニスは動こうとはしないものの、わずかに首をかしげてジョーゼフに目をむけ、低い声をゆっくりと口からもらした。ううーん、ううーん、ううーんと何度も。

ほえ声とはまったくちがう。うめき声といったほうがまだ近いが、それでも正確じゃない。その声は、ジョーゼフの耳をそっとくすぐって、傷だらけになった心にとどいた。本人は認めたくないものの、その声はそこにとどまって、ほんのわずかだけれど、心をなぐさめてくれたのだった。

23

現状、動物園はからっぽに近いものの、それでもやはり維持していくのには大きな労力を要した。その中心にいるのは当然ながらミセスFで、次々と命令をどなり、自分の思う基準にとどかない仕事しかできない人間をこっぴどくしかりつける。クラレンスを壁にかけていなくても、そのどなり声にジョーゼフの耳は、クラレンスで打たれるのに等しい痛みを感じる。

日々、ふんのそうじがあり、これはもうジョーゼフには手慣れたものだった。さらに動物のえさを調達する仕事もおおせつかったが、こちらはふんそうじよりもわずかに楽しい。

半径五キロ圏内にある肉屋、八百屋と顔見知りになって、店じまいをする時間に合わせて軒先をうろうろして、分けてくれる切り落としや、すてるにふさわしい残り物をなんでももらってくる。

バケツのなかはたいがい悪臭ぷんぷんとなって、凍てついた指にバケツの持ち手を食いこませながら、ジョーゼフは通りを進んでいく。においにキャーキャー声をあげ、走って逃げていく子どもたちがいても無視する。

この悪臭の唯一の利点は、つねに腹を苦しめている飢えを、つかのまでも忘れさせてくれることだった。食料はめっきりとぼしくなって、配給で得られる分だけでは、つねにいらいらしている気分をしずめることはできなかった。

ときどき、自分は地域のちょっとした有名人になったような気がする。まるでかかしのように、やせぎすの身体にボロをまとい、悪臭を放つバケツとともにどこにでも出没して、妙ななまりをまるだしにしてしゃべる。そのうえ、ポニーのスタンとオリーとともに、定期的にふんを運んで市民農園まで練り歩くものだから、評判にならないはずがなかった。

しかしひとたび商談に入ると、ジョーゼフは負けていない。ミセスFが頼んだ以上のえさを動物のために入手せずには、動物園へもどらないと心に決めている。

「この肥やしがほしいなら、今日は少し余分にもらっていかないと」

赤ら顔の男に、ジョーゼフはそう持ちかける。

23

「ホントかい？」

「ああ。今週は肥やしをほしいっていう人間がいつもよりずっといて。だからもう六個野菜を余分にもらわないと」

「これからは、そうなるかね？」

「そうなるね」

男はジョーゼフをにらみつけた。ジョーゼフは背のびはしないまでも、精一杯背筋をのばして背を高く見せる。

「三つやるよ。それだけもらって、ビンタを食らわないですんで、運がよかったと思うんだな」

ジョーゼフはじっくり考えるふりをして、握手の手をさしだした。本当はふたつでよかった。それに、ミセスFのもとに一刻も早く帰って、この成果を報告したい。アドニスも喜ぶだろう。あいつが草よりも野菜が好きなのはまちがいなかった。

ジョーゼフと、彼の編み出した独特の「活の入れ方」を、ポニーたちが気に入ったかどうかはまだはっきりしないが、それでもこの二頭の性質をジョーゼフはつかんでいた。それどころか、彼らを動かすトリックまで編み出していた。

オリーは食い物をちらつかせれば、なんでもいうことをきく。しかしスタンのほうはそう単純ではない。くさりかけの野菜には見向きもしないしグライス校長式のしつけも効かない。試行錯誤のはてにジョーゼフが見いだしたのは、スタンはなぜかあごの下をくすぐられるのが好きだということだった。そっとやっても効果はない。何しろごわごわしたかたい毛にみっしりおおわれている。それでジョーゼフはこぶしをつかって、ごしごしと時計まわりにこすってかぎ爪でひっかくような刺激を与えてやる。するとスタンは頭をかたむけて目をつぶりうっとりした顔になる。終わるとまたとぼとぼと歩きだすのだった。

　これはジョーゼフだけの秘密にしておくことはできず、市民農園から帰ってきたときに、みんなの知るところとなった。というのも、スタンがすんなり園内に入ろうとせず、ゲートのところで、ミセスFとシドの見ている真ん前で、ごねだしたのだ。そのときふたりはふん運びよりずっと楽しい、小道のはきそうじをしていた。ポニー相手に手こずっているジョーゼフをミセスFはじっと見守っている。

「助けてあげたほうがいい？」シドがきいた。

「時間をあげよう。彼は役立たずじゃない。〝彼〟ってのは、スタンじゃないよ」

　ジョーゼフは自分に視線が集まっているのがわかり、身体を盾にして、ふたりに見えないように、いつものトリックをつかいはじめた。

　しかしジョーゼフが何をしているのか、ミセスFにはちゃんと見えていて、スタンがとうとう動きだすと、感心せずにはいられなかった。また背中をむけてはきそうじにもどりながら、よけいなことをしないでよかったと喜んでいる。

遠くから相手にわからないようにのぞき見をする。それが得意なのはミセスFだけではなかった。ジョーゼフもそうで、ミセスFがどんな反応をしたのか、ちゃんと見ていた。しかし、ポニーの行動や心理なら直感的にわかるジョーゼフでも、アドニスとなると、まったく話は別だった。相変わらずとっつきにくく、謎めいていて、何を考えているのかさっぱりわからない。だからいつまでたっても自信を持ってアドニスの前に立てない。いったい自分の何がいけないというのか。ミセスFが相手だと、アドニスはまったくちがう反応をする。ミセスFが檻の外にいても、なかにいてもそうだ。それでジョーゼフはますます自信を失ってしまうのだった。

いまジョーゼフは、ミセスFが鉄柵に近づいていくのをじっと見守っている。最初の日とまったく同じで、背を丸めて、のっしのっしと、ゆっくり歩いていって、アドニスの発する声や動きをまねする。そのあいだずっと頭は下げていて、目を合わせようとしない。ミセスFのやり方はつねに一定で、毎回同じ結果を得られるのだった。

アドニスが落ち着いた足どりで、ミセスFのいるほうへそっと近づいていき、正面まで来たところで腰をおろした。まるで鉄柵の前ではなく鏡の前にすわったかのようで、ミセスFが両手にのせてさしだしたものを、なんであれさっと受けとる。まるで友人どうしがピクニックで食べ物をわけあっているようだった。

「難しくないよ」ミセスFがジョーゼフにいう。次は彼の番だった。

「わたしと同じようにするだけでいい」

しかし、自分がどんなにがんばっても、ミセスFにはとてもかなわないと、ジョーゼフはいつも思う。ゴリラのまねをするなんて、ばかみたいだし、檻のなかに入ってふんをそうじするなんて、まずありえない。そんなことは永遠に無理だという気がしていた。

「ちがう、ちがう」

ミセスFが舌打ちした。ジョーゼフがずかずかと鉄柵に近づいたからだった。

「そんな近くまでよって、アドニスの手からはなれた場所にえさを放ってもだめ。彼は狩りには興味がない。かわいそうに一日じゅうひとりぼっちで放っておかれたんだよ。少しでも、心のふれあいってものが必要でしょうが。あんたが脅威をもたらす相手じゃないとわかって初めて、アドニスはあんたからえさを受けとる」

「おれが脅威？　会って最初に攻撃してきたのは、あいつのほうだぜ」

「ジョーゼフ、それはあんたが初めて見る相手で怖かったからでしょ。安心させてやらなきゃいけない。彼を友人のようにあつかわなきゃ」

「友人？　相手は動物じゃないか」

「だから？　彼にだって心臓があるでしょ？　目もある、あなたが持っているものすべてを、彼も持っている」

「ああ、けど――」

23

「それに、感情だってある。アフロディテが連れ去られたときのアドニスを見せたかった。身をひき裂かれるように悲しんでいたんだから」

ジョーゼフはその場面を想像できなかったが、ミセスＦの表情から感情は伝わってきた。

「じゃあおれは、どうしたらいいの？」

「彼を見る。それも本気で見るの。彼が生きていて、息をしている生き物で、自分と同じことをして、自分と同じものをほしがるんだって、そこに気づかなきゃだめ。アドニスは安心したいの。安心できるよう、ジョーゼフ、あんたが力になるの」

ジョーゼフは口をすぼめて、何もいわなかった。何をいっても、むだだとわかっていた。

「やってみて。ほら、これを」

ミセスＦは半分に切ったニンジンをわたしてきた。

「さあ、ゆっくり歩いて鉄柵に近づいていってごらん」

しかし、いわれたことの半分もできない。

「ゆっくりって、そういったよね」ミセスＦは怒りながらも、声はひそめている。

ジョーゼフは速度を調整したが、それでもうまいくかず、アドニスがほえてダメ出しをした。

「いい、もう一度わたしのやり方をよく見て」

そういうと、バケツのなかからキャベツの大きな葉を一枚ひっぱりだし、ゆっくりと、うやうやしく、近づいていく。

ジョーゼフはしぶしぶ観察する。自分とちがうのは、歩く速さだけではなかった。姿勢もちがった。ミセスFは肩を丸めて前のめりになり、そうすると頭も低い位置にくる。目はほとんどむけず、アドニスを不安にさせていないか、眉毛ごしにそっと確認するのにとどめている。鉄柵に近づいていくと、音がひびきだした。最初はアドニスから。とてもやわらかで、低い、ゴロゴロという音。しかし、猫がのどを鳴らすのとはわけがちがう。愛情がにじみでるような、やわらかな声だった。ミセスFがそれをまねする。音だけでなく、仕草もそっくりまねし、片時も気をゆるめず、この状態を保とうと必死だった。あとほんの数歩のところまで近づいても、ミセスFはずっと気を張っている。

ジョーゼフはふたりの体格のちがいに目をみはった。アドニスのあの身体なら、一瞬のうちにミセスFの骨を折れる。その気になれば、鉄柵のあいだからどうにかしてミセスFを檻のなかへひきずりこむこともできるだろう。そんな状況にありながら、ミセスFは平気でいる。心配があるのだとしても、それを表に出さなかった。ゆっくりと片腕を持ち上げて、キャベツの葉がアドニスの視界に入るようにする。

アドニスの頭が最初に動き、前にのりだしてにおいをかぐ。その動作にはどこか気どった感じがあって、ポケットにさした花の香りをかぐ紳士のようにジョーゼフの目には映った。しかしそれも一瞬で、アドニスはミセスFの手からキャベツの葉をひょいとぬいて、

23

またしゃがんだ。

ミセスFは満足して鉄柵からはなれる。そのときも近づいていったときと同じようにゆっくりゆっくりあとずさっていき、決してアドニスに背中を見せない。ほんの一瞬も。

「さあ、じゃあ次はあんたの番だ」

「おれはいいよ」

「何いってんの、さあほら。あんたならできるよ。あとはやる気だけだ」

それでジョーゼフはバケツのなかに手をつっこんで、ニンジンのかけらをとりだした。

「よし。まずはゆっくり歩く。頭を下げて、歩幅をせまく、何があってもいきなり動いたりしない」

ジョーゼフはいわれたとおりにやってみる。

「そうそう、その調子」

ミセスFのいうことが本当であることを祈るばかりだった。

「よし、腕は両わきにぴったりつけたまま、さらに近づく。そうそう、そう……」

鉄柵から三メートル手前までたどりついたが、アドニスが動いた気配はない。本当にこれでうまくいくのか？　顔をあげて様子を見る勇気はないものの、足をひきずる音と、短くするどい、うなり声がきこえた。

「ジョーゼフ、きこえる？」

ミセスFが興奮してささやく。

「ニンジンが目に入ったよ。それがほしいって、あんたにいってる。アドニスがどんな音を出しても、それをそっくりまねして返すんだよ。あんたもアドニスと変わらない、脅威じゃないんだって教えてやるの」

ジョーゼフは檻に耳をかたむけて、待ちかまえた。

またうなり声がひとつあがり、それからもうひとつ、またひとつ。

おれにできるか？　いまにも後ろから笑い声が聞こえてきそうななか、恐怖に打ち勝って、ゴリラと同じようにうなることができるのか？

「ほら、ジョーゼフ。できるよ、やってごらん」ミセスFがそっと励ます。

それでやってみた。最初はおずおずと、かろうじてきこえる音で。それから胸をふるわせて、アドニスと同じ声量でうなってみた。

「そうだよ！　そう！」

後ろからミセスFがそっとささやく。ジョーゼフは用心しいしい、ちらっとアドニスの様子をうかがった。すると相手は頭を持ち上げて、大きく太い指で胸をかいていた。とっさにジョーゼフはもうひとつの注意を思い出した。まねするのは声だけじゃない、仕草もまねするのだと。それで心を決めて足をとめ、その場にしゃがむと、アドニスと同じように胸をかきだした。どのぐらいやっていればいいのか、不安になりながら。

それはもちろんミセスFが教えてくれた。

「そんなに長く待っていなくていいよ。もうだいじょうぶ。アドニスはあんたを信頼している。えさがほしいといっている」

ジョーゼフは立ち上がり、おずおずと足を進めながら、これも何かの足しになるのではと考えて、ときどき胸をかき、うなり声をあげてみる。胸のなかで心臓があばれ、近づけば近づくほどそれが激しくなっていく。とうとう鉄柵の真ん前まで来た。

ここでもう一度ジョーゼフはしゃがみ、アドニスの目を見たい衝動と戦いながら、そろそろと、腕をゆっくりあげていく。ニンジンがちょうどアドニスの目の高さまでとどいたところでとめる。待ちながら、耳の奥で血がドクドク流れるのを感じている。うまくいくか、それともアドニスにこてんぱんにやられるか。

腕がつりそうになったそのとき、鉄柵のむこう側で動く気配があった。目のすみからそっとのぞくと、アドニスがこちらのまねをして、鉄柵を伝うように、腕をするすると上にのばし、鉄柵のあいだから手を出した。うまくいっている。これでいいんだ。

うすくあけたまぶたのあいだから、ゴリラの巨大な手を見て圧倒される。一本の指の幅が、ジョーゼフの指三本を並べたほどある。怖くないはずがない。ミセスFがなんといおうと、ゴリラの動きは予測不能だ。けれどいまジョーゼフは恐怖にがんじがらめになってはおらず、全身に興奮が走るのを感じていた。

「そのまま、そのまま!」

ミセスFのささやき声。はしゃいでいるのがはっきりわかった。

本当にうまくいっている。アドニスの指と自分の指が、数センチの距離をおいてむき合っている。アドニスがとりやすいように、ジョーゼフはニンジンをにぎる指から力をぬいた。いまにニンジンが持ち上げられる、そう思った瞬間、背後から大きな物音があがった。鉄の波板に何かがぶつかるような音で、三人そろって、これに反応した。

ミセスFはかかとを重心に勢いよくふり返り、音の源をさがして目を走らせる。ジョーゼフはバランスをくずして前方の鉄柵に倒れこみそうになった。しかしいちばん激しい反応を示したのはアドニスだった。

食事を中断された怒りなのか、また空襲が始まるという恐怖なのか、身体を回転させたのち、鉄柵に体当たりした。頭をのけぞらせ、警戒して何度もほえている。

ジョーゼフは恐怖にかられて鉄柵からはなれ、クモのようによつんばいになって、砂利を手のひらに食いこませながら必死に逃げた。

「いまのはなんだ?」

ジョーゼフはどなったが、ミセスFにはそれ以上に気になることがあった。

「あんた、何やってんの! 歩み去るときは、絶対アドニスに背中をむけちゃいけない。思っている以上に、アドニスの腕はずっと長いんだ。あんたの身体なんかいつだってつか

23

まえられるし、あんな物音が起きたときには、なおさらだ。それなのに、いったいなんてことをしたの！」

温かみのすっかりぬけた声に、ジョーゼフは身を切られる心地がした。どうしてそんなに、おれに怒る？　音を立てたのはおれじゃないし、立ててくれと頼んだわけでもない。おれは、身の安全を守るために本能的に動いただけだ。あんなにでかい動物にあれだけ近づいていたんだから、そうするのが当然じゃないのか。

「あなたが助けてくれるとは思わなかったから。絶対」ジョーゼフははきすてた。

「それはどういう意味？」

ミセスFがいったところで、また新たな音ががんがんひびいた。

「待って、話はあと。あっちで何が起きているのか、たしかめに行ってくる。わたしがそばにいないときに、檻に近づこうとするんじゃないよ。わかったね？」

ジョーゼフは何もいわず、相手の顔をじっと見つめた。はなれていくミセスFの背中を見ながら、ジョーゼフはわり切れない思いがしていた。成功はすぐ目の前だったのに、それがどうしてこんなにあっけなくくずれるのだろう。

24

ジョーゼフがミセスFの教えを破るまでに、さほど時間はかからなかった。せいぜい数分。というのも、まだアドニスはちゃんと食事を終えていないわけで、ジョーゼフにしてみれば、ずっと腹をすかせたままにしておくのは申し訳ないような気がしたのだ。それにもう要領はつかんだ。べつに檻のなかに入ろうっていうんじゃない。ミセスFが鉄柵ごしに、アドニスにえさをやる場面はもういやというほど見ているし、じゃまが入らなければ自分だって成功していたはずなのだ。あのときアドニスは、おれの手からえさを受けとろうとした。一度そういうことがあったのだから、もう一回やっても同じ結果になるはずだ。

それで立ち上がって、バケツにかがみこんだ。今度は両手に持てるだけえさをつかむことにした。そうすれば、何度も行ったり来たりをしないですむ。

両手はえさでふさがり、心臓が鼓動を速めるなか、ジョーゼフは少しずつ近づいていく。頭を下げ、肩を丸めて、妖精のようにそうっと地面をふみながら。アドニスの反応はうかがわない。まだ早すぎる。

十歩先へ進んだ。これまでのところ教科書どおりだ。アドニスが身をのりだしているのがわかる。ディナーが運ばれてくると気づいたようだ。それでもジョーゼフは急がず、急に動くこともしない。アドニスに教えてやるのだ。以前にいきなりとびかかっていったのはまちがいだった、この人間は信頼できる、安心していいと。

アドニスが活気づき、うなり声をあげて胸をかきだした。ジョーゼフも両手にえさを持ちながら、そのまねをする。何も怖れることはなく、すべて想定内だ。

しかしあとになってふり返れば、それは、ジョーゼフが腕をのばすまでのことだった。うっかり柵のあいだから手を入れて、アドニスの縄張りに入ってしまわぬよう、ジョーゼフは細心の注意をはらっていた。あまりに自信過剰になれば、かえって身の安全をあやうくすることもわかっている。アドニスが柵のあいだから手を出してえさをとってくれれば、万が一の際、楽に身をひけると思っていた。

ところが、アドニスの腕が前へ出てこようとした瞬間、ジョーゼフはいきなり後ろからドンとおされた。ものすごい力だったので、両腕が柵のあいだをぬけて肩口まで檻のなかに入ってしまった。鼻が鉄柵にぶつかって一瞬頭がぼうっとなったものの、きわめてあぶない状況に自分がいることはわかる。

しかしアドニスは攻撃してこない。すばやく走っていって、暗がりの奥にかくれたようで、一瞬のうちに姿を消した。きっと警戒して考えているのだろう。何が、どこから、やってきたのか。

ジョーゼフはよつんばいになって鉄柵をおしやってはなれたが、ひざ立ちになったところでふたつの人影に気づいた。ぬっと気味悪く立って上からジョーゼフを見おろしている。

バート・コナハンとジミー・ロドウェル。

最初ジョーゼフはわけがわからなかった。ふたりは学校でしか見たことがない。こんなところになぜいるのか。

「やあ、劣等生」バートがどら声でいった。

「なんで檻の外にいるんだ。いる場所をまちがえてんじゃねえの?」

次の瞬間、バートはジョーゼフの頭にさっと腕をまわし、がっちりかかえこんだ。こうなるとジョーゼフは、どうあがいても逃げられない。

「こいつの頭、鉄柵のすきまを通るかな?」

それをきいて、ジミーがゲラゲラ笑った。

「答えを知るには、ひとつしか方法はない」

そういうとバートは鉄柵にむかってかけだした。横でジョーゼフは足をもつれさせながら、ひきずられるままになっている。

目の前まで来ると、バートはジョーゼフを柵に力いっぱいぶつけた。ジョーゼフの肩と背中にするどい痛みがつき上げる。しかし、それはまだほんの序の口で、続いてバートは顔をなぐりわき腹をけってきた。それを見て、よし、おれも、とジミーが加勢し、相棒が足をつかうので、自分はこぶしをつかう。

ジョーゼフは身をぎゅっと丸めてボールになった。けれど、どれだけ小さくなっても、身体をすっぽりかくすわけにはいかない。ふたりのいじめっ子はなんの苦労もなく、けったりなぐったりのやり放題。つねに全力ではむかってこないものの、攻撃に切れ目がないので、熱く焼けた火かき棒で始終つつかれているようだった。

しかし、バートとジミーはまだ満足しない。

「あの檻のなかにいたやつは、どうしたんだ？」

バートがいい、いったん攻撃がやんだ。

「さあね。ねぐらにいるとか？　まったくつまらねえ動物園だぜ。どこを見てもからっぽで、動物が入っているのはあの檻だけときてる」

ジミーがゴキブリでもつつくように、長靴をはいた足でジョーゼフをちょんとこづいた。

「新しい見世物をつくってやらないとな」

バートがいって、アドニスの檻のゲートにずかずか歩いていって南京錠をいじりだした。

ジミーはそれが世界一おもしろい冗談だと思ったらしく、身体を二つ折りにして大笑いする。

「見物人が大勢おしよせて、ぐるっと長い行列をつくるぜ。そしたらおれたちは億万長者だ！」

バートはジョーゼフを口でばかにしながら、手を動かして南京錠をいじり続けるが、どうやってもあかないとわかると、その欲求不満をまたジョーゼフにぶつけることにした。

「やつを立たせろ」

ジミーにどなり、どなられたほうは命令どおりに動く。

「そうだ。あごをあげておけ。おれに顔をしっかり見せるんだ」

バートがぶらぶら歩いてジョーゼフの前に来て、目の前でこぶしをふった。ジョーゼフはそれだけで、これから放たれるパンチの痛みを感じている。

「いいか、よくきけ、パーマー」

アドニスの鉄柵から数センチのところでバートは柵に背をむけてジョーゼフを威嚇する。

「おまえもうすうす気づいているだろうが、おれたちはおまえがきらいだ。だからよく覚えておけ。おまえがおれたちの前に姿を現すたびに、おまえの顔がおれたちの目に映るたびに、これが待っている」

ありたっけの憎悪をこめてバートがこぶしをぎゅっとかためて腕を後ろにひいた。ジョーゼフの目はすでに腫れあがっていたが、次に何が来るのか、見る必要はなかった。

ところがパンチは来ない。代わりにバートの背後で、雷鳴のような、すさまじい音がとどろいた。ナチスが落とす爆弾より強力な力が一瞬のうちにバートをおさえつける。

こぶしを自分の鼻の位置までひかないうちに、バートは後ろにひっぱられて鉄柵にたたきつけられた。あとはもうアドニスという名の猛獣のなすがままだった。

25

ジョーゼフは全身が痛い。痛みとショックに身体が悲鳴をあげている。しかし、バート・コナハンの頭のなかで今起きていることに比べたら、こんなものはなんでもない。ほんの数秒前、バートは学校での恨みを晴らせる絶好の立場にあった。ところが世界が突如くずれ落ちたように、気がつけば後ろからものすごい力でひっぱられ、冷たい金属の棒に背中をたたきつけられていた。どんなに必死にもがいても、そこから自由になることができない。

困ったことに、何が自分をおさえつけているのか、バートにはわかっていない。ジョーゼフにはアドニスのこぶしが見える。バートの肩甲骨のあいだに、バートの頭と同じくらい大きいこぶしがあってコートをきつくにぎってひっぱっている。バートのコートの胸はぴんと張って、まるで拘束衣を着せられているように身動きがとれない。

バートの口からあふれだす言葉にならない声。気が動転していて、本人も何をいっているかわからないようだ。それは相棒のジミーもまったく同じで、意味不明の言葉をひっきりなしにさけんでいる。

「あ、あああ、わわわ、……な、なんなんだ？」

ジミーは指さし、胸の前で十字を切る。それを見てバートは完全にパニックに陥った。

「なんなんだ?!　はずしてくれ！　頼む！」

バートはさけぶものの、アドニスはいっこうに意に介さず、コートをにぎる手にいっそう力をこめる。バートを何度も何度も鉄柵にたたきつけて、どうにかして柵のあいだから檻のなかへひきずりこめないかとがんばっている。

しかし、どうやっても少年の骨がじゃまして思いどおりにならないとわかると、その不満をぶつけるように、少年の耳に口をくっつけて咆哮をあげた。くさい息がバートの髪をそよがせ、おどらせる。

それだけで十分だった。バートは自分のおかれている状況を理解し、そのとたん、膀胱のコントロールがきかなくなった。ぶちまけられた中身が脚を伝い、靴へ流れていく。ジミーのほうも、もう十分だった。友のほうではなくゲートのほうへ一目散にかけだした。

「行くな！」

バートがさけんだのをきいて、ジョーゼフは覚悟した。あとのことは、自分ひとりにま

25

かされたのだと。バートの頼(たの)みの綱(つな)は、この自分だけ。

しかし、何ができる？　アドニスは相変わらずバートをおもちゃのように鉄柵(てっさく)にたたきつけている。ミセスF(エフ)を大声で呼(よ)んでみるものの、バートの絶叫(ぜっきょう)にはかなわず、あっけなくかき消されてしまった。

何ができる？　武装(ぶそう)もしていない、このおれに？　ライフルは事務所の戸棚(とだな)に鍵(かぎ)をかけて保管されているし、ゴリラを諭(さと)してやめさせる力など、おれにはない。しかし、ただここにつったって、事態を見守っているわけにはいかない。たとえあいつに、どれだけひどいことをされたとしても。

ジョーゼフは鉄柵(てっさく)にむかって走った。走りながら、どうやって助けるつもりなのか自分でもわかっていない。バートは冬物の分厚いコートを着ている。ごわごわしたウールでできていてウエストから首もとまでボタンがきっちりはまっている。その背中(せなか)部分をアドニスがひき裂(さ)いていないのが不思議だった。縫(ぬ)い目がほころびていたり、破れていたりする部分はない。となると、バートをこのコートから解放しなければならない。ぬげれば、逃(に)げられる。それで、できるだけ身をちぢめ、バートの身体を盾(たて)にして（アドニスのもういっぽうの手で、自分までおもちゃにされたくない）ボタンをはずしにかかった。

「頼(たの)む、助けてくれ」

バートのさけびを、ジョーゼフはそうききとった。

「だまって、じっとしてろ」ジョーゼフは声を殺していう。

最初のボタンはおしただけで楽にはずれたが、上へ行けば行くほど、コートの布地がはりつめていて、そこに頑固にひっかかっているボタンはなかなかはずれない。四番目のボタンは（そこまでは、アドニスがバートの身体をゆらすのに合わせてなんとかはずせた）、両手をつかっても、穴からはずれない。

「殺される……」バートが泣きだした。

ジョーゼフには手をとめて考えているひまはないが、そういうことにはならない確信があった。

バートが怖がるのは当然だ。だれだってそうだろう。それにアドニスは猛獣で、山のように大きな身体をしており、その気になっていれば、いまごろはもうバートの腕など二十回ももぎとっているだろう。しかし現実には、バートはまだ生きている。

あとはもう、アドニスがおれに裏切られた気分になって、やけを起こさないことを祈るばかりだ。

「あと……もう少し」

ジョーゼフはいい、じんじん痛んできた指で最後の一おしをしてボタンをはずし、とうとうコートの前がはだけた。

そのあとは、一瞬だった。バートが転がるようにひざをつき、助かったとばかりにはいずって檻からはなれるいっぽう、アドニスはコートを柵のあいだから檻のなかにひっぱりこみ、びりびりひき裂きながら激しくほえている。

ジョーゼフはバートに注意をむけた。顔が涙にぬれて脚はびしょぬれだった。バートの顔にばつの悪さが浮かぶのを見て、ジョーゼフは彼の肩にふれた。そのとたん、いじめっ子の本性がもどってきた。怒りで目をギラギラさせて、バートが勢いよく立ち上がった。

「さわるな！」真っ赤な顔で、鼻水も出ている。

「おまえは、あのなかにいる汚らしいモンスターと同じぐらいたちが悪い。だから、おれを助けてやったなんて思い上がるんじゃないぞ」

そこでジョーゼフの胸ぐらをつかみ、ぐっと顔をひきよせた。

「それと、このことはだれにもいうな。いっても、どうせだれも信じないだろうがな」

そういうと、最後にドンと一おしして、ジョーゼフを地面に倒した。

ジョーゼフは仕返しをしてやろうと思ったが、やめておいた。自分がどれだけあばれたところで、さっきアドニスがバートに科した制裁を思えば、その足もとにもおよばないだろう。あの衝撃を一生生々しく覚えていろよと心のなかで念じて、ジョーゼフはバートをそのまま行かせた。

地面に横たわって息をととのえていると、アドレナリンの分泌がおさまってきて、ここで初めて痛みに意識がむいた。アドニスに目をむけると、バートのコートの残骸を空に放り投げていた。あんなに楽しそうにしているところを見るのは初めてだった。バートを殺しかねなかった、あの攻撃的な態度がまるでうそのようだ。それにしても、これはいったいどういうことなのか。悲劇といっていい場面に居合わせながら、それと同時にジョーゼフは、アドニスに助けられたような気もしていた。

　アドニスは本気でおれを助けようとしたのだろうか？　そうだったとして、いったいどう理解したらいいのか？　単に恐怖にかられて、たまたまああいう行動に出ただけではないのか？　いや、そうとは思えなかった。けれど、シルバーバックゴリラが自分を助けてくれたと考えるのは、あまりにとっぴだ。動物に善悪の区別がつくものだろうか？　そういうことに答えを出す知識の持ち合わせは自分にはない。かといってミセスFにきくのも、ばかげている気がする。

　ジョーゼフは立ち上がった。くちびるの内側をかんで、肋骨の痛みから気をそらす。痛みをかくすのは、もう慣れっこになっていて、それなりにうまくなった。けれど、この知らない町では、自分の痛みを人目にさらさずにいるのが、どんどん難しくなっていく。

　頭のなかに、ふとある言葉が浮かんだ。ふだんはめったに意識にのぼらず、口に出していうこともない。しかし檻の前に立ったジョーゼフは、今夜ばかりはそれをいわなければならないと思った。

「ありがとう。おまえにひとつ、借りができたな」

26

ジョーゼフはぎくしゃくとベンチまで歩いていって、腰をおろす。凍てつく風に当たっていると痛みがまひしてくる。薬よりいい。

アドニスはもう落ち着いている。一分もしないうちにバートのコートの残骸で遊ぶのにあき、食べ物をさがして檻の床をくまなく手探りしている。

「そりゃあ、腹も減るよな」

ジョーゼフはいった。アドニスはこちらにちらりとも目をむけない。代わりに床の上に何か見つけて、外に追いはらっている。それがすむと、いつもの場所にもどって腰をおろし、例によって動物園のゲートのほうへ目を据える。まるで何事もなかったかのように。

「どう、調子は?」

いつのまにかシドとミセスFが来ていた。ジョーゼフは怪我していることを悟られないよう、自然にすわっていようとするものの、そうすると自分の身体がふるえているのがよくわかった。それもひどいふるえだ。

「寒いんだったら、重ね着で調整するとか、考えないの？　一晩じゅう、ぜいぜいゴホゴホやってもらったら困るんだよ」今度はミセスFにいわれた。

　ジョーゼフは立ち上がろうとした。と、いきなり肋骨にするどい痛みがつき上げて、ふっと気が遠くなった。ベンチの前に倒れて、地面についた両腕がぐにゃりと曲がった。

「ジョーゼフ？」

　とたんに口調が変わって心配そうな声になった。バタバタと四つの足がかけてきて、四本の腕がジョーゼフを助け起こす。

「気をつけて。動かさない、そっと……」

　ふたりがかりでベンチにすわらせる。ジョーゼフは横になりたかったが、両側にすわったふたりにはさまれてしまえば上体を起こしているしかなく、すぐに尋問が始まった。

「何があったの？」

「どこかから落ちたの？」

「アドニスにやられたの？」

「痛いのはどこ？」

「医者にみせたほうがいい？」

　矢つぎ早にくりだされる質問に、だれが何をいっているのか、ジョーゼフにはわからない。そうでなくても痛みで頭がぼうっとしている。

26

「だれにやられた？」ミセスF（エフ）がきいた。

ジョーゼフはちょっと考える。べつにかくす必要もない。

「バートとジミー」

ひびわれたくちびるのあいだから、そういった。

「だれ？」

「うちのクラスの男子ふたり」

口をはさんだシドにそのまましゃべらせる。もう説明する気力もなかった。

「ジョーゼフをきらって、出会った最初からいやがらせをしてきたの」

ジョーゼフは顔をあげない。ミセスF（エフ）の顔に浮（う）かぶ、かたい表情が想像できた。そもそもおれが何をしでかして、こんなことになったのか、考えをめぐらしているにちがいない。

「だけど、悪いのはジョーゼフじゃないの。あのふたりが侮辱（ぶじょく）してきた。それでジョーゼフは立ち上がったというだけ」

「その子たちが、ここにいたの？　どうやって入った？」

「塀（へい）を乗りこえたんだと思う」ジョーゼフはいって、肩（かた）をすくめた。

「ゲートで大きな物音がしてた。あれがそうだ」

「で、あんたをこんな目にあわせた」

ジョーゼフはうなずいた。

「けど、バートもさんざんな目にあった。あの場面を見せてやりたかった」

そこでにやっと笑おうとしたら、傷がひどくうずいたので、思いっきり汚い言葉でバートの悪口をいうだけにとどめる。

「もう一度そんな言葉をつかってごらん、わたしがさらに傷を増やしてやる」

ミセスFがぴしゃりといった。

「で、あんたのほうも、ゲンコツでやり返したってことじゃないんだろうね」

「おれはやつには指一本ふれなかった。できるわけがない。がっちりおさえつけられていたんだから。ジミーに、いやバートか。しまいにはどっちがどっちだかわからなくなった」

短い沈黙のあと、シドが口をはさんだ。

「でもジョーゼフがやり返さなかったのに、なぜバートがさんざんな目にあったの？」

ジョーゼフは答えない。説明するには気力が必要で、そんな力はもう残っていなかった。どうしてだまって寝かせてくれないのか？

「ジョーゼフ！」

どなられてジョーゼフはしゃきっとなり、反射的にアドニスの檻のほうを指さしていた。

「アドニスが……」

ジョーゼフがそういった瞬間、ミセスFはすっくと立ち上がった。立ち上がると同時に、もうずかずかと歩きだしている。

26

「アドニスがやったって？　ジョーゼフ、よくききなさい。アドニスは何をしたの？」

　ミセスFの目がジョーゼフと檻を行ったり来たりする。ゴリラに異常がないか、アドニスも攻撃されたのではないか、たしかめている。それと同時にミセスFが怖れていることもジョーゼフにはわかった。アドニスの性質と、その気になればどんな被害をおよぼすか、知っているからだ。

「ジョーゼフ、怪我をして痛いのはわかるけど、これは大事なことなの。ちゃんと話をしてくれないと。アドニスは何をしたの？」

「バートが檻に近づきすぎたんだ。檻に背をむけて、おれにパンチをくりだそうとした。そこをアドニスがつかみかかった」

　ふたりが同時に手を口にあて、目を大きく見ひらいた。

「なんてことを。その子。その子はどうなった？　いまどこにいるの？」

　ミセスFがあたりに目を走らせる。柵のすきまから檻にひきずりこまれたのでないことはわかっているだろうが、それでも一応そこに目をやったときコートの残骸が目に入った。

「あれが、その子の？」

　ジョーゼフはうなずいた。

「やつは運がよかった。アドニスがつかみかかったけど、つかんだのはコートだけだった。相棒のジミーは走って逃げた。だからあとはおれが……」

「何？　ジョーゼフ、あんたは何をした？」

ミセスF(エフ)がパニックになっているのが声からわかる。

「助けた、そうするしかないだろ？　ほっとけなかった。コートをぬがせてやって、逃(に)げられるようにした。それで助かった。おれはやつを助けたんだ」

ジョーゼフは全身から力がぬけて、がくんと倒(たお)れそうになった。しかし横に倒(たお)れることはできない。やさしい手つきだが、ミセスF(エフ)がしっかり彼(かれ)の肩(かた)をおさえていたからだ。

「それは……勇敢(ゆうかん)だった。信じられないほど勇敢(ゆうかん)だ。けど、信じられないほど愚(おろ)かでもある。いったい、何を考えていた？　殺されていたかもしれないんだよ。ふたりそろって。どうしてそれがわからない？」

ジョーゼフにはわかっていた。わからないわけがない。でもそううったえるひまはなかった。ミセスF(エフ)の注意は中央ゲートで起きたさわぎに持っていかれたからだ。どなり声。それも続けざまに。どなってゲートをガタガタ動かしている。こっちへ来いとだれかが要求している。それもすぐに。

「ここにいて。動くんじゃないよ。わかったね？」

そういうとミセスF(エフ)はきびきびした足どりで中央ゲートめざして歩いていく。そのあとにシドも続く。

ジョーゼフはすわっている。しかしそれも一瞬(いっしゅん)で、自分だけここにすわっていることはできないとすぐに気づいた。ゲートで起きているさわぎは、さっきの事件と関係しているのはまちがいない。もしそうなら、自分もそこにいないと。痛むわき腹をおさえ、息をととのえながら、ジョーゼフは意を決してふたりのあとを追った。

27

ゲートにたどりついたとき、ジョーゼフの目に入ったのはどうにも不思議な光景だった。ゲート自体が檻の鉄柵の役目を果たし、怒ってどなりあうふたつのグループを隔てている。両陣営の発散する激しい怒りがそこらじゅうに飛び散っていて、どちらがより危険かといわれても判別がつかない。

園内に入ろうとしている人物がだれなのか、気づくまでにさほど時間はかからなかった。ゲートをゆすっている巨漢は、バートの父親にちがいない。息子と同じ残酷な目をして、前腕にも同じ力がみなぎっている。だからこそ、ジョーゼフは不思議だった。見るからに怖い物知らずといった体格のいい男が、それを生かそうと、どうして自分の父親と同じようにフランスの戦場へ行かないのか。

何か身体に不具合があって戦えないのだとしても、バートの父親の様子からは、まったくそれがうかがえない。ゲートをものすごい力でゆさぶって、いまにもちょうつがいがはずれてしまいそうだった。それはミセスF(エフ)も見のがさなかった。

「そのゲート、戦争のために供出(きょうしゅつ)しないといけないって、すでに当局からいわれているんです。とかされて鉄砲玉(てっぽうだま)になるまでは、そっとしておいてくれると助かるんですが」

「ああ、もちろん。こいつをはずして、さっさとなかに入れてくれれば、こんなものには指一本ふれやしない」

ミセスF(エフ)はため息をついた。

「動物園は数か月前から閉鎖(へいさ)されています。わたしが好きでそうしたわけじゃありませんけどね。だからゲートには鍵(かぎ)がかかっている。人がなかに立ち入らないように。安全のためです」

「しかしきいたところによると、ケダモノは檻(おり)のなかだけじゃなく、外にもいるというじゃないですか」そういってジョーゼフを指さす。

ジョーゼフは傷(きず)つかなかった。それよりもっとひどい言われ方をしたこともあるからだ。おどろいたのは、バートもいっしょに来ていたことだった。父親の巨体(きょたい)のかげにかくれている。ぬらしたズボンは着替(きが)えたかもしれないが、顔にはまだ同じ表情がはりついていた。ジョーゼフへの憎悪(ぞうお)と、かつて経験したことのない恐怖(きょうふ)がないまぜになっている。

「動物の話をしたいというなら、喜んでそうしましょう。あなたの息子さんとジョーゼフ。ふたりがぶつかっているというのは知っています。しょせん男の子ですから、めずらしいことじゃない。しかし、わたしのほうではもうひとつ情報をつかんでいます。ジョーゼフが教室に足をふみ入れたとたんに、あなたの息子さんが、まっすぐぶつかってきたそうですね。ジョーゼフはクラス全員の前で侮辱されてくやしい思いをした」

「まあ、本人はそういうでしょうね」

「いいえ、ジョーゼフは自分からそんなことはいいません。ほかからきいたんです。愚かにも、本人はひとっこともしゃべらない。まったく残念です。わたしがその話をきいたのは、ほんの数分前なんですから」

「ならば、あなたの息子さんが、バートをなぐったこともおききおよびでしょうね？」

「いいえ、でもきいたところでおどろきゃしません。それと、はっきりさせておきますが、ここにいるジョーゼフはわたしの息子じゃありません。それでもわたしはこの子のために喜んで責任をとる気でいます。だからもし、万が一にでも、お宅のバートのようないじめっ子のことを彼が話してくれたら、同じことをやり返せと、はっきりいってやります。一歩もひくな。てこでも動くな。必要があるなら戦えと」

バートの父親はこの答えに満足しない。ほんのわずかかも。胸を大きく張って身長が数センチも高くなったように見えるのは、全身の細胞がにくしみでふくらんでいるからだろう。

ゲートをにぎる手にも力がこもっている。

「で、彼にそこまでの度胸がないとなると、あんたのペットを自分の代わりに戦わせる、そういうことですかな?」

「ミスター・コナハン、お願いですから――」

「軽々しく名を呼ぶな」

「だったら、ばかげた言葉をこっちに吹きこまないでもらいたい。ジョーゼフがシルバーバックゴリラを仕こんで、あんたの息子を攻撃させることができるなんて、本気で思ってるの? アドニスは犬じゃないんだ。野生の動物だ。だからここのゲートには鍵がかかっている。残念ながら、あんたの息子はそれを無視して、結果、自らの命を危険にさらした」

バートの父親は相手の言い草が気に食わなかったが、それでもこの女がとうとうとしゃべりだすと、つけいるすきがないと、だんだんにわかってきた。

「もし、子どもたちがけんかをしたいというなら、あんたにもわたしにも、できることはほとんどない。それでも、これだけはいっておく。わたしの動物園内で、けんかは絶対させない。二度とね。今度そんなことになったら警察に連絡をする」

しかしそこでミセスFが一息入れると、今度はバートの父親が一気にわって入り、自分の論をまくしたて、その場に居合わせた全員に息をのませた。

「警察に連絡する者がいるとしたら、それはわたしだ。それも早急に。今日のうちに連絡するつもりだよ。ただし連絡するのは、その乱暴な子どもの件じゃない。あんたのゴリラのことを話そうと思う。野生だかなんだか知らないが、檻に入っていようとなんだろうと、女に、それもあんたみたいな女に、こんな危険な動物たちの管理をまかせていいはずがない。わたしの思いが警察に通じれば、問題はすぐ解決する。確実に、早急に。そのときには必ず、あんたのゴリラの息の根をとめてやる。必要ならば、このわたしが引き金をひいてもいい。喜んでね」

「話はそれで終わりですか？」

ミセスＦがいい返したが、さっきまでと口調が少し変わっている。弱気になったようで、両肩がふいに緊張するのがジョーゼフにはわかった。

「いいや、まだ始まってもいない。だが、この件はいずれまた。すぐにまたお会いすることになるでしょうからね。あんたら全員と」

最後にするどい一瞥をくれて、バートの父親はその場を去り、バートもあわててあとからついていった。

だれも何もいわない。ミセスＦもじっとその場にかたまっていたが、コナハン親子の姿が消えると、気をとり直して、アドニスの檻のほうへむかった。

28

顔にびっしょり汗をこびりつかせて、ジョーゼフはシーツといっしょに勢いよくはね上がった。シーツはじっとり湿っていてむっとする。大きく口をあけて、はあ、はあと空気を吸いこむ。それも一度や二度ではなく、何度も。まるで凍るような川のなかから、たったいまあがってきたかのようだった。

ふだん、夢はほとんど見ない。寝ているときもそうだし、起きているときにも、夢見るように空想を働かせることはなかった。夢なんか悠長に見ていられない。何しろ現実のそこここに、悪夢のような出来事が待ち受けているのだから。

それで、どうしてこんな夢を見たのか納得した。

夢のなかでジョーゼフは、夜の動物園にいた。空から矢つぎ早に爆弾が落ちてくる。あまりに多すぎて数え切れず、とめることもできない。ミセスFの姿はどこにもないが、なぜかライフルがジョーゼフの手ににぎられている。けれどまったくつかいものにならない。何度引き金をひいても発砲しなかった。

この夢が奇妙なのは、爆弾を落としているのがナチスではないことだ。黒々とした雲のへりから、巨大な人影が神々のように地上を見おろしてゲラゲラ笑い、あざけりながら爆弾を地面に落としている。バート、ジミー、グライス校長、バートの父親。それぞれが復讐にかられて爆弾を雨のように落としてくる。

ジョーゼフには彼らの細部までがはっきり見えた。どれがだれの顔だかちゃんとわかった。けれどひとつだけ、わからないものがある。輪郭があいまいでぼやけているうえに、折々に雲にかき消されてしまう。どんなに目をこらしても、それがだれだかわからない。

女の人。それだけはわかった。腕が長くてほっそりしているが、その両腕はこちらにやさしくさしのべられているのではない。それどころか、大量の爆弾を次々と、ほかの人間の倍は落としている。みんなの手もとから爆弾がもうなくなっても、その人だけは、どんどん大量の爆弾を落としてくるので、ジョーゼフはよつんばいになって、そのひとつひとつをキャッチしようと必死になっているのだった。

しかししまいには、さすがにどんなにがんばっても無理だとわかった。汗が目に入って前が見えなくなり、両手がずたずたに切り裂かれると、ジョーゼフは最後に、あとひとつだけ爆弾を受け止めようと飛び上がった。しかしその爆弾は大きさもスピードも破格で、空をまっぷたつに切り裂いて落ちてきた。地面に落ちても、音はしない。音を出したのはジョーゼフのほうで、あたりをひき裂くようなかんだかい悲鳴をあげた。それで夢から覚めるかというとそうではなく、雲のかげにいる女の人が声をかけてきた。

「しーっ、静かにね、わたしのいい子。お願い、ママのために泣かないでがまんして……」

ジョーゼフは泣かないようにがんばる。必死になって息をつめ、肺の奥深くに泣き声を閉じこめておく。その人を喜ばせたいとジョーゼフは思っている。自分のそばにいてほしい、またどこかへ行ってしまわないでほしい。そばにいてくれるなら、なんでもすると思っている。けれどそちらへ両腕をのばしてみると、その人は、さっとそっぽをむいて消えてしまった。

「いやだ！ 行かないで！ ごめんなさい！」

ジョーゼフはさけび、次の瞬間、目が覚めた。起き上がって、そこにいるはずのない人を目でさがす。現実と夢がいっしょくたになってねじくれている。自分がいまどこにいるのかわからず、ジョーゼフは哀れっぽい声をもらした。すると、声がきこえた。また別の女の人の声。甘さのかけらもない声だが、それをきいてジョーゼフはほっとした。

「ジョーゼフ。ジョーゼフ、ほら、起きて。夢だよ。夢。だいじょうぶ」

ジョーゼフは声のするほうへ身をのりだしたが、その瞬間、肋骨に痛みが走った。目が覚めて初めて感じた痛みだった。

「目をあけて。だいじょうぶ。もう平気」

ジョーゼフは、ねばつくまぶたのあいだから、ミセスFをのぞいた。目の前にちょこん

28

とすわっていて、白髪まじりの赤毛の髪がぼさぼさに乱れている。

「よし」そういってジョーゼフの両手をどかす。

「どんな夢だか知らないけど。きっと今日の出来事が関係しているんだろうね。あの少年たち。あんたが自分を責める必要はない。気にすることはないよ」

ジョーゼフはマットレスに上体を倒した。悪夢にうなされたことがはずかしかった。夢の内容は話したくない。

「わたしはまだしばらく寝ないから、話し相手がほしかったら、キッチンにおりておいで」

そういうと、ひざをきしませてゆっくり立ち上がった。首をちょこんとかたむけながら、目はまだジョーゼフを見すえていて、ドアにむかうときも目をはなさなかった。

「まあ、気がむいたらでいい」

そのさそい自体にもおどろいたが、ドアを半びらきにしておりていったのも意外だった。いつもならバンと勢いよく閉めていき、あの人はおれを四面の壁の内に閉じこめておかないと満足しないのかと思っていた。ところが今日はちがう。

数分後、上下する胸の動きがふつうにおさまってから、ジョーゼフはぎくしゃくと立ち上がった。動くたびにつき上げてくる痛みをがまんしつつ、おぼつかない足どりで階段をおりていく。奥の部屋はほんのりと暖かい。ストーブがついている。ひとつだけあがった炎がかろうじてジョーゼフをむかえてくれている。ジョーゼフは部屋のドアをそっと閉めた。ミセスFはこちらに背をむけてテーブルにむかっている。肩を丸めて、目の前に広げた何かを熱心にのぞきこんでいる。

「ミルクなんて、ないよね？」

そんなに大きな声を出したつもりはなかったのに、ミセスFがはじかれたように立ち上がった。あわてて紙類をかき集めて山にすると、テーブルの上においてある、ふたのあいた傷だらけのブリキ缶のほうへよせた。

「うん、ないんだ。悪いね」

「いいよ」

ジョーゼフはそういってから、紙の山を指さした。

「それは何？」

何やら古い写真や手紙らしい。手書きのものもあれば、形式張った書類のようなものもあって、どれも色あせているのはわかるが、それ以外何もわからない。ミセスFがやけに急いでそれを片づける様子が、ジョーゼフの興味をひいた。この人がこんなふうにあわてるのは、空襲警報が鳴ったときだけだった。

「あんたには関係ない、見てのとおりだよ！」

そういって、紙の山をブリキ缶にしまってしまう。

「それよりジョーゼフ、こっそり忍びよってくるのは、やめてくれるとありがたいね」

「おりてこいっていったのは、そっちじゃないか。一度出て、ノックをすれば気がすむ?」

「そうじゃなくて、いきなりおどかして、早死にさせないでおくれってこと。そうでなくても、もう十分、頭には白髪が生えているんだからね」

そういうと、そそくさとジョーゼフの前を横切って、ブリキ缶をジョーゼフの手がとどかない、暖炉の上の棚にあげて、その前にからっぽの花びんまでおいた。そうやって見えないようにしておけば、ジョーゼフの記憶から、その存在を消せるとでもいうように。

「もう寝たと思ったんだよ」

そういってミセスFは、蛇口から水をグラスに注ぐ。

「しばらく眠れそうにないや」

「よっぽど怖い夢を見たんだね。なんの夢?」

「もう忘れた」

ぼそっとジョーゼフはいった。もう二度と考えたくないし、おかしな内容を話して、ミセスFによけいなことを気どられたくなかった。

「そのほうが好都合だよ。それ以外にも、話すことはいくらでもあるんだから。そうだよね?　水は?」

ミセスFはジョーゼフの前にグラスをすべらせ、相手が話を切り出すのを待っている。

29

石炭が切れているので、通りのがれきのなかから拾ってきた湿った木を燃やす。ストーブのなかでシューシューパチパチいう音が、怒りを発散させているようにきこえる。

ジョーゼフは口をひらかない。まだブリキ缶の中身が気になっていて、暖炉の上の棚にじっと視線をむけているものの、エックス線（透過力が強い電磁波）じゃあるまいし、透視は不可能だ。何を見ているのか、視線の先をミセスFに気づかれて、ようやくそこから目をそむけた。

「まあ、そうだね」

だれにともなく、意味のない言葉をミセスFがつぶやいた。

「うん」

ジョーゼフはいった。からっぽになったグラスをまだ手のひらでつつむようにしてにぎっている。

「やっぱあいつ、もどってくるかな？」

「だれが？」

「バートの父親」

「さあね。あの手の人間は何を考えているのか、よくわからない。口ばかり達者で実行が伴わないって場合もあるからね」

「単なるおどしにすぎないって、そう思ってるの？」

ミセスFは首を横にふった。

「よくわからないけど、ひとつだけ、たしかなことがある。コナハンみたいな男は、わたしのような女がキッチン以外の場所に立っているのがおもしろくない。息子の事件は別にしても、わたしが動物園を経営してるってのが気に食わない。不愉快なんだ。ただし、それだけのことで行動に出るかどうか、それは先になってみないと、なんともいえないんじゃない？」

ジョーゼフはうなずいた。それでもきっとあの男は、おどしを行動に移すと、そう思えてならない。実際、息子もそうしたのだから。

「また学校で、おかしなまねをしてくるかね？　あのふたりのどちらかでも？」

ジョーゼフは中途半端に肩をすくめ、首をふり、どっちつかずの返事をした。おたがいにするどい目でにらんだり、これ見よがしに胸を張って見せるような、そういうことはあるだろう。そもそも教室に人が少ないのだから、いやでもたがいの姿が目につく。

そして、どちらにも武器がある。バートはジョーゼフが文字を読むのに苦労しているのを知っている。ジョーゼフのほうは、バートが小便をもらしたのを知っている。はたしてどちらの武器が強力か。

「そもそも何があったのか、まだ話してくれていないよね。あのふたりがわざわざ動物園にまで侵入して復讐を果たそうとした。その裏にどんな事情があったのかを」

ジョーゼフは肩をすくめた。これまで何度きかれても、同じ仕草を返してきた。こちらが話をそらすたびに、ミセスFのいらいらがつのっていくのはわかっていた。それでも、どうしても話す気にはなれなかった。

「話して、なんの意味がある？」まじめくさった顔でジョーゼフはいった。

「おおありだよ、ジョーゼフ。話さなかったら、あんたの身体のなかから、そいつは永遠に出ていかない。奥深くへぐんぐんもぐりこんで身体じゅうに広がって、お日様にも風にも当てないから、どんどんうんでしまう。本人が気づかないうちに、身体のあらゆる部分に入りこんでいて、歩くたびに、息をするたびに、何かしようと思うたびに、そいつがしゃしゃり出てくるようになる。最初はいやで話題にしなかったというだけの、その思いっきり不愉快な出来事に支配されてしまうんだ。

本当だよ。あんたはそいつのいいなりだ。それでいいのかい？」

「いやだ」

「だったら、わたしの目を見て、そういいなさい」

ジョーゼフは顔をあげた。

「絶対、いやだ」

「だったら、頼むから話して！」

ジョーゼフはミセスFに目をむけながら、どう説明したものか、頭のなかで必死に考えをめぐらせる。シドに話したように話せばいい、あのときは話せたじゃないかと、自分の心にいいきかせる。けれど、いまはあのときとちがう。話してしまえば、ミセスFはそれでおれという人間を非難する。これまで以上に、おれをばかだと思うだろう。

ミセスFに期待の目で見られて、ジョーゼフは顔をしかめた。

話してやれと、ジョーゼフは自分の胸にむかっていう。起きたことを全部話して、それでどんな気持ちになったか話してやるのだ。だけど、それでどうなる？　話したら、ミセスFが時間を巻きもどして、あんなことは起きなかったことにしてくれるとでも？　あいつらに悪口をいうのをやめさせて、こぶしをふるえないよう腕をピンで背中にとめてくれるとでも？　そんなわけがない。ミセスFは無力だ。すでに起きてしまったことを、いまさらここへひきずりだして、なんになる？

問題は、ミセスFがジョーゼフと同じように頑固者であるという事実だった。もしジョーゼフが話さなければ、ミセスFはずっとしつこく、きき続けるだろう。

「シドにきいたところによると、あんたが教室に入ったとたん、ふたりが敵対してきた。

それは本当なの？」

ジョーゼフはうなずいた。

「ほんの一言で、あんたの怒りに火がついたって」

今度は肩をすくめる。

「頭が悪いとか、なんとかいわれたそうだけど」

「おれを尋問しないで、シドにきけばいいんじゃないの？」

「あのね、ジョーゼフ。きいたけど、教えてくれなかったんだ」

「おしが足りなかったとか？」

「あるいはシドは、あんたを守ろうとした」

「どうしてそんなことをしなくちゃいけない？」

「さあね。ふだんなら、あの子はだまれといっても、しゃべる子だ」

「それでもしゃべらないのは、きっとあなたが知る価値のないことだからだ」

ミセスFがすっくと立ち上がった。

「知る価値がないだって？　あんたが、頭のてっぺんから足の先までボコボコにされて、まったく知らない赤の他人の子が、わたしの動物園で手足をもがれそうになって、わたしの動物園でもっとも貴重な動物が、その種はもうたった一頭しか残っていない大事な動物が、息の根をとめられるかもしれない。そういったすべての事態をひき起こす原因が、わたしには知る価値のないことだっていうの？」

ミセスFはそこでだまり、ふりみだした髪と同様に、顔でも怒りをあらわにした。さすがのジョーゼフも気がついた。泥をはくなら、いましかない。それでもまだ、言葉が見つからないのだった。

「話してくれないのなら、推測するしかないね。それじゃあ、わたしの推理を披露しよう。あんたを怒らせた、あの少年。彼は、あんたが教室に入ってきた瞬間に見ぬいたんだ。こいつには何か弱みがあると。そこをつっついてやれば、きっとこいつはかっとなって、おもしろいことになる。そう思って行動に出た。ばかだとか、頭が悪いとか、そういうことをいったんだろう。こいつは文字の読み書きができなくて、自分の名前さえつづれないと、先生にそういったかもしれない。

でもってあんたは、とことん意地っぱりな子どもだ。大人だってあんたの意地に勝てる人間はいない。だから、相手に四の五のいわせず、こぶしをふるった。読むのが苦手だっていうなら、練習すればいい。一度でもいい、こぶしじゃなく頭をつかってみな」

「頭ならつかったさ。ずっとがんばってきた。あなたもやっぱりみんなと同じだ。おれは頭が悪い。そうでなかったら、なまけている。だから字が読めないと思ってる。

けど、そうじゃない。おれだってアルファベットは知っているし、単語ひとつひとつの発音だってわかる。けど、ページに目をむけて読もうとしたとたん文字がダンスをするんだ」

「ダンス？」

「文字がじっとしてない。あちこち動きまわる。目をむけたとたん、みんなちがう場所へ動いてしまう。まるでぷかぷか流れていくみたいに。そうなるともう気が変になってくる」

ミセスＦは、そんな話をきいたことがなかった。ジョーゼフを信じたいが、そんなことが現実に起きるとはとても思えない。ジョーゼフがうそをついていないのは、その燃えるような目を見ればわかる。それでも、あまりに妙な話で、正気の沙汰とは思えなかった。

「文字を読もうとするたびに、そういうことが起きるの？　文字の大きさは関係ない？」

「ああ」

ミセスＦは大きく息をはき、ちょっと考えた。

「それじゃあ、医者に連れていかないと。問題はきっと目だよ。めがねが必要なのかもしれない」

ジョーゼフは、シドの叔母さんのめがねをかけろといわれたときの屈辱を思い出した。

「それか病院で、あばれないよう拘束衣でも着せたらいい。わかるよ、あなたが何を考えているか。おれみたいな人間が入る病院があるって、知ってるんだよ！」

ジョーゼフは思わず立ち上がった。血管を血がドクドクと流れていく。テーブルのへりを指先でぎゅっとつかみ、木材に爪をめりこませる。

「ジョーゼフ・パーマー。あんたが知っておかなきゃいけないことは、三つだけだ。ひとつ、わたしはあんたの話を信じる。ふたつ、医者の出番もあるかもしれないが、拘束衣を着せるとかなんとか、そういうことをいってるんじゃない。そして三つ目は、なんだかわかるかい？　わたしは、あんたが文字を読めなくても、ぜんぜん気にしないってこと。どんな理由であろうとね。

それに、読めない人はいくらでもいる。だからといってわたしは、そういう人たちがだめな人間だなんて思わない。わたしが気にするのはむしろ、あんたがすぐかっとなるところだ。文字が読めないよりも、そっちのほうが原因で、今後めんどうごとにいっぱい巻きこまれるよ。あんたのそういうところはわたしもきらいだ。

けど、それはほんの一部であって、それを上まわって余りある素晴らしいものをあんたは持っている。動物園で、あのいじめっ子を助けたじゃないか？　あれだけひどいことをした相手をだよ？」

ジョーゼフはひたいにしわをよせて、左右の足を落ち着かなげにふみかえる。

「いさかいの事情については、あんたはずっとわたしにひたかくしにしている。でもね、ジョーゼフ。わたしにかくしごとはできない。これからは、もっとあんたにいろいろきくことにする。それで、あんたがいいことをしたら、ちゃんとそういうし、こっちが手をあげたくなるぐらい、ひどいことをしたら、それもちゃんという」

ジョーゼフは、ミセスFのいっていることを理解した。といっても、これだけ一気にまくしたてられたのだからすべてではないが、両手はもうテーブルのへりをにぎってはいなかった。そこをかたくにぎりしめていた指がほどけている。

「ひとつ、きいてもいいかな？」思い切っていってみた。

「いいよ」

「あの缶の中身は何？」ジョーゼフは暖炉の上の棚を指さした。

しかしミセスFは、それには答えずにすんだ。ボクサーのように、ゴングに救われたのだ。この場合のゴングは空襲警報で、本ラウンドはひとまずこれにて終了し、また新たな戦いにむけて準備をしろと教えている。

屋内にいながら、ふたりはさっと空を見あげる格好になった。

「よしジョーゼフ、あんたは急いで防空壕におりて」

「トワイフォードといっしょはいやだ。おれはにくまれてる」

「悪くとりなさんな。あのふたりはだれが相手でも、ああいう態度をとるんだ」

「だったらなおさら、やつらのところにおいていかないでくれ」

時間がせっぱつまっているから、ミセスFもしつこくあらがいはしないという計算がジョーゼフにはあった。

「またいっしょに行くよ。動物園へ。ツイーディだって、あの隣人といっしょにおいておくのはかわいそうだろ？　おれ以上にきらわれてるんだから」

ミセスF（エフ）はため息をつき、折れる顔になった。ふたりのコートに手をのばしていう。

「わかった。だったら、わたしのいうとおりにする。いいね？」

「うん」

「わたしが編んでやった帽子（ぼうし）をかぶること」

「いいよ」

「それと、これ」

ミセスF（エフ）が毛糸の手袋（てぶくろ）を投げてよこした。

「前に編んでおいたんだ」

ピンク色。ジョーゼフの顔にいやそうな表情が浮（う）かぶ。

「手袋（てぶくろ）をしないなら、動物園へは行けない。毛糸はそれしかなかったんだ。さあ、急がないとヒトラーがノックをしに来るよ」

このときばかりは、ジョーゼフはいうとおりにした。

30

学校が終わって動物園へむかう道のりは、そう長くはない。それでも空襲があった翌日は、何をやるにもふだん以上につかれを感じる。最近では悪いことは全部ヒトラーのせいだと思えてくる。

そのさいたるものが空襲だ。大量に爆弾を落とし、あっというまに町を破壊する。ヒトラーの爪あとは風景ばかりか人間にも残る。あの事件から一週間がたち、ゆっくりとだが傷も癒えてきたジョーゼフは特にそう感じていた。悪夢で眠りをしょっちゅう妨げられるのはヒトラーのせいではなかったが、毎晩の動物園通いもあってすっかりつかれてしまった。それでふだん以上に機嫌が悪く、あとでシドを怒らせてしまうことになる。

何を見ても聞いても、いらだつばかり。自分もまったく同じ音を立てているのに、他人の靴が砂利をふむ音にもいらっとくる。シドが肺に空気を入れるひまもなく、ひっきりなしにしゃべり続けているのもいらいらするし、空襲が残した爪あとに、むなしい抵抗をして満足する人間にも、何かしら文句をぶつけたくなるのだった。

30

「なんだよ、あれは」ジョーゼフはかみつくようにいった。

「何？」

自分が話しかけられたのか、それともジョーゼフの独り言か、シドにはわからない。

「あれだよ！」

ジョーゼフは大きながれきの山のてっぺんにのぼっている男の子を指さした。

「のぼってるだけでしょ。ジョーゼフだって、この前同じことをやってた」

「おれは、あんなばかげた旗なんて、持っていなかった」

シドがまたそちらに目をやると、たしかに少年は手にイギリスの国旗を持っていた。棒（ぼう）の切れはしにイギリス国旗をくくりつけている。山のてっぺんまであがると、ぐらつきながらそこに立ち、手にした、にわかづくりの国旗を高くかかげてから、がれきのなかにつきさした。旗が風にはためくと（そのはためき方も、みじめったらしいとジョーゼフはいう）、シドをふくめ、下にいる人々（ひとびと）から拍手（はくしゅ）があがった。

「なんで拍手（はくしゅ）なんかする？」ジョーゼフがきく。

「どういうこと？」

「ばかげてる。ごみの山に旗をつきさして、何になるんだ。遠いベルリンにいるドイツ人の目に、それが見えるとでも？」

「何いってるの？」シドがいきなり足をとめた。

「あの子がうったえようとしていることは、あきらかでしょ？」

「ボクはマヌケだって？」

「ドイツになんか負けないと、そういってるの。たくさんの爆弾を落として、どれだけ家々をぺしゃんこにしても、おまえたちは勝てやしない。勝たせるものかって」

ジョーゼフがばかにするようにふんと鼻を鳴らし、それがますますシドをいらだたせる。

「ジョーゼフ、今日はどうしちゃったの？」

ジョーゼフは歩きながら、こぶしをにぎってはひらきをくり返し、胸のなかでせめぎあう思いと戦っている。助けが必要なのはわかっている。とりわけシドの助けが。けれど、どうやって頼めばいい？　どう切り出せばいい？

幸いなことに、切り出すきっかけはシドがつくってくれた。

「もういい」そういうと、ずかずかと先を歩いていく。

「ジョーゼフに話をする気がないなら、もう無理に話しかけない。じゃあね、バイバイ」

「待ってくれ！」

ジョーゼフはシドの背中にむかってさけび、のどにからみついている言葉を思い切って口から出した。

「助けて、ほしい」

言葉が尻すぼみになったものの、シドにはちゃんときこえた。足をとめて、くるっとふり返った。

「いいよ。何を助ける？」

ジョーゼフはまじまじと相手の顔を見た。笑いとばされるか、もっと真剣に頼めといわれるか。そのどちらかだと思っていた。実際頼み事の内容を話してみれば、そうなるかもしれないが、いまのところシドは腰に両手をあてがって、ジョーゼフの言葉の続きを待っているだけだった。

「助けてくれるのか？」

「あなたの髪の毛のなかから、シラミの卵を見つけろっていうんじゃなければね」

「そんなわけないだろ」

ジョーゼフはむっとしたが、いうなら、いましかないとわかっていた。

「グライス校長のこと」

自分の声なのに、そのひびきだけで胸が恐怖にあわだった。

「それと、月例のばかげたテスト。もうそろそろだ。おれは算数は得意だからだいじょうぶだって、シドはいうかもしれない。けど、まだ本が読めないだろ？　いまも文字がページの上でじっとしていないんだ。努力はしてみたけど、少しも読めるようにならない」

「わかってる。力になれないか、わたしもいろいろやってみたでしょ？　でもいまのところ、何も方法が思いつかないんだよね」

シドがジョーゼフを心配する顔になる。

「グライス校長は、ほかの親と同じようにミセスF(エフ)も学校に呼(よ)んだの？」

ジョーゼフはうなずいた。

「来るってさ」

「だけど、ジョーゼフが文字を読むのが困難(こんなん)だって、ミセスF(エフ)も知っているんでしょ？」

ジョーゼフはばつの悪い顔になった。

「ああ、話した。けど、ミセスF(エフ)もやっぱり何もできない。授業参観に来たらどうなるか、予想がつく。きっとグライス校長に味方するんだ。校長とまったく同じように考える。おれが文字を読めないのは、なまけているせいだって。それか、頭のどこかに欠陥(けっかん)があるか」

「ミセスF(エフ)は絶対そんなふうに考えない！」

シドは心からショックを受けた顔になった。

「あの人があなたに何をしてくれているか、よく考えなさいよ。わたしだってそう。両親を失ってから、ミセスF(エフ)に仕事をもらった。そんなことをする必要はないのに、わたしが悲しそうにしているのを叔母(おば)からきいて、手をさしのべてくれたの。仕事だけじゃない。わたしが話したいときには、ちゃんときいてくれて、わたしを気遣(きづか)ってくれる。あなたを気遣(きづか)うのと同じようにね」

ジョーゼフは無表情をよそおうものの、うまくいかなかった。

「ジョーゼフ、本当だから。どうしてあなたには、それがわからないの？」

「おれを助けたいのか、そうじゃないのか？」

「助けるっていったでしょ」

「よし。とにかくおれは……ミセスFは信用できない……けど、ひとつアイディアがある。きっとそんなのうまくいかないと思われるかもしれないし、たぶん失敗する」

「ジョーゼフ、話す前からそんなことをいってどうするの……」

「きいてくれ、おれは読むのはぜんぜんだめだが、記憶力にはかなり自信がある。それに、グライス校長の前で読む本をドハーティー先生から預かってきてもいる。そいつはシェイクスピア（英国の詩人・劇作家）みたいに難しいもんじゃない。語数もそんなにないんだ」

「だから……？」

「だから、それをおれに読んできかせてほしい。何度もくり返し。シドがいやになるまで、何度でも。そうすれば、覚えると思うんだよ。言葉のひとつひとつを」

「本気でそんなことができると思ってるの？」

シドの眉が声と同じぐらい高くつり上がった。

「できる」

そう力強くいいきることで、自分でも信じられる気がした。

「やってみる価値はあると思う。ばかにされてだまっていられるか。むち打ちだって」

「じゃあ、わたしも手伝う。それでも、やっぱりミセスFには、もう一度相談したほうが――」

ジョーゼフはきっぱりと首を横にふった。シドはため息をつき、悲しげな笑みを見せた。

「それじゃあ、できるだけ早く動物園に行って、ジョーゼフの記憶力がどれほどのものか、見せてもらおう」


前回のことを思えば、そこから先は、ふたりのどちらにとっても、苦労を強いられる時間になっただろう。しかし、もう最初の緊張はとけていて、ジョーゼフがキレることもなかったので、この作戦は思った以上にうまくいきそうだった。

ジョーゼフの記憶力はなかなかのもので、本人にとってはそれが自信になったし、シドも辛抱強くつきあうことができた。それどころか、アドニスの檻の前のベンチにすわって、アドニスに見守られながら一時間もがんばると、意地っぱりなジョーゼフの性格は強みでもあることがわかってきた。

「じゃあ、もう一回読んでよ」とジョーゼフ。

「**空は雲におおわれている。いまにも雨が降ってきそうだ**」

シドはゆっくりと、しかしジョーゼフがばかにされていると思わない程度のスピードで読みあげた。

30

「おれ、そういったよね？」

しかしシドが答えるより先に、檻のなかから鼻を鳴らす音が大きくひびいた。ふたりそろってアドニスをふり返ると、首をぶんぶん横にふっていた。

「ちがうって」

シドがゲラゲラ笑った。笑わずにはいられない。それぐらい絶妙なタイミングだった。

ジョーゼフは自分の顔が赤くなるのがわかった。シルバーバックゴリラの耳にも、おれのまちがいはあきらかだということか。

「アドニスがおれにダメ出しをしたって、そんなこと本気で思ってんのかよ？」

シドは肩をすくめた。

「わかんない。でも、その可能性はあるんじゃない？　ジョーゼフはどう思う？」

「まさか、相手はゴリラだぞ。けど、ひょっとしたらありうるか。バートがおれにむかってきたとき、アドニスがおさえつけてくれたんだから」

自分でもばかなことをいっていると思う。それでもジョーゼフは、あの件について、自分以外の人間がどう考えるか知りたかった。

「アドニスはきっと、おれを守ろうとしたんだ」

いったそばから、はずかしくなった。

「いや、忘れてくれ。そんなばかな話はない」

するとシドがすかさずいった。

「ばかな話じゃない。アドニスはジョーゼフが好きなんだよ。そう思ったことない？」

「もう一回同じ部分を読んでくれ。そうしたら、次はちゃんといえるようになる」

話をそらすのはお手のもので、ここでもジョーゼフはうまくかわし、シドはいわれたとおりにした。ジョーゼフがやる気を見せるなら、シドのほうでも文句はなかった。

それからも、ジョーゼフがつっかえたり、まちがえたりするたびに、シドは何度でもくり返し読んでやった。ジョーゼフはちゃんと自分のまちがいを認めて、「もうやめた！」と短気になることは一度もなく、頭がかっかしてくると一呼吸おくことも覚えた。

一度に一行ずつ。一文が長い場合は、半分ずつシドが読んでいき、それをジョーゼフがオウム返しにくり返し、しっかり覚えてから次へ進む。次の行を覚えたら、もう一度最初にもどり、そこから覚えたところまで、一気に暗唱してみせる。

「本当にうまくいくのかなあ？　むだな努力で終わるとか？」

ジョーゼフがため息をついていった。

「ほかに選択肢があると思う？」

ジョーゼフは肩をすくめた。

「まあ、ないね。グライス校長をだまそうとしても、見ぬかれたら、むち打ちだ。どうして読めないのか、理由を説明しなければ、やっぱりむち打ちだ」

30

「きっとうまくいくよ。感情をこめて熱っぽく読めば校長はだまってきいているしかない」

「だよな」

「だから、やるしかない。それに、わたしが思っていたより、うまいよ」

いったあとで、ほめ言葉になっていないと気づき、あわてていいたす。

「ずっとうまい！」

それでもジョーゼフはむっとした顔になった。

ふたりでコツコツと努力を重ねながら、ジョーゼフは心配をつのらせていく。シドが読んでいるのをききながら、該当する部分を指でたどろうとする。実際グライス校長の前では、そうしないといけないのだ。けれど、いざ指をおいてみると、とたんに文字がおどりはじめて、例によって、はき気といらいらにおそわれる。文字は指の下をすりぬけて、ページのあちこちへぴょんぴょん飛んでいく。

必死に自分をおさえようとするものの、胸のうちでどんどん高まるいらいらが、とうとう爆発して、ジョーゼフは乱暴に本を閉じてベンチに投げた。

「まあまあ」

シドはいい、背中をポンポンたたいてやろうとしたが、思い直してやめた。

「少し頭を休めたほうがいいよ。またあとでやろう。どれだけ記憶に残っているか見てみよう」

ジョーゼフは賛成するしかなかったが、それでも、やめたとたん、これまで頭に入れたことが、すっぽりぬけ落ちるような不安を覚えた。

「ミセスFをさがそう」

シドはいって、自分といっしょにジョーゼフを立たせた。

「きっとやらなきゃいけない仕事がたまってる」

「そいつはうれしいな」ジョーゼフがまじめくさった顔でいった。

「やめてよ、そういうの」シドが舌打ちした。

「それにミセスF、ここんところちょっと様子がおかしいから、注意して見てやらないと」

ジョーゼフはわけがわからない。

「それ、逆だろ？」

「どういうこと？」

「ミセスFはいつだって、おれに注意の目をむけている」

「それは当然でしょ？　もう少しでバートは、ゴリラに八つ裂きにされる目にあったんだから」

「ゴリラっておれのこと？」

ジョークはウケずに完全に無視。まだシドはミセスFのことを考えている。

「ここ数日、いつもと様子がちがうでしょ？　ジョーゼフはいっしょに暮らしているんだ

30

から、気づいていいはずだよ」

　ジョーゼフは答えなかったが、めずらしくシドのいうことを真面目に考えてみた。じつのところ、ここ数日はグライス校長のテストのことで頭がいっぱいで、ミセスF(エフ)の変化にはほとんど気づいていなかった。相変わらず機嫌(きげん)がいいとはいえないが、それでもジョーゼフが学校から帰ってくると、どこか妙(みょう)な表情を浮(う)かべていた。笑顔とは呼(よ)べないが、口角があがっていて、まるで見えないひもでぴんとつり上げられているようだった。

　そこでふと、昨日いっしょだったときのことを思い出した。


「で、学校はどうだった？」

　気のない声とはあべこべに、ミセスF(エフ)の顔はにこやかで、ジョーゼフはどぎまぎした。

「うん、まあね」

「ああ、そう。それは……よかった。今日は何を勉強した？」

「まあ、いつもと同じ」

「授業は？　おもしろかった？　何を勉強したか、教えて」

「いろいろ。たし算。ひき算」

　ミセスF(エフ)は感心するような声をもらし、それからだまる。本当にききたい質問を出すタイミングをはかっているらしい。

「で、まだ特に問題はない……口争いや、けんかには、なっていないんだね？」

「ああ、だいじょうぶ。心配ない……」

つかのまほっとした顔を見せたミセスF(エフ)に、ジョーゼフがジョークを飛ばす。

「今日は救急車三台ですんだ」

となると、やっぱりいつもとちがうのか？　まあ、そういっていいだろう。けれど正直にいえば、それはいつもの無愛想に比べれば、いい変化だとジョーゼフは思う。ガミガミいわれたり、しかりつけられることがなくなった。変わったといえば、おれに興味を持つようになったということか。そんな経験をジョーゼフはここ長らくしていなかったから、それがシドのいうように心配すべきことなのか、よくわからない。

「べつにだいじょうぶだよ。いつもとちがうっていえばちがうけど、それは悪いことじゃない」

ジョーゼフはいったが、シドは一歩もひかない。

「いいえ、あきらかに変わった。たとえジョーゼフが気づかなくても。ミセスF(エフ)はあきらかにつかれている。それどころか、へとへとって感じ」

「つかれてるのはみんな同じさ。毎晩空襲(まいばんくうしゅう)続きなんだから」

「そればかりじゃない。このところ、前みたいに動物園のなかできびきび働いているところを見ていないよ。だって、アドニスの檻(おり)のそうじを最後にしたのはいつよ？」

30

ジョーゼフには答えられなかったが、たしかに今週はそうじの回数が少ないと思えた。今日の午後も、檻にふんが山盛りになっていたが、それがミセスFの気分と関係しているとは思いもしなかった。

「ひょっとして眠れないんじゃないかな。ねえ、ミセスFはちゃんと眠ってる？」

「そんなのどうしておれが知ってんだよ。いっしょの部屋で寝ているわけじゃあるまいし」

「それでも、わかるでしょ。毎朝機嫌が悪いとか、すぐかっとなる、みたいな徴候はない？」

「それが睡眠不足のバロメーターなら、ミセスFは三十年前から目をつぶってない」

「ジョーゼフ、冗談をいっている場合じゃないの。あなたは気にならないかもしれないけど、わたしは気になる。次にあったら見てみなさいよ。自分の目でしっかりとね」

「けど、何を見る？」

「いいから、見て」

ふたりはラクダの檻のほうへ歩いていった。しかしそこにミセスFはいなかった。ポニーやオオカミの檻にもいない。野鳥の小屋にもいない。鳥がいるだけだ。

「きっとオオカミに食われちまったんだ」

シドの顔に浮かぶ心配の表情を消そうと、ジョーゼフはふざけてみたのだが、いわなきゃよかったとすぐわかった。シドの表情がそう教えている。

やがて事務所の窓のむこうにミセスFの姿を見つけた。椅子の上にだらしない姿勢ですわり、お茶の入ったマグカップを両手でつつんでいる。

「ちょっと！　気づかれるでしょ」近づこうとするジョーゼフをシドがとめる。

「見ているだけにして」

それでジョーゼフはそうしたが、何を見ればいいのかわからない。ミセスFは動かない。マグカップを口へ持っていくこともしない。

「こんなことしていて、何になる？　何もしようとしないじゃないか」

「そのとおり。そういうミセスFを最後に見たのはいつ？　あの人はいつだって忙しくしていた。そういう人だってわかってるでしょ。ミセスFは園内にごみひとつ落ちていないよう、きれいに保ちたい。開園時と同じ状態にしておきたい。ところがいまはどう？」

そういってシドがミセスFを指さした。

「ぜんぜん、あの人らしくない。ああやって事務所にかくれているのを見たのは、これが初めてじゃないんだ。前にも見た。そのときは一時間以上も動かなかった。ちゃんと時間をはかったんだから！」

「じゃあ、きいてみるしかない」ジョーゼフはあっさりいった。

「何、それ？」

「簡単な話だろ？」

「簡単だけど、意味がない。最近何かあったんですかって、そうきけば相手が答えてくれると、本気でそう思ってるわけ？」

ジョーゼフは肩をすくめた。

「ジョーゼフ、あなたがそうでしょ。朝、わたしが『おはよう』と声をかけても、あなたから答えが返ってくるまでに三十分はかかるなんて、ざらなんだから」

「わかったよ、探偵さん。じゃあ、作戦はきみにまかせた」

しかしそのとき、なかで動きがあった。ミセスＦが前方に手をのばし、机の上から紙切れを一枚とりあげた。手紙のようだったが、それを目にしたミセスＦの反応からすると、ラブレターではないらしい。目をすーっと細めて口をゆがめ、嫌悪の表情が顔いっぱいに広がった。ちょっと読んだだけで、すぐに丸めて部屋のむこうへ放り投げた。それから足音も荒く事務所から出ていき、ジョーゼフとシドはあわてて物陰にかくれた。

「どこに行くんだろう？」とシド。

ジョーゼフは気にせず、ミセスＦの姿が視界から消えると同時に事務所のほうへ飛びだした。

「何をするつもり？」シドがとがめるようにいう。

「あの人に何があったのか、知りたいんじゃなかったのか？」

「そうよ！」

「あの紙切れにその答えがあると、おれは見た」

そういうとジョーゼフはシドを出入り口に残して、事務所のなかへ消えた。

「ほら、入ってこいよ！」

ジョーゼフがドア枠(わく)からいきなり顔をつきだしたので、シドは息がとまりそうなほどおどろいた。

「わたしはみはってる」

「見張りは不要だ。あの手紙に何が書いてあるか知らないが、シドに読んでもらう必要がある」

そういってシドをなかにひきずりこんでから、床(ゆか)に転がっている丸めた紙を拾いあげる。

シドは文字を読むのは得意だ。クラスで一番といってもいい。しかしこのときばかりは、それでも十分ではなかった。時間が足りなかった。

「そこでふたり、何をしてるの？」

どこからともなく声がひびいた。ふたりそろって、はじかれたようにふり返る。ミセスF(エフ)がドア口に立っていた。不審(ふしん)そうな表情が浮(う)かんでいるのは、ふたりとも悪いところを見つかったという顔をしているからだろう。

「あなたをさがしていたんだ」ジョーゼフがいった。

シドは何もいわず、手紙を両手で背中(せなか)にかくしたが、ひと足遅(おそ)かった。

「シド、いま何をかくしたんだい？」

シドの口が魚のようにパクッとあいた。

「なんでもありません」ジョーゼフが代わりに答えた。

「たいしたもんだね、シド」いいながらミセスF（エフ）がつかつかと歩いてくる。

「くちびるを動かさずにしゃべれるんだ。ほら、それをこっちによこして」

シドはいわれたとおりにした。ジョーゼフはうめく。どこか別のところへかくすか、そっとおれによこせばよかったのに。おれだったら、そんなにあっさりあきらめはしない。

ミセスF（エフ）が手紙を広げてしわをのばした。

「なるほど」ミセスF（エフ）の口もとに力がこもった。

「ずっとのぞき見していたってわけだね？」

「そんなんじゃない。シドがあなたのことを心配していたんだ。それだけだ」

「で、心配をとく鍵（かぎ）が、ここに書かれていると、そう思ったんだ？」

ミセスF（エフ）が手紙をふたりの目の前でふってみせる。

「どうやら図星のようだ」そういって、手紙をポケットにおしこんだ。

「だが、そうじゃない。こんなものはなんでもない。何も考えない、お役所仕事の産物だ。こういう的外れな手紙を書いて時間をむだにしているひまに、もっとやるべきことがあるだろうに」

ミセスFはふたりからはなれ、ほうきをとりあげると、何もなかったように片手でそうじを始めた。しかし、ふたりともだまされない。

「ミセスF」シドがふいに声をあげた。

「ジョーゼフのいったことは本当です。わたしたちは――わたしは、あなたがここ数日、様子がおかしいのに気づいてました。悲しそうだなって」

「悲しそう？　それはないね」

「でも、いつもとちがう」

「よけいなおせっかいはいらない――」

しかしジョーゼフももうシドのいうことが正しいと信じていた。いつのまにか自分はうそをつくのがうまくなっていて、そのせいでミセスFのうそも見ぬけるようになっていた。

「あのさ、おれに何をいったか覚えてる？」ジョーゼフはいった。

「真実を明るみに出すとかなんとか。お日様に当てないとどんどんうんでいくって話をしたじゃないか？」

「それがわたしとなんの関係があるのか、わからないね」

「わかってるはずだ。なぜなら、あなたは同じことをしているから。それじゃあ、おれと同じだよ。それどころかもっとたちが悪い。偽善者だ」

ミセスFは簡単に自分をはじる人間ではないし、一度この道を行くと決めたら、まずそこからはずれることはない。それでもこのときは、ジョーゼフの言葉のうちにある何かが心にささったようで、ミセスF（エフ）は思い直した。深く息を吸（す）って、ポケットからまた手紙をとりだした。ふるえる手で、それをふたりの前にさしだす。まだふるえている手紙をシドが受けとって、黙読（もくどく）をする。

「役所からの手紙だ」

シドがいうと、ジョーゼフがじれったそうにきく。

「なんだって？」

「アドニスのこと」

その場にじっと立っているのに、シドの息がはずんでいる。

「苦情が来たらしい」

「バートの父親から？」

「書いてないけど、たぶんそう。アドニスが危険（きけん）だっていってきたらしい。人間の命をおびやかしたって」

「それって、やつのせいじゃないか。バートが園内に侵入（しんにゅう）したせいだ！」

「役所はそれを知らないのよ」シドが悲しげにいった。

「知っているのは、事故があったということだけ」そういって指でその文をたどる。

「少年が命を失う危険（きけん）があった」

「それで何をしようっていうんだよ？」

「役所は何もしない。いまはまだ。アドニスに別の居場所を見つけられるかどうか、ミセスF(エフ)の肩(かた)にかかっている、って、そう書いてある。別の動物園へ移せってことだよね」

ジョーゼフはミセスF(エフ)に目をやった。打ちひしがれているのも当然だった。

「期限はどれぐらいもらったの？　別の動物園を見つけるまでに？」

ジョーゼフはミセスF(エフ)にきいた。

「二週間」悲しげにいった。

「もし見つからなかったら？」

答えはない。

「ねえ、どうなるの？」ジョーゼフが声をはりあげた。

「アドニスを射殺(しゃさつ)する」

シドが最初に泣き声をあげた。

「そんなことできるわけがない、そうでしょ？」

「それが、できるらしい」ミセスF(エフ)がひきつった声でいった。

「話をしようとしたんだが、むこうはゴリラの話なんて興味がない。それ以上に大変なことが、現実に起きているわけだから」

「だからこそ、アドニスのことは放っておけばいいんだ！」

30

「だからこそ、何か手を打とうというんだよ。自分たちにどうにかできることは、これぐらいしかないからね。だから、やる」

そんなことが起きるなんて、ジョーゼフにはまったく信じられなかった。そうなったらもうおしまいだ。何より重要なのは、それは正義ではないということだ。

「どうするつもり？」

「わたしができることはなんでもやる。けど、アドニスをひきとってくれるような動物園があるとはとても思えない。役所がやってくる前に、どこかの動物園から何かしら返事がとどけば運がいいほうだ」

「じゃあ、こっちから頼みに行けばいい」ジョーゼフはいった。

「ほかの動物園を訪ねる。圧力をかけてやるんだ。どうしたって、受け入れてもらわないと困るといってやる」

どうしておれが、ミセスFをたきつけなきゃいけない？　この人の闘志は、どこへ行っちまった？　自分がゴリラを守ろうと必死になっていること自体、ジョーゼフにはほとんど信じられなかった。

「ジョーゼフ、ほかの動物園は何百キロも先だし、列車もほとんど走っていない状況だ。それにどうやって、受け入れ先の動物園へ連れていくんだい？　歩いてかい？　アドニスにリードをつけてゲートまで歩かせて、彼のわきの下にスーツケースをはさんで送りだせとでも？　そんなに簡単にはいかないんだよ」

「けど、あきらめるなんてできないはずだ。もしアドニスがいなくなったら、何が残る？　みじめなオオカミ数匹じゃあ、戦争が終わって動物園が開園しても、客はひとつも楽しめない。そうだろ？」

ミセスFを奮起させるために、そういったのだとしたら、ジョーゼフのもくろみは成功したといっていい。

「それをわたしが気づかないとでも思っているのかい？　もちろん、わかっている。だからあんたにいっておく。もし役所の人間がやってきて、ゲートをガタガタやりだしたら、まず連中は、このわたしを相手にしなくちゃいけない。なぜなら、こっちは覚悟しているから。好きなだけ銃を持ってくればいい。なんなら戦車でやってきてもいい。しかし、この動物園に弾を一発でもぶちこみたいというなら、簡単にはいかない。弾はまず最初に、わたしの身体を通りぬけないといけない」

このときばかりは、ジョーゼフもミセスFに賛成した。思わず指に力がこもって、自然にこぶしをにぎり、口をゆがめて顔に残忍な笑みが広がった。もし敵が戦いを望んでいるなら、喜んで受けて立とう。ミセスFのとなりに立って、存分に力をふるうつもりだった。

31

「何度いったらわかるんだい？」

店のおばあさんが、ジョーゼフをどなりつける。

「答えはノーだ。野菜をただでもらえるなんて、そんなムシのいい話がどこにある？」

しかしジョーゼフは一歩もひかない。

「お願いです、奥(おく)さん。食べるのは自分じゃないんです、家族でもない。ゴリラなんです」

最後の言葉で、おばあさんが手にしたほうきが武器に変わった。ジョーゼフとシドをシッシッと店先から追いはらった。

「断られたの、これで何人め？」

ふたりでとぼとぼ歩きながら、シドがいう。

「数えるのやめた」

「どこへ行っても同じだと思うよ。歩いていける距離(きょり)にあるお店はみんな。もうあきらめて、帰らない？」

「だめだ！」

「いやがる人間をまだ寒空の下においておきたいなら、せめて、歩きながら音読の練習をしてよ」

そういって、シドはコートのポケットからジョーゼフの教科書をとりだした。どうしてそんなところに入っているのか、ジョーゼフにはわからない。

「はい、じゃあ最初から！」

ジョーゼフはいわれたとおりにした。シドが、物事を途中でやめようといいだすのは意外だった。それでも彼にはひとつ考えがある。シドに話したら、まずやめろといわれるだろうから、市民農園に着くまでは、だまっていることにする。農園はつい最近までサッカーコートだった。今でもさびついたゴールが畑のうねのあいだに立っている。

「どうしてここに？」シドがきいた。

「見りゃ、わかるだろ？」

「そうだけど、今日は無理だよ。交換するものを何も持ってきてないんだから」

しかしジョーゼフはそういった手続きに興味はなかった。塀を乗りこえようと、早くも足をふり上げている。

「何をするの？」ジョーゼフのコートをひっぱってきく。

「だいじょうぶ。だれもいない、そうだろ？　こんなクソ寒い日にだれが畑仕事に出てくるもんか」

「ジョーゼフ、そういうことじゃないでしょ。勝手になかに入って食料を盗むなんてだめだよ」

「けど、ここは公共の土地だ。もともとサッカーコートで、だれが遊んでもいい、そうだろ？」

シドはおずおずとうなずいた。

「だから、そこに何が生えていようと、みんなのものだ。おれは自分の分け前をいただくだけだ。アドニスのために」

シドはどんな顔をすればいいか、わからなかった。けれど、一度こうと決めたら、ジョーゼフの決心を変えることができないのはわかっている。

「じゃあ、早くすませて」

芝居がかった調子で、そっとささやき、あたりに目を走らせる。寒さをものともしない強い人間が、家の暖炉の前に帰らず、まだ畑の世話をしていないともかぎらない。少なくとも日ざしは消えかかっているから、このうす闇に乗じて、とっととすませてほしい。

しかし、そうはならず、シドにとっては永遠とも思える時間を待つことになった。ジョーゼフがもどってきたのは五分ほども過ぎてからで、セーターの前を大きくふくらませて、妊婦さんのようになっている。

「いったい、そこに何が入っているの？」シドは思わず息をのんだ。

「見つけたものはなんでも。ただ季節が季節だから。アドニスに食べてもらえるようなニンジンはなかったよ」

「そんなことして、見つかったらどうするの？」

「だいじょうぶ。土は全部またもとのようによせておいたから。それに、足跡は残してない。心配するなよ、探偵さん」

「探偵じゃなくても、盗んだことは一目瞭然。自分の姿を見てみなさいよ」

「だったら助けてくれ」

そういってジョーゼフはセーターのなかにかくした野菜の半分をシドのポケットにつめた。カリフラワー、ブロッコリー、ネギ、カブ。なかには状態のいいものもまじっている。

「アドニス、このなかのどれかでも、食べるかな？」

シドがいってため息をつく。これまでに感じたことのない、強い罪悪感にさいなまれていた。

「さあ、どうだろう。草よりいいんじゃないの？」とジョーゼフ。

それに対する答えはなく、ふたりはあたりをはばかりながらこそこそと歩いて外よりは比較的暖かい動物園の事務所をめざした。

31

ミセスＦがけげんな顔で野菜の山を見ている。

「これ全部、本当に八百屋さんがただでくれたの？」

ジョーゼフはうなずくだけにする。うそは最少限にとどめたい。

「だとしたら、あんたたちはまちがいなく政府にスカウトされる。イギリスのチャーチル首相は、腕のいい交渉人をさがしているって話だから」

ミセスＦがジョーゼフの話を信じているのかどうかは疑わしい。それでも、もうそれ以上はきかなかった。

「あの檻のなかにいるやつは、きっとクリスマスがやってきたと思うよ」

それだけいって、えさやりはジョーゼフにまかせて去った。

アドニスのえさやりは、もうミセスＦにいわれるまでもなく、ジョーゼフは自分の仕事のなかで最優先にしていた。かといって、慣れることは永遠になさそうだし、近づいていくときに気をゆるめることも決してない。バートが鉄柵にたたきつけられた場面は、今も脳裏に焼きついていた。

それでも、ゆっくりゆっくり歩いて鉄柵に近づいていくとき、変に緊張することはなくなった。きこえるのは自分の呼吸の音だけ。アドニスの呼吸に合わせて、吸ってはいてをゆっくりとくり返す。アドニスは鉄柵の前でジョーゼフが来るのを待っている。

どちらもうなり声をあげ、胸をかき、同じ動作をする。それがもう毎回お決まりの儀式のようになっていた。ジョーゼフが好きな場面はいつも同じ。自分からアドニスの手にえさがわたる瞬間だ。ただし肌がふれあうことはない。たいていはアドニスのほうが待ちきれずに、ジョーゼフの手から野菜をもぎとっていくからだ。

　ところが今日はちがった。しゃがんで頭を下げ、アドニスとむき合ったジョーゼフは、アドニスの指が自分の指をさっとかすめたのを感じて息をのんだ。喜びが電流のように全身をつきぬける。心臓が激しく鼓動する。まさかこんなことが起きるなんて。信じられない気分だった。ほんの一瞬ではあるが、その瞬間はたしかに、ふたりを隔てていた壁が完全になくなった。

　もう一度同じ感触を味わいたい。あの信頼感をもう一度と願い、ジョーゼフはバケツに手を入れて、また新たな野菜を選ぶ。今度はブロッコリーにしよう。うまくいくだろうか？　どうかうまくいってほしい。

　最初のときのように再び緊張して、ジョーゼフは頭を下げ、えさを持った腕をそろそろと持ち上げて鉄柵に近づけていく。と、わずかな間があいた。ひょっとしてアドニスはもう興味を示さないんじゃないかと、ちょっぴり不安になった。しかしそれはほんの一瞬で、アドニスの手もジョーゼフと同じように、そろそろと動きだした。ジョーゼフは肺に空気をためたまま、ずっと息をつめていたが、アドニスの指が、また自分の指にふれた瞬間、喜びで胸がはじけそうになった。今回は、指先をかすっただけではなかった。

31

ジョーゼフは頭を下げたまま目を大きく見ひらき、まばたきをすることもできない。アドニスのひらいた手が、ブロッコリーだけでなく、ジョーゼフのこぶし全体をつつんでいる。温かな手で、やわらかな指先のところどころにタコができている。その手に少しずつ力がくわわってきた。

ジョーゼフは筋書きを忘れて頭をあげ、アドニスの目を正面から見た。するとアドニスのほうも、ジョーゼフと同じように真剣な目でじっと見てくる。

数秒がたち、数分がたったころ、アドニスがブロッコリーをそっとひきぬいて、ジョーゼフの手が再び冷たくなった。ジョーゼフは、しゃがんで頭を高く持ち上げた姿勢のまま、アドニスがえさを食べる様子をじっと見守った。

雨が降り始め、どこかで嵐が始まったようだが、ジョーゼフもアドニスも、肌や頭皮にはりつく毛や髪を気にもせず、その場から動こうとしない。やがてバケツがからっぽになり、空から雲が消えるまで、ふたりはずっとそこにいた。

32

不眠症は伝染するようだ。

ミセスFが眠っていないのはあきらかだった。自分のやらねばならないことが、つねに頭からはなれないのだろう。いまにも爆弾が落ちてくると身がまえている。実際、爆弾はしょっちゅう落ちてきた。しかし、それだけじゃないとジョーゼフは思う。

たとえ空襲警報が鳴らなくても、だれもが寝静まった真夜中に毎晩スリッパの音がきこえてくる。そっと階段をおりていく足音に続いて、暖炉でとろとろ眠っている火を火かき棒でくすぐって起こす音や、思いがけず女主人がやってきたのに甘えるツイーディのあからさまな鳴き声がする。

しかし、朝はつねにジョーゼフのほうがずっと早くに目覚めている。起きたときから、もう頭のなかは満杯だ。

グライス校長の月例テストが、くるおしいほど間近に迫っていて、自分の作戦が露見する恐怖ではちきれそうだった。

32

頭のなかには怒りも満ち満ちている。バートの父親がおどしを実行に移したことへの怒り、その息子があの日に動物園に侵入してきたことへの怒り、そして何よりも、そういった事態をひき起こした自分に怒っている。けんかなんかしなければよかったのだ。

アドニスがどんどん危険にさらされていくのが、ジョーゼフはたまらなくくやしかった。最初の数週間は、アドニスに対して恐怖と憎悪しか感じなかった。それは事実だ。しかし、もしアドニスがわって入ってくれなかったら、おれはバートとジミーに、こてんぱんにやられて、瀕死の重傷を負わされていただろう。えさやりのときに、とうとうアドニスの手と自分の手がふれた、あの瞬間を思えば、アドニスは助けの手をさしのべてくれたのだと、心から信じられる。おれのために立ち上がってくれたのだ。それはジョーゼフにとって、大きな事実だった。

それにくわえて、ジョーゼフの頭のなかには、ミセスＦのこともある。あんたといっしょに暮らしたいわけじゃない、わたしの人生にあんたはいらないと、あの人は最初に明言した。すぐ熱くなる頭と冷え切った言葉からも、それはよくわかった。

けれど、そのいっぽうで、おれのために、バートに立ちむかってくれた。文字が読めないことを打ち明けても、ほかの人間のように笑ったり、指をさしたり、頭が悪いとばかにしたりはしなかった。それで、ジョーゼフはミセスＦがそばにいると、かなりくつろげるようになったのだ。以前に比べてほんの少し。

ずいぶんまえからジョーゼフは、自分をひもの結び目のように感じていた。いろんな手でもまれ、ひっぱられるうちに、あちこちねじれて固く結ばれてしまった。この結び目は簡単には解けないと見て、人はすぐ離れていってしまう。

しかしミセスFはあきらめなかった。結び目のへりをつっついて、ほんの少しだけれど、ゆるめてくれた。それもまったくこちらが予想しないやり方で。ぶっきらぼうで愛想のかけらもないけれど、こちらが大声でどなったり、おしのけたりしても、あの人はつねにおれの視界にいた。こっちが投げたのと同じぐらい怒りを投げ返してくるが、ほかの人間のように外へ出ていったり遠くへ行ってしまうことはなかった。

それがいまはどうだ？　そのミセスFが助けを必要としている。だれの目にもあきらかなほどに。

ジョーゼフは階段のおどり場に立って手すりに片手をおき、落ち着かなげに左足で床に何度も円を描いて、カーペットをこすっている。きっとむこうは、おれが目の前に現れることを望んでいない。それでも足は勝手に階段をおりていき、ジョーゼフを階下へ運んでいく。足がとまる前に口から言葉が飛びだした。

「あの手紙をもう一度見せてほしい」声に決意をにじませていった。

「ちょっと、何をやってるの？」ミセスFがおどろいた声を出した。

「あんた、明日試験でしょ？　おどろかさないでよ」

32

「ああ、だけど……」

「だけども何もない。さっさと寝なさい」

「だったら、そっちだって。明日はやっぱり来るのはやめたの？」

ミセスＦに学校に来てほしいのかどうか、自分でもよくわからない。

「ああ、行くよ。だからさっさとベッドにもどりなさい」

「あの手紙を読んでくれたらもどる。役所から来たやつ。何か見落としているかもしれない。それか誤解しているとか。だっておかしいじゃないか」

しかしミセスＦは何もいわない。むかっているテーブルに棚からおろしたブリキ缶がおいてある。前に見たのと同じ、色あせた手紙や折り目のついた写真が目の前に散らばっている。前と同じように、ミセスＦはそれらをかき集めたが、以前ほどせっぱつまった感じはなく、その分悲しみが増したようにも感じられる。きれいな山にして、ブリキ缶のなかにそっともどしてから、一通の手紙をジョーゼフのほうへおしだした。それにも、動物園で見たのと同じ、役所の記章がついていた。

ジョーゼフは目を細めて、言葉の連なりに意識を集中しようとする。今度ばかりは、じっとしていてくれと思うのに、そういうことにはならなかった。当然だ。言葉がいうことをきくわけがない。紙の上でおどりまくり、ページ内をぐるぐるまわって、暖炉の前の敷物の上に落ちてやるぞと、ジョーゼフをおどす。

紙をぐしゃぐしゃに丸めて、火にくべてやりたい衝動と戦っていると、ミセスFが棚にブリキ缶をもどして、こちらをふりむいた。顔に怒りがはっきりにじみでている。ジョーゼフのとなりに歩いてきて、やさしい口調で辛抱強く語る。

「また新しいのが来たんだ。今日とどいた。最終通告だね。さっさと片づけてしまいたいと、そういうことだ。もう一度同じことが起きる前に」

「もう一度同じことが起きるだって？」ジョーゼフがはきすてた。「そもそもバートが入ってこなかったら、あんなことにはならなかった」

ミセスFは何もいわない。悲しみが重すぎるのか、頭をあげることさえ難しそうだ。

「それに、バートがまたやってくるなんて、まずありえない、そうでしょ？」

「ああ、何事もなく一週間がたった。けれど、期日までに新しい受け入れ先を見つけないと、役所がやってくる。アドニスの息の根をとめに」

それはジョーゼフがわずかでも、頭のなかにとどめておきたくはない場面だった。

「じゃあ、どうするの？　こんなの絶対おかしいよ！」

声にこもる力に、自分でもおどろいている。

「だって悪いのはバートだ。動物園に侵入して、あんなに檻に近づいたのが悪い。それをちゃんといったの？　子どものほうが、塀を乗りこえて勝手に侵入してきたんだって」

「もちろん、いったさ。じかに話もしたし、手紙でもうったえた」

32

「それなのに、どうして？」

「どうしてもこうしても、連中は、すでに自分らのききたいことを耳に入れているからだよ。老いぼれのサルなんかに興味はない――」

「アドニスはゴリラだ！」

ミセスFが悲しげににやっと笑った。

「あんただけじゃなく、わたしだってわかってる。しかし、連中にとっては、連中がむき合ってるどでかい計画から見れば、アドニスなんて、次に片づけるべき小さな仕事のひとつでしかない。さっさと片づけて、完了のバッテンをつけたいんだよ。爆弾の落ちる音が大きすぎて、連中は耳も頭もばかになってるんだ」

「じゃあ、新しい受け入れ先を見つけてやらなきゃ。もっと手紙をたくさん書かないと。電報でもいい。動物園には電話だってあるよ。それに、嘆願書を出してもいい。みんな死なせたくないんだから」

ミセスFがおかしな顔で自分を見ているのにジョーゼフは気づいた。いつもとちがう。疑わしげに目を細めてもいないし、しかめっ面もしていない。まるでほかの人間を見ているようだった。たとえばシドとか。アドニスとか。ジョーゼフはそれをどうとらえていいのかわからない。ただどぎまぎするばかりだった。

「わたしが、そういうことを考えていないとでも思うの？」

「考えてるんなら、行動に移さないと！」

「やったよ。もうやったんだよ。だがほかの動物園も経営が立ちゆかなくなっている。動物にやれるえさだって十分にはない。人間だってそうだろ？　だれもが、いま持っているものを他人にはわたせないとしがみついている。それだって、空襲警報が鳴るたびに、どんどん減っていく」

「じゃあ、あきらめるの？　動物園は何よりも重要だと思っていたあなたにとって、アドニスは特にたいせつだって。シドだってそういっていた。けど、どうやら、そうじゃなかったようだ」

ジョーゼフは最後の言葉をはきすてるようにいった。そんなつもりはなかったのに、またやってしまった。いってはいけないことをいってしまうという、同じ失敗をここでもくり返した。そもそも最初からおりてこなければよかったのだ。まちがったことを口にして、まちがったことをやってしまう習性は、どうやら一生治らないらしい。

「あんたに何がわかるっていうの」ミセスFがかっとなっていった。

「ここに来てわずかもたってないんだ。それでわたしの気持ちがわかるなんて、思わないでほしいね。わたしが何を失ったか、知りもしない。今後自分の考えは、自分の胸の内だけにしまっておいてくれたら、ありがたい」

「わかった、そうする。だから明日もわざわざ学校に来なくてもいい。あなたがそういう考えているなら」

「ジョーゼフ・パーマー。さっさとベッドにひきあげなさい。これ以上あんたから何もききたくないし、顔も見たくない。明日までね。それに、明日わたしが学校へ行くとか行かないとか、あんたが決めるもんじゃない。わたしが行きたいと思ったら行くんだよ」

そこで会話は終わった。ミセスF(エフ)は棚(たな)からブリキ缶(かん)をさっととりあげて、それを持ってキッチンから出てドアをバタンと閉(し)めた。

ジョーゼフはあとを追わない。代わりに火かき棒(ぼう)でまた火をおこし、炎(ほのお)を見つめながら、長いこと真剣(しんけん)に考えている。

33

焦(こ)げくさいにおいは、何キロはなれているところからでもするもので、学校へむかう道すがらも、ずっとそのにおいがしている。
「あのむこうには、まだちゃんと建っている建物があると思うか?」
地平線にからみついている煙(けむり)のむこうをのぞきこむようにして、ジョーゼフがシドにきいた。

「さあ、どうだろう。そうは思えないけど」とシド。

「においでわかるな」ジョーゼフは顔をしかめた。

「ここからだってかげるぐらいだ。あっちには何がある？」

「波止場。叔母さんがいってたよ。食料や資材が出入りできないように爆弾を落とすんだって。ヒトラーは、わたしたちがひざまずいて、もうやめてくださいとお願いするまでやめないだろうって」

ジョーゼフはかっとなった。だれがそんなことを。

「シドの叔母さんって、どんな人？」

シドはめずらしく、答えるまでに時間があいた。

「いい人」

それだけいって、また間があく。

「ただ、ママじゃないからね」

それをきいて、ジョーゼフのほうも返答までに間があいた。シドのいいたいことはわかるものの、どんな言葉をかけてやれば、なぐさめになるのかわからない。

「だけど、空襲警報が鳴ったときに、叔母さんが地下鉄の駅に走っていくところをジョーゼフにも見せたいよ。金メダルがとれるよって、わたし、そういってやったんだ」

33

「庭に防空壕がないのか？」
「そんなスペースはない。それに、地下鉄の駅は道路のすぐ先だから」
「そんなところで夜を明かすのはきつそうだな」
「そんなでもないよ。庭のはずれにある防空壕に入るのとあまり変わらない。それにほかの人たちもいっしょだしね。みんなトランプを持ってきたり、歌を歌ったりするの。ジョーゼフもいっしょだったら、そこで音読の練習ができて、グライス校長の月例テストも、毎回楽勝だね！」

　笑顔が返ってこないので、シドはさらに先を続けた。

「もっと小さな防空壕のなかとは、そりゃちがうけど」
「ゴリラをかくせるほど、地下鉄の駅は広い？」

　シドが声をあげて笑った。

「それは無理。アドニスにコートを着せて、ひげをそらせて、マナーを教えないと。人がぎっしりいるからね。プラットホームや通路じゃないところにも、人が寝てる。線路にもすきまなく並んで寝るんだよ」
「それじゃあ、ゴリラはどうやってかくす？」

　ばかげた質問に、本来なら自分でも笑っただろう。しかし、状況がせっぱつまっているだけに笑いは出ない。シドも困ってしまった。

「そこなんだよな」

シドが何もいわないので、ジョーゼフがいった。

「あいつはかくすことができない。それでよくよく考えた。ミセスFが別の檻に移せないかなって。もっと小さな檻をつくって、どこか秘密の場所、たとえば水族館の地下室みたいなところへおろすとか。でもそれができるとして——いやできないんだけど——、どうやってそこまでアドニスをおろす？　手をつないでひっぱったら、おとなしくついてくるなんて、ありえないだろ？」

「今ならバナナがあれば、どこへでもついてくるかも」

「だから、早いとこ何か考えないといけない。時間は刻一刻と迫っている。そうだろ？」

「わたしは、ジョーゼフがアドニスに対する見方を変えてくれただけでうれしい。つまり、意地悪なことはいいたくないけど、最初はアドニスをにくんでたでしょ。初めて見たとき、ジョーゼフはアドニスに石を投げていたんだから」

「ああ、そうだった」

「けど、いまはもうにくんでないの？」

「ああ」

「どうして？」

「なぜきく。にくまないといけないのか？」

33

「なんだって、そうすぐつっかかってくるの。やめてよね。もうにくんでないなら、その理由を教えてってだけでしょ」

「それは……それは……」

「うん、それは……」

しかし、シドにどう説明すればいいのか、ジョーゼフにはわからない。どういおうと、軟弱なやつだと思われそうだった。アドニスと手と手がふれあった瞬間のあの気持ちを、アドニスがバートとジミーから自分を助けようとしたのだとわかったときの感動を、どう伝えればいいのだろう。

「ほらジョーゼフ、教えて……」

「うーん……なんていえばいいんだろう。つまり、死者はもう山ほどいる。何もそこに新たな死をくわえる必要はない、みたいな」

うそではなかった。本当にそう感じて、本気でそう思っている。それに頭のなかを高速でかけまわる、ほかのたくさんの考えをきちんと並べようとするより、そういってしまったほうが簡単だった。

「きっと、まだわたしたちが思いついていない方法がきっとある。たとえば新聞に投書をするとか。そうか、その手があった。大人はそういうの好きでしょ？　子どもと動物の話。ジョーゼフのことも全部新聞で打ち明けるの。ここに来てから、アドニスがたったひとりの友だちで――まあ、わたしもいるけど、そのあたりは伏せておいていい。多少の操作はゆるされるんだよ。読者の心にひびくことが大事だから。

　でもって、投書は一通だけでなく、新聞の編集者にむけて山ほど送る。何十通、何百通と投書が集まれば、政府としては耳を貸さないわけにはいかない。そうなると、アドニスに手出しはできない。みんなアドニスとジョーゼフの関係をほほえましく思っているわけだから。どう、うまくいきそうじゃない？」

　ジョーゼフにも考えはあった。山ほど考えた。しかしシドのしゃべるスピードにはとても太刀打ちできず、口をはさめない。しかもそのときにはもう学校に着いていて、ちょうど始業のベルがするどく鳴りひびいた。

「行こう」

　ジョーゼフはいい、グライス校長との勝負の時間があと数時間後に迫っているのに気がついた。教室に入った瞬間、もうアドニスのことは頭からぬけて、校長の持つむちのことばかり考えるようになった。

　午前中のあいだずっと、教室内には不安の雲がたれこめていた。ジョーゼフには自分の緊張だけでなく、クラス全員の緊張も感じられた。

　ドハーティー先生さえも緊張している。午前の時間が進んでいくなか、先生は子どもたちひとりひとりの席をまわって準備をさせる。ジミーとバートも例外ではなかった。腰をかがめて、ふたりに算数を教えている場面を見て、ジョーゼフの気持ちが少し上むいた。ずいぶん長い時間先生がいるところを見ると、あのふたりがなかなか理解できず、手こずっているのはあきらかだった。

とうとう先生がジョーゼフの席にやってきた。いつものようにおずおずと肩先に立つ。

「さあ、ジョーゼフ。今日はあなたにとって、グライス校長先生の初のテストね。だから緊張するのも無理はないわ。でも、あなたは素晴らしい力を持っていて、先生はそれがほこらしくてなりません。あなたの算数の力は……おどろくほど。だから校長先生にいっておきました。そこをよく見てあげてください。その分……その……」

「音読のことですか？」ジョーゼフが進んでいった。

「あなたにとって、読むのは簡単じゃないって、わかってるから……」

「練習しました」

「本当に？」

先生がおどろいた。ほっとするあまり、ジョーゼフの肩に無意識のうちにふれた。

「それは素晴らしいわ。今ここで、先生といっしょに少し練習する？」

ジョーゼフは首を横にふった。まちがえたくなかったし、校長が現れる前に、こちらの作戦を見すかされたら困る。

「だいじょうぶです、先生。自分ひとりでできます」

あっさりとそういい、先生が次の生徒の席に移ったのを見てほっと胸をなでおろした。

次はシドだが、あっちは先生の助けは不要だった。

ジョーゼフは意識を集中して、暗唱した文章を頭のなかでおさらいする。頭のなかではシドの声もきこえていた。

「ただ言葉を〝読む〟だけじゃないんだよ」

何度そういわれたかわからない。

「〝演じる〟の。暗唱じゃなくて、ちゃんと教科書の文字を読みとって音読しているんだって、グライス校長に信じこませないと」

「おれ、俳優に見える？」

「やりすぎはだめ。大げさにやる必要はない。むしろ、ところどころつっかえたほうが、それらしくきこえる。あまりに上手に読みすぎると、先生は何かおかしいと勘ぐるから」

思い出したら、気が重くなった。アドニスの檻の前でやるのとはぜんぜん別で、プレッシャーがハンパない。もしもっと先まで、暗唱していない部分まで読むよう校長にいわれたらどうする？　そうなったら一巻の終わりだ。

ランチの時間になると、緊張で、もういても立ってもいられなくなった。

「少しでいいから、ほかのことを考えてみたら」

シドにいわれた。けれどほかのことといってジョーゼフの頭に浮かぶのはアドニスのことしかない。それでまた別の心配ごとに頭を悩ます結果になった。

シドがまた別方向から攻める。

「じゃあ、食べることに集中」

けれど、何を食べても、砂をかんでいるような味しかしない。

そのあとジョーゼフが暗いすみに身をよせていると、シドは気を利かせ、そのまま距離をおいてそっとしておいてくれた。それからベルが鳴り、みんなはいよいよグライス校長の審判とむき合うことになった。

教室にもどったジョーゼフがまずおどろいたのは、やってきた親たちの姿だった。教室の後ろにたむろして、うろうろする親たちをドハーティー先生がむかえて、子どもたちがどれだけがんばっているか、懸命に伝えている。顔を赤くして、申し訳なさそうな表情が浮かんでいるのは、きっとグライス校長のやり方が、みんなにいらぬストレスを与えていると知っているからだろう。ざっと見渡したところ、バートの父親の姿はなく、ジョーゼフはほっとした。

次にジョーゼフの心をゆらしたのは、親たちのなかにミセスFがまじっていないという事実だった。やっぱり来るのをやめたんだとすぐにわかった。大人にがっかりさせられるのは今に始まったことではなかったが、それでも、あんなに行くといいはっていたのにという思いが残る。それと同時にどこかほっとするところもあった。グライス校長よりもミセスFのほうが自分のことをよく知っているから、策略を見破られやすいと思ったのだ。

「ミセスF、来てないね」

シドがそっとささやき、ネズミに似た顔の叔母さんに手をふった。姪があれほど大胆なのに、叔母さんはずいぶんおどおどしている。

「来ないだろうって、わかってたよ」とジョーゼフ。

「来るよ。絶対――」

けれど、その先をシドが続ける前に、ドアをぬけてグライス校長がさっそうと入ってきた。片手に持つクラレンスがたわんで、ビクンとゆれた。

「やあ、みなさん！」グライス校長がいった。いつもとちがって、芝居がかった口調だった。今日は親たちがいるからだろう。

「これだけ多くの親御さんたちに集まっていただき、うれしいかぎりです。ご承知のように、この困難と不安の時代において、子どもたちがつつがなく学校生活を送っているという事実はわたしたちにとって、大変心強いものです。しかし、それ以上に子どもたちが成長を続ける姿は尊い。じつのところ、ヒトラーに打ち勝つには、われわれが努力し、献身し、知識をたくわえるしかないのです」

そこで一瞬校長は口をつぐみ、親たちにさっと目を走らせた。心をふるい立たせる言葉に、拍手をもらえると期待したのだろうかとジョーゼフは思う。しかし何も反応がないので、校長は話を先へ進める。子どもと大人の両方に着席するようにいい、みんなは即座に腰をおろした。

「まずは算数から。子どもたちの習熟度に合わせて、二十問の問題が用意されています。それを二十分でとく。親御さんたちもいっしょに考えられるよう、ドハーティー先生に同じ教科書を配ってもらいます」

ドハーティー先生があわてて親たちのもとへ行き、ひとりひとりに教科書を配りだし、最後に一冊手もとに残った。先生がジョーゼフに気まずそうな顔をむけたところから、それはミセスFの分だろうとわかった。

「それじゃあ、今から二十分。始め！」グライス校長がほえるようにいった。

ジョーゼフはさっそくとりかかる。算数からテストが始まったことに胸をなでおろしていたが、目の前に並ぶ問題にざっと目を走らせて、さらに安心した。どれもこれも代数と幾何学のパズルにすぎない。ドハーティー先生に、以前やらされたものとほとんど変わらなかった。それでも調子に乗ってガンガンといて、あっという間に終わらせるようなことはしない。グライス校長の注意を自分にひきたくなかった。

校長は子どもたちの席をまわって、肩ごしに進捗状況をたしかめている。子どもはもちろん、親たちまでがひどく緊張しているのはまちがいなかった。

とうとう「やめ！」の声がひびいて、全員がペンをおいた。

「ドハーティー先生が採点しているあいだ、こちらは音読に進みましょう。口頭表現が上手になれば、自信が生まれ、人格が強化される。今以上にその必要性が高まっている時代がほかにあるでしょうか？」

校長はそういうと、生徒のひとりにむかって指をパチンと鳴らした。まだ幼いティムが、最初に呼びだされた。ティムはうなだれながら、おずおずと教室の前へ歩いていく。グライス校長がガウンのすそをバサッと手ではらい、椅子に腰をおろした。

ひとりにつき、どれだけの時間がわり当てられるのか。ジョーゼフはそれが知りたくて、ずっと緊張して見守っていたが、実際はバラバラだった。わかったのは、グライス校長は上手な音読にはすぐあきて、さっと手をはらって席に返すということで、それがわかってジョーゼフはなおさらプレッシャーを感じた。出だしがまずかったり、緊張したりすると、どこまでも長く読まされる危険があるからだ。そうなったら、最終的にジョーゼフの策略は見ぬかれる。

見なければ緊張せずにすむだろうと思い、ジョーゼフは音読している生徒から視線をはずして、ドハーティー先生に目をむけた。すると先生もこちらを見て、ジョーゼフの算数の教科書をかかげると、くちびるの動きだけで「素晴らしいわ」と、こっそり伝えてきた。その言葉が皮膚を通って身体を温めてくれる。ほんのつかのまでも。

しかしとうとう、ジョーゼフがスポットライトを浴びるときがやってきた。バートとジミーはつまずいて途中でとまってしまったが、するどい目でにらまれ、「今後いっそうの努力をするように」との注意を受けただけで、放免された。最後から二番目となったシドは、いつものようにまったくものおじせずに堂々と読みあげ、グライス校長を退屈させた結果、三十秒ちょっとで席に返された。

「パーマー！」校長が大声で呼んだ。

「残るはきみだけとなった。さあ、前に出てきてくれるかな？」

そういってクラレンスで手招きし、ジョーゼフの緊張はますます高まる。

「大事なものを忘れていないかね？」

前に出てきたジョーゼフにグライス校長がいう。

ジョーゼフは何をいわれているのかわからず、パニックになる。お礼をいうべきか、それともお辞儀が必要なのか？　いったい何を忘れた？

「教科書だよ！　本がなくて、どうやって音読をするつもりだ？」

席までの距離は短いが、はずかしさに顔を真っ赤にしながらひき返した。それでも通りがかりに、シドが励ますようにニコッとほほえんでくれたので、少し元気が出る。

「先生、用意ができました」

そういって、とうとう校長のとなりに立った。

「よろしい、では最初から読んでもらおうか」

いったあとで校長がここで初めて立ち上がった。まるで高い金を出して劇場でいちばんいい席を買ったかのように、ほかの観客の視界をふさいでジョーゼフの真ん前に立った。ジョーゼフはページのすみが折れた、くたびれた教科書をひらき、くちびるを舌で湿らせる。だいじょうぶ、絶対できると自分の胸にいいきかせる。何が書いてあるか、わかっているんだから。

「**その夜は暗かった**」

最初は静かに、しかしもう一度はじめからといわれないよう、だんだんに声を大きくしていく。

「**雲が低い位置に重くたれこめ**」

ゆっくりと、言葉のひとつひとつを自分の耳でたしかめながら先へ進んでいく。それでいて、シドから何度もいわれたように、あまりにすらすらと読まないよう気をつける。小道具として指をつかうのも忘れない。文字を指でたどることで、本当にわかって読んでいるように見せかけるのだ。

五行目まで読んだところで、うっかりミスをした。文字をたどる指のほうではなく、つい文字に目をやってしまった。とたんにはき気がこみあげ、舌が結ばれたようになり、どうやってもほどけない。

みんなの目が自分に集まるのがわかる。グライス校長がクラレンスの先で自分のすねを軽くたたきながら、ぶらぶらと歩きまわっている。ジョーゼフは鼻のあちこちに浮かんできた汗をぬぐい、シドが、だいじょうぶ、だいじょうぶ、と自分にうなずきかけてくるのに、こちらもうなずき返す。

もう一度、いまの行を声に出してみる。

今度は順調だった。自信が出てきたので、ちらっとドハーティー先生に目をやると、まるでほこらしげな親のように、そうそう、その調子と、表情で告げていた。

しかし、二行分を読み終えたところで、また緊張が高まってくる。いったいグライス校長はどこまで読ませるつもりなんだ？　ほかのみんなよりあきらかに長い。

そしてとうとう、暗唱してある部分の最後まで来てしまった。グライス校長とクラレンスからダッシュで逃げる事態を想定したとき、校長が口をひらいた。目はまだジョーゼフをにらんでいるものの、言葉をかけられたのは彼ではなかった。

「ドハーティー先生」うすっぺらな笑みを浮かべていう。

「素晴らしい指導力です。入ってきたばかりの生徒がこれだけ雄弁に感情をこめて音読できる。いやはや素晴らしい」

ジョーゼフの体内で血が渦を巻きだした。まさか校長からほめられるとは思っておらず、それだけに、何か裏があるとぴんときた。

「いやはやパーマーぼっちゃん、素晴らしい朗読（ろうどく）を堪能（たんのう）させてもらったよ。そこでひとつ、みんなのために、この行をもう一度読んでみてもらえないだろうか？」

校長の指がページのなかほどをさした。最初から六行目あたり。

「どうしてですか？」

ジョーゼフはいったそばから後悔（こうかい）した。こちらが食ってかかったからといって、思い直す相手ではなかった。

「どうしてって、きみの朗読（ろうどく）が素晴らしいからだよ。じつに感情豊かで、雄弁（ゆうべん）だ。もう一度きけば、ここにいるみんなが勉強になる」

ジョーゼフの胃（い）がひっくり返った。読めという行がどこなのか、さっぱりわからない。

「さあ、パーマーぼっちゃん」

グライス校長がジョーゼフのまわりをぐるぐる歩いて、左の肩先（かたさき）でとまった。

混乱（こんらん）する頭のなかで、もう一度暗唱した内容を思い出し、校長のいう行がどこにあるのか、必死にさがす。

「みんなお待ちかねだぞ。さあ！」

勝手にどんどん出てくるひたいの汗（あせ）をジョーゼフはふきとった。

「読みなさい！」

それでジョーゼフは読んだ。暗闇（くらやみ）のなかに当てずっぽうで指をさすように、記憶（きおく）してい

33

る文章から適当な行を選んで。これが正解である確率は、聖書に記された奇跡が起きるのに等しいと、わかりすぎるほどわかっている。

もちろん、奇跡など起きない。海がふたつに分かれて道ができることも、水がワインに変わることもなく、ただジョーゼフが何者であるかを暴露しただけだった。すなわち、大うそつきの策略家。

少なくとも、グライス校長がつかった言葉はそうだった。みんなの前で大声でそういい放ち、本をジョーゼフの手からひったくって、床に放り投げた。

「読んでなんかいなかった、そうだな？　おまえは単に暗記していただけだ。文字が読めないことをかくすために！　そんなまやかしで、わたしをだませると、本気でそんなことを思ったのか？　自分をはじるがいい。読めるふりをして、わたしだけでなく、担任教師をもばかにした。教師というものは、もっと敬意を持たれていい存在だと思うがね」

ジョーゼフの目が助けを求めるようにドハーティー先生の顔に移った。先生はショックの表情を浮かべ、両手を顔に持っていっている。ジョーゼフのしたことにあきれているのか、それとも、次にジョーゼフの身に起きることを怖れているのか。そういう表情を浮かべているのは先生だけではなかった。親たちも同様に、みないたたまれない顔をしている。

「では、わたしからひとつ、いわせてもらおう」グライス校長が先を続ける。

「あつかましくも、おまえはわたしをばかにしようと考えた。だとしたら、今後二度とそんなことができないようにしてやると、ここにわたしは約束しよう」

校長がジョーゼフの手首をつかみ、手のひらを天井にむけさせた。ジョーゼフの目にクラレンスが弧を描くのが見える。

身がまえた。手だけでなく、全身に力をこめて硬直させる。次に何が来るのかわかっている。どれだけ痛いかもわかっている。けれど、わかっていたからといって、恐ろしいことに変わりはない。むちが手のひらにおそいかかったときには、もう痛みをかくそうとはしなかった。全身のあらゆる部分に、痛みが衝撃波となって伝わっていく。手をまた天井に持ち上げるとき、涙のむこうにみんなの顔が見えた。みな居心地悪そうに、顔をしかめていた。

しかしこんなのは序の口だとジョーゼフにはわかっていた。これは単なるウォーミングアップ。本番はこれからであり、持てるかぎりの勇気をすべてふりしぼって、ジョーゼフは手のひらをかまえ、覚悟してつばをゴクリと飲みこんだ。

しかし第二打はやってこなかった。クラレンスは宙を切り裂いたものの、歌わない。代わりにグライス校長の腕はいちばん高いところで宙づりになっている。それをそこにとどめているのは、強力な手ではなく、声だった。このうえなく力強い声。どこからともなく聞こえてきたそれは、こういっていた。

「あなたいったい、何をやってるんです！」

34

タイミングからいったら、それは奇跡に近かった。さらにジョーゼフが感服したのは、教室に飛びこんできたミセスFが、じつに堂々としていたことだ。

そのすさまじい勢いに気おされたように、グライス校長の手もクラレンスも、宙でぴたりととまっている。どうしてミセスFが遅れたのかわからないが、いまのジョーゼフには、なんであろうとゆるせた。

「もう、十分じゃないんですか？」

ミセスFが校長にいった。質問というより要求だ。

グライス校長はどう反応していいかわからない。

「ミセス・ファレリー」

校長が、いつもならジョーゼフにだけ見せる表情を浮かべていった。

「あなたが時間をちゃんと守っていらっしゃれば、わたしが何をしているのか、はっきりわかるはずです。わたしは、この少年が人をだましたのを正しく罰しているのです」

「その子が王の首をはねたとしても、わたしは気にしません。それにもうすでに、一度むちで打っているじゃないですか。それでもう十分だと思います」

ミセスFがジョーゼフのほうをむいていう。

「だいじょうぶ？」

「だいじょうぶも何も。この子なら心配いりませんよ。どこまでもずる賢く立ちまわれると、今日自分で証明したわけですから。まったくぬけ目のない策略家です」

「大勢の前で、子どもをとことんばかにしてくださって、ありがとうございます」

そこでミセスFはほかの親たちに目をやった。みなすぐに目を靴に落とす。

「何が起きたのかは、ここにいるみなさんにおききするべきでしょうかね？」

「その必要はないと思いますよ。わたしといっしょに校長室に来てくだされば、喜んでお話ししましょう。見下げはてた策略の一部始終をね」

そういうと、芝居がかった調子で服を手ではらい、さっそうと立ち去ろうとした。

「あるいは、ここで話してもらってもかまいませんよ。担任の先生にも、たしかめたほうがいいと思いますのでね」

ドハーティー先生は教室の後ろで、例によって居心地悪そうにもじもじしていたものの、新しくやってきた女性がとことん強気に出ているのを見て、その熱が伝わったらしく、いつもより背筋をぴんとのばし、あごを高く持ち上げて校長を見つめた。

「同級生や親たちの前で、お子さんをさらにはずかしめるのが、あなたのお望みだというなら、もちろん、こちらに異論はありません。ここではっきりお話ししましょう。ジョーゼフはずる賢いうそつきです。わたしと担任教師の裏をかいて、ばかにするのを何よりの楽しみと考えている」

それから校長は、ジョーゼフが「つむぎあげた入念なうそ」について、長々と語った。話に耳をかたむけているミセスFの顔に居心地悪そうな表情が広がっていく。それでも校長の話が終わるまで辛抱強く待った。

「わかりました。それでしたら、責めを負うのはジョーゼフではなく、このわたしです」

これをきいて、グライス校長の顔にとまどいの表情が浮かんだ。

「ほう、そうなんですか？」

「ええ、そうです。数週間前に、ジョーゼフがわたしのところにやってきましてね、音読のことを話してくれました。読もうとすると、ページの上で文字がじっとしていないと」

グライス校長は大きく鼻を鳴らして笑った。

「そんなばかな」

「だから、こうなったのはわたしの責任であって、彼は悪くないんです。わたしがそのことを、あなたに話しておくべきだったんです」

そこでミセスFは深く息を吸って、ジョーゼフに注意をむけた。

「ごめんよ、ジョーゼフ。心からあやまる。あんたのことはちゃんとわかってる」

そこでまたグライス校長に注意をもどす。

「いっておきますが、ジョーゼフはなまけ者ではないし、悪だくみをする子でもない。頭も悪くない。あなたがこの子に貼ったレッテルはすべて的外れだと、わたしにははっきりわかります。本当にこの子のことがわかっている人間なら、だれだってわかります。彼はぜんぜんそんな子じゃない」

ジョーゼフはおどろいて、立ったままかたまっている。ミセスFの言葉が、自分を信じてくれているその思いが、手のひらの痛みをやわらげてくれた。

「彼には、ほかの子と異なる面があります。思ったことをはっきり口にし、ときに、いうべきではないことまでいってしまう。けれど少なくともこのわたしは、彼がどういう子かちゃんとわかっています。頭は悪くありません」

「そうです。その正反対です」

教室の後ろから声があがった。ドハーティー先生が前に進み出て、これまできいたこともない大きな声をはりあげたのだ。ジョーゼフの算数のノートをしっかり手ににぎって。

「彼は、きわめて優秀な生徒です。算数の力は、少なくとも二学年上の生徒に匹敵します」

「もういい、ドハーティー先生」グライス校長がかみつくようにいった。

「いいえ。よくありません。実際に彼の力を見てやってください」

そういって、ノートをひらいて校長の手につきつけた。

グライス校長は何度もノートに目をやったが何もいわない。そこへミセスF(エフ)が攻撃(こうげき)を仕かけていく。

「文字もすらすら読めたら、きっとこの子は大喜びでしょう。そうであれば何よりも、あなたにつべこべいわれずにすみますからね。問題は、それができないところにある。どんなにがんばって読もうとしても、何度挑戦(ちょうせん)しても、あなたやわたしがどれだけ懇切(こんせつ)ていねいに説明してやっても、文字がページの上でじっとしていないんですよ。わたしにも、まださっぱりわかりません。いったい何が原因なのか、どうすればいいのか。それでもなんとか解決策(かいけつさく)を見つけるつもりです。本当なら彼(かれ)が話してくれた数週間前にやっておくべきだったことを、これからやるつもりです。ジョーゼフ、本当にごめん」

ジョーゼフはミセスF(エフ)と目を合わせることができなかった。こういう場面に立たされたことがなかったからだ。この自分に、だれかがあやまるなんて。

「なるほど、じつに感動的な場面ですな。貴重(きちょう)な情報をありがとうございます。しかし、事実は依然(いぜん)として変わりません。この子はうそをつき、人をだましたのです。わたしの学校では、そういう悪徳は処罰(しょばつ)に値(あたい)するんです」

これをきいて、ミセスF(エフ)はますますいきり立った。

「それじゃあ、もしジョーゼフがあなたの前に出ていって最初に話をしていたらどうですか。ページの上で文字がおどるから読めないと、そういったらあなたは信じましたか？」

「それは……」

「どうです？」

「その子は、登校初日から、問題児であるとはっきりわかりました。問題行動が治らない生徒には当然ながら――」

「当然ながらなんです？　何が必要なの？」

　グライス校長が直立不動になった。まるでそれが癖になってしまったように、クラレンスで自分の足を軽くたたく。

「正しい道へ導いてやる必要がある。そのために罰が必要なら、やむをえない」

　ミセスFはもう十分だと思ったらしい、ためらうことなく、ずかずかと前へ進み出ると、校長の手からクラレンスをひったくった。

「昨今じゃあ、残虐行為は、もういやというほど横行しています。この壁のなかでも外でも」

　むちの両はしを手でつかみ、ミセスFは力いっぱい自分のひざにたたきつける。その一撃で、クラレンスは見事にまっぷたつになった。

　その瞬間にあがった悲鳴はグライス校長のものか、クラレンスのものか、ジョーゼフにはわからない。それにまた別の音が続いた。無用のものとなったカバノキの残骸が床に落ちたのだ。

「ジョーゼフ」まだ校長の顔をまっすぐ見ながら、ミセスFがいった。

「荷物をとっておいで。もうここにはもどってこないから」

ジョーゼフはいわれたとおりにした。ミセスFのあとについて教室から出ていくときには、自分の背が三メートルにものびた気がした。

「どこに行くの？」ジョーゼフはきいた。

「動物園。そこで話をしなくちゃいけない」ミセスFは深刻な顔でそういった。

35

歩いているあいだミセスFはずっと静かだった。勝利の高揚感はない。混雑した通りを速度をあげてきびきび歩いていくので、ついていくジョーゼフは息をととのえるので精一杯だった。

人々が配給帳をにぎりしめて、あちこちの店先に辛抱強く列をつくっている。小さな子どもたちは、そのへんを歩きまわってごみあさりをしたり、家の本体がなくなった玄関先の階段に腰をおろしたりしている。

ジョーゼフが見ていると、牛乳配達の男が、クリームを多くふくんだ牛乳を満杯に入れたびんを持って、破壊された家に近づいていった。玄関先にそれをおいていこうかどうか、迷っている。一度階段の上においていて、じっと見つめてみたものの、ばかげているとすぐに気づいた。爆弾が投下される前に、そこにだれがいたとしても、もうその人には牛乳は必要なかった。

ジョーゼフは歩きながら必死に考えをめぐらせている。クラレンスをまっぷたつにされた瞬間の、グライス校長の顔が何度も何度も頭のなかで再現される。ああ、なんと痛快な！　ひとつ残念なことがあるとすれば、自分にそれをする勇気がなかったことだ。

「だけどさ、もう来ないいんじゃないかって、そう思ったんだ！」

ジョーゼフはミセスFにいう。

「きっと忘れてるんだって。でも来てくれてよかった。あの校長の顔、見たでしょ？　それにあのドハーティー先生が、校長に立ちむかっていった。あんなの初めてだ。これまで一度だってなかったんだから！」

ジョーゼフはミセスFに顔をむける。どうして、自分と同じように興奮していないのか、それが不思議だった。すかっとした気分にならないのだろうか？　まさか、早くも自分の行動を後悔しているのだろうか。そうでないことを祈りたい。

35

ふいにジョーゼフの胸に、疑念と否定的な考えがわきあがってきた。おれは何を浮かれてるんだ？　他人の言葉を真に受けて、舞いあがってどうする？　もしかしてミセスFは、自分の体面を保つためだけに、ああいうことをしたのかもしれない。

高速で頭のなかをかけめぐる考えは、一巡するたびにどんどん速さを増し、大きくふくれあがって形をゆがめていく。ジョーゼフの頭はぱんぱんになり、ミセスFが動物園のゲートをおしあけたときには、もうがまんできなくなっていた。いまここで、ミセスFに疑問をぶつけてみなければ気がすまない。

「ちょっと、どうしたの？　だって様子が変だ。あそこでああいってくれたのはうれしかったけど、何かほかにいいたいことがあるんじゃない？　だったらちゃんといってくれよ」

ミセスFは何もいわず、ただ前をずんずん歩いていく。ジョーゼフはツイーディさながらに、ミセスFのかかとにかみつきそうな勢いであとをついていく。アドニスの檻の前に来ると、ようやくミセスFの足がとまったものの、ジョーゼフをふり返ることはせず、鉄柵のすきまから、じっと奥を見すえている。

「アドニスはどこ？」

ジョーゼフはほえるようにいった。ミセスFには顔もむけず、アドニスの姿を目でさがしている。

「まさか、そんなことあるわけがない。まだ期限は来てない。だよね、ミセスF？」

ジョーゼフはふり返った。

「お願いだから教えてよ、アドニスはどこ？」

とうとうミセスFはジョーゼフに反応し、檻の左奥へ、さっと目をむけて教える。すると、そこにある小屋のかげからアドニスが現れた。威厳たっぷりに、のっしのっしと歩いてくる。身体には、過去の戦闘で勇敢に戦った傷あとがもれなくついているが、幸いなことに新しい傷はなかった。

生きていた。ジョーゼフの全身を安心感がつきぬける。

「よかった！　やつらが、アドニスを殺しに来たと思ったよ！」

ジョーゼフは笑顔になってミセスFの腕をつかみ、ふざけてひっぱった。

「もう一巻の終わりだって、めちゃくちゃ心配した！」

しかしミセスFの気分はジョーゼフとはちがった。その目から、いまにも涙がこぼれ落ちてきそうだった。

「ジョーゼフ、大事なことを話さないといけない」

「そんなのいいよ」ジョーゼフはにやっと笑った。

「話なんて、いまはいい。だって、あなたはクラレンスをまっぷたつにしたんだから！でもって、あの校長をこてんぱんにやっつけた。おまけに、もう明日から学校へ行かなくていい。ふたりでアドニスのための作戦を練れるよ。ふたりで力を合わせて、だれもアド

35

ニスに銃なんてむけさせないようにするんだ！」

「ジョーゼフ。手紙が来たんだ」

しかしジョーゼフは気にしない。手紙？　手紙がどうした？　今日、ミセスFがあれだけの勝利をおさめた。手紙の一通ぐらい、なんだっていうんだ。

「あとにしてよ。手紙で思い出したけど、それはおれたちが書かないといけないんだ。じつはシドと作戦を立てたんだ。新聞に投書して、アドニスを助ける運動を起こすんだよ」

「ジョーゼフ……」

けれどジョーゼフの話はとまらない。

「ジョーゼフ……」

ジョーゼフはきく耳を持たない。そんな気分ではない。

「ジョーゼフ！」

ようやくジョーゼフが口をつぐむと、ミセスFはポケットからおずおずと一通の手紙を出した。

「あんたのおばあさんからだ」

ジョーゼフはききたくなかった。ばあちゃんの言葉なんて一言も。反射的に両手で耳をふさいだ。首をぶんぶん横にふるものの、ミセスFにだまれとはいえない。

「あんたのおとうさんのことだ」

だれかここにじゃましに来てくれ。空からナチスが攻撃してくれてもいい。しかし、爆撃機はどこにも見えない。空襲警報も鳴らない。

それでも空は落ちてきた。

36

その話の続きはききたくなかった。

それはもう、ずっと前から怖れていたことだった。ある日の早朝、ベッドに寝ている息子のひたいにキスをしてから、父親は戦場にむかった。それよりずっと昔から、ジョーゼフは怖れていた。

あの朝は眠ってなどいなかった。とうさんが部屋に入ってきて、ベッドに近づいてくるのが足音でわかった。とうさんのくちびるが、おでこにやさしくふれる。それでもジョーゼフは目をずっとつぶっていて、規則正しい寝息を立てていた。

目をあけるのが怖かったのだ。あけてしまえば、去っていくとうさんを自分の目で見送って、もう二度と帰らないのを覚悟しなければいけない。だってみんな帰らなかったのだ。

とうさんだって同じ目にあうに決まっている。

「ジョーゼフ……？　ジョーゼフ。ちょっと、あんた、はなれなさい」

自分がどこにいるのか忘れかけたところで、アドニスの檻の鉄柵をつかんでいる手を、ミセスＦがこじあけるようにしてはずした。アドニスは数メートルはなれた先で、口をもぐもぐとゆっくり動かしながら、ふたりをじいっと見ている。

ジョーゼフはミセスＦに腕をひっぱられたものの、がんとしてその場を動かず、アドニスをまじまじと見ている。自分もあの鉄柵のむこう側にいたかった。アドニスと同じように、毎日を淡々と送りたい。

「ジョーゼフ、わたしだってこんな話をするのはつらい――」

「だったら話さなければいい」

「そんなわけにはいかない。手紙に書いてあることを伝えないと」

「もういいよ……わかってる！」

最後の言葉をはきだすと同時に、ジョーゼフはミセスＦの手から腕をひきぬいた。じっとしていられない。身体の内にぐんぐん盛り上がってくる熱が胸を焼く。

どこへ行くのでもない。その場をめちゃくちゃに行ったり来たりして、逃げ道をさがす。

そんなジョーゼフを見ながら、ミセスＦはどんな言葉をかけていいのかわからない。事情を話せたとして、そのあとどうやってジョーゼフを落ち着かせればいいのか、とてもそこまで考えがおよばない。

　この子が傷つかないように、じっと抱きかかえていればいいのだろうか？　ミセスＦは自問する。でももう傷ついているのでは……？　この子はすでにもう十分傷ついて、あちこちこわれて、欠けている。

「電報が。おばあさんのところへ送られてきた。おとうさんが戦死したんだよ。ジョーゼフ。フランスで」

　ジョーゼフはせかせか歩きをやめない。歩幅がもっと小刻みになり、歩数が多くなっていく。顔は無表情で、何を考えているのか外からはわからない。視線はあちこちへ飛んで、ミセスＦ以外のものなら、なんにでも目をとめる。

「おとうさんの連隊が、ある町を行軍しているときにおそわれた。おとうさんは勇敢に戦ったものの、敵のほうが兵士の数でも武器の威力でも、圧倒的に勝っていた。多くの死者が出て、おとうさんもひどい重傷を負ったんだ。残念だけどジョーゼフ、おとうさんは、もう家には帰ってこない」

　その瞬間、ミセスＦの最後の言葉が消えた瞬間、ジョーゼフの動きが変わった。方向を定めないめちゃくちゃ歩きをやめて、動物園のゲートめざして、檻ぞいにまっすぐ歩きだした。てきぱきと、思い定めた足どりで進んでいくので、ミセスＦは、ついていくのに小走りにならないといけなかった。

「ジョーゼフ？　ジョーゼフ！」

ミセスＦは腕をつかんでとめようとする。自分の話が正しく耳にとどいたのか、たしかめないといけない。しかし、いまのジョーゼフは、他人に手をふれられるのにがまんがならなかった。

「やめてくれ」にべもなくいった。

「えっ、何？」

「さわらないでくれ。あぶない。わかるだろ？」

「どういうこと、ジョーゼフ？　何をいっているのか、わからない」

しかしジョーゼフは答えない。まだ足は動いていて、だんだんにゲートが近づいてきた。

「ジョーゼフ、お願い」ミセスＦが悲鳴のような声を出す。

「わからないよ。あんたいったい、どこへ行こうっていうの？」

「荷作りをしに行く」

「荷作り？　どういうこと？」

「おれは、とうさんがもどってくるまで、ここにいることになっていた。だけどもう、とうさんはもどってこない。だからここにはいられない。家に帰る」

「ジョーゼフ、そんなことはまだ考えなくていいよ。それに考える必要もない。あんたに必要なのは時間だ。おばあさんは、ただあんたを心配して――」

「心配？　おれのことが心配だって？　冗談だろ？　ばあちゃんは、おれをやっかいばらいしたんだ。このおれからできるだけはなれたかった。ほかのみんなと同じだ」

まるでスイッチが入ったように怒りがもどってきた。言葉のことごとくに毒をにじませて、ジョーゼフははきすてる。

「だからおれはどこかほかのところへ行く。列車に乗って。だれもおれには気づかない。ずっとかくれている。列車から降りたら、どこへでも行く。自分のめんどうは自分で見る。だって、だれもおれのめんどうを見たくないんだから」

「そんなのはうそだよ、ジョーゼフ。あんたの家はここにある。わたしといっしょの家が」

しかしその言葉は、ジョーゼフの心には正しくとどかなかった。

「へえ、ずいぶんな変わりようじゃない？　けど、そんな考えは長続きしないよ。あなたはおれがほしくないし、必要じゃない。何よりもおれはあなたがほしくない！」

ジョーゼフはまた歩きだそうとしたが、最初の出会いと同じようにミセスFはジョーゼフに勝手をさせない。どれだけ毒づこうがあばれようがジョーゼフを行かせはしなかった。

「ジョーゼフ、自分の言葉によく耳をかたむけてごらん。自分が何をいっているのか。あんたには、だれかが必要なんだ。まだたったの十一だっていうのに――」

「十二歳だ！」

ジョーゼフのほえ声に対して、ミセスFはうなり声を返した。

36

「ああ、そうだね。そして十二歳の子どもがこんな形で父親を失うなんて、あっていいはずがない。まったく冗談じゃない。だけど、実際にそういうことが起きている。あちこちでね。大勢の人がそういう目にあっている」

「その他大勢といっしょにしないでくれ」

この言葉に、ミセスFはその場に凍り付き、動かなくなった。いまにも外にこぼれだしそうな怒りと気力を、ミセスFは心のひもでキュッとひっぱりあげた。

ジョーゼフも動けない。相手の話に耳を貸すしかなかった。

「ああ、そうだね。だが、痛みは痛みだ。つらいのはあんただけじゃない。ほかの人間も痛みを感じているんだ。シドのように」

ジョーゼフはシドのことを思い出す。ひっきりなしにしゃべり続け、なんでもわかったような顔をする女子。しかし彼女が自分に対して一生懸命尽くしてくれた、その友情を思えば、そんな欠点など消えていく。シドの両親は娘の上におおいかぶさった。そうすれば娘が生き残れると思って、本能的に動いた。

最初にその話をきいたとき、ジョーゼフはやりきれないと思った。けれど、自分の父親の戦死の知らせをきいたいま、それが本当の意味でどういうことなのかわかって、強い衝撃に胸を打たれた。その衝撃に傷口のつめ物が吹き飛ばされ、どくどくと血が流れ出して、ジョーゼフはふいに地面にくずおれた。

犠牲精神。娘を守るために、文字どおりわが身をなげうって、娘の身体におおいかぶさった親の行動。結果がどうなろうと、考えない。その事実の重さがいま、ジョーゼフにはっきりのしかかってきた。全身のあらゆる細胞に痛みが充満して、いまにもはちきれそうだった。

だから、きくしかなかった。物心ついたころから、ずっと頭のなかをかけめぐっているものの、怖くてだれにもきけなかった、その質問をミセスFに投げた。

「おれは何か悪いことをした？」

ジョーゼフは敗北感に打ちひしがれて、泣きながらいった。

「ねえミセスF、お願いだから教えてよ。おれはいったい、何をしたんだ？」

37

こんな痛みは初めてだと、ジョーゼフがそういったらうそになる。

何年か前にも、これと同じ痛みを感じた。そのときも、いまと同じように、するどい痛みが全身から力をうばっていった。しかしそれから長いこと目をそむけていた。その痛み

37

が外に出てこないよう、心の奥深くにうめて、息ができないようにした。痛みの上からおしつけたのは、山ほどの怒り。そのときジョーゼフには、それしか見つけられなかった。

しかし父の戦死の知らせはあらゆるものを打ちくだいた。それがひき起こした激震が、怒りでかためた要塞を破壊し、ジョーゼフはまた痛みのなかに、ひとりとり残された。

ミセスFがジョーゼフのあごを片手で支え、目の奥をのぞきこみながら、懇願するようにきく。

「何か悪いことをしたって、それ、どういうこと？　だれに悪いことをしたっていうの？」

「かあさんだ」

「おかあさん？」

ミセスFがジョーゼフと知り合ってから、母親に関する言葉が、そのくちびるのあいだから飛びだしたのはこれが初めてだった。

「おれが何か原因をつくったにちがいない。これほどにくまれるだけの理由を」

ジョーゼフの視界が涙でゆがみ、瞳が涙の海におぼれてしまいそうだった。

「にくまれるだって？　ジョーゼフ、何をいってるの。そんなわけない。母親が自分の子どもをにくむなんて。そんなことができるはずがない。このわたしが保証する」

ジョーゼフはミセスFの手からあごをぬき、相手にまた怒りを伝える。

「あなたに何がわかる？　何も知らないくせに。あなたが人生で愛しているのは、あの檻のなかにいるやつだけだ。ゴリラだ。動物だよ！」

「そうじゃない。そう思うかもしれないけど、それだけじゃない。本当だよ」

「じゃあ、これはどういうことか、説明してほしい。シドのママとパパは、娘を守るために自分の身を投げだした。どれだけシドのことを愛していたか、それでわかる。シドには愛される価値があるんだ。シドのためなら両親は死ぬ」

そこでジョーゼフはのどがしまるような音をもらした。まもなく世界が終わって、とうとう真実が明るみに出るのがわかる。

「おれの母親はどうだ？　どんな顔で、どんな声でしゃべっていたか、おれにはほとんどわからない。実際のところはぜんぜん。おれにはっきりわかっているのは、写真で見たことだけだ。なぜなら、おれが物心つく前に、母親はいなくなった。母親がおれをどれだけ愛していたか、それが答えだ。おれの価値なんて、その程度のものなんだ」

「何いってるの。そんなわけない。もちろん、おかあさんはあんたを愛していた」

「それじゃあ、どうしていなくなった？　おれがいったことや、したことが、そんなに気にさわったのか？」

「おばあさんからは、くわしいことはきいていない。きっとおばあさんもすべてを知っているわけじゃないんだよ。それでもおかあさんは幸せではなかったときいている。単に不幸だった、というだけじゃない。病気だった。長いこと病気をわずらっていたらしい。気分の落ちこみに苦しんでいた。憂鬱症だったんだろうね。しかも夫婦でよく、いさかいになった。それでますます症状が悪化した。何日も、ときに何週間も、ベッドから出てこなかった。出られなかったんだよ。おばあさんが、ひきずりだそうとしてもね。ジョーゼフ、おかあさんは病気で、しまいにそれに完全にやられてしまった。病気の重荷に耐えられなくなって、家を出るしかなかったんだ」

「それじゃあ、どうしておれを連れていかなかった？　連れてってくれれば、迷惑はかけなかったのに」

今ではジョーゼフは懇願する口調になっていて、目に涙が盛り上がっていた。

「おれがめんどうを見ることだってできた」

すすり泣きがもれた。

「病気だっていいんだよ。そんなのおれは気にしない」

「ジョーゼフ、あんたは五歳だったんだよ」

「それの何が問題なの？　ハグだってしてあげられた。悲しいなら、笑わせてあげた。冗談をいってもいい。実際そういうことをしていたと思う。自分じゃ覚えてないけど。とにかくおれはずっと、悪いのは自分だと思っていた。自分が悪い子だったんだって。そうでなかったら、かあさんは家にいたはずじゃないか？」

「そんなことはいっちゃいけない。事実じゃない。あんたのせいなんかじゃないよ」

「それじゃ、だれのせい？」

頭をふっていたので、涙が勝手に落ちて砂利がぬれている。

「それだけじゃない。ばあちゃんだって、おれがいらなかった。さっさとよそへ送りだしたかった。そうして送りだされて、ここの学校に入ったら、また始まった。こっちがまだ口もひらかないうちに、敵意をむけられた。そして、あなただ。おれが到着してすぐ、あなたははっきりいった。おれと暮らせるからって、これっぽっちもワクワクしていないって。だろ？　そういったよね？」

すかさず答えるべきだった。そんなことはないと、うそをつくべきだった。しかしミセスＦはそうはしなかった。今ではもう、そんなことはこれっぽっちも思っていないというのに。

相手が返答につまっているのを見て、ジョーゼフのすでに燃えさかっていた怒りの炎に、油が注がれた。

「だから、教えてくれっていってんだよ！」

ジョーゼフはほえるようにいった。いくらぬぐっても、顔からは涙のあとが消えない。

「おれがあなたに何をした？　おれの何がいけない？」

「いけないところなんてないよ、ジョーゼフ」

「じゃあ、どうしてみんな、おれから去っていくんだ！」

37

声ににじむ痛みが、ほつれた糸をセーターからひっぱるように、ミセスFの心をほどいてバラバラにする。

「とうさんはおれに約束した。約束したんだ……戦争に行くとき……必ず帰ってくるって。とうさんは……約束したんだよ」

「ジョーゼフ、おとうさんは帰るつもりだった。きっとそうだよ。たぶん家に帰りたい一心で、あの狂気の戦場で持ちこたえていたんだろう。おとうさんが朝目覚めて最初に思うのは息子のことで、一日の終わりにまぶたを閉じるとき、最後に思うのも息子のことだった。きっとそうだったにちがいない」

ジョーゼフは鼻水を大きくすすった。

「けど、それだけじゃ十分じゃなかった。おれじゃ、足りなかった」

「ジョーゼフ、これだけはいっておく。あんたのせいじゃない。あんたは何も悪くない。こんなこと、とりわけわたしの口からはききたくないってわかってる。けど、これは真実なの。人生にはときに、どうにも耐えがたいことが起きる。想像を絶するような、ひどいことが起きる。それでも、いつかはよくなるって信じなきゃ。わたしといっしょに、ここで乗りこえていこうよ。あんたがいたいだけ、ここにいればいい。きっと未来はよくなるって、このわたしが保証する」

「未来はよくなる？　そんなこと、あなたにわかるの？」

「わかる」

しかしジョーゼフは信じない。

「どうしてさ？　だって、あなたは何をなくしたっていうの？　ここのこと？　動物を何匹(びき)か失うことと、家族をまるごと失うのが、同じだと思ってるの？」

「ここのことはなんの関係もない！」

ミセスF(エフ)がどなった。

「なら、なんなのさ。あなたはいったい、何を失った？」

ジョーゼフははきすてるようにいった。

じっとミセスF(エフ)の顔を見ている。答えが返ってくるのを待ちながら、相手の顔によぎる思いや感情をすべて読みとろうと思っている。

ミセスF(エフ)はいまにも泣きだしそうな顔をして、ぬれたくちびるをひくひくさせている。なんとかして言葉をつむぎだそうとがんばるのに、いっこうに出てこないというように。

ミセスF(エフ)が一歩前に出て、ジョーゼフに両手をさしのべた。しかしすぐ思い直して、その手をひっこめた。

「ジョーゼフ、わたしはいつでもいるから」

つかれた声でいった。身体と同じように声にもハリがない。

「ここにいたいと思ってくれるかぎり、わたしの家はいつでもあんたの家だから」

37

　ジョーゼフは答えなかった。もういうべきことはない。すべて出し切った。だからといって、気分がすっきりしたかというと、そんなことはぜんぜんなかった。

　ここでぶちまけたことが、このあとの展開にどのように影響してくるのか、想像もしないし、気にもかけない。昔ながらの場所にもどっただけだ。要するに、またひとりになった。そのほうが、だれにとっても安全だとジョーゼフは思う。

　広がる沈黙。それを破ったのはしかし、言葉ではなく、砂利をふむ足音だった。ミセスFはしぶしぶ去っていった。ジョーゼフはじっと動かずにいて、ミセスFが完全にいなくなったころを見計らって、立ち上がった。それでも遠くには行かず、アドニスの檻に近づいていって、ひんやりした鉄柵におでこをくっつけた。

　安全面からいったら、決してやってはいけないことだった。ミセスFにきつくいわれている。それでもジョーゼフの心のなかで、いま唯一頼れる友はアドニスしかいなかった。

　だからもうおびえることもなく、そのままじっとしている。

　すると、のっし、のっし、のっしと重たい足音がきこえてきた。こちらへゆっくり近づいてくる。

　ジョーゼフは顔をあげて、アドニスの目をまっすぐ見た。その目をアドニスが見返してきて、ゆっくりと呼吸をする。それからアドニスが口から低い声をゆっくりともらした。前にジョーゼフが打ちひしがれていたときと同じように、ううーん、ううーん、ううーんと何度も。しかし今日はこのあいだとちがって、アドニスの声はジョーゼフの心をなぐさめず、痛みを追いはらいもしない。ただ悲しみをあふれるままにさせて、思うぞんぶん泣かせるだけだった。

ジョーゼフは空にむかって怒りをぶつけ、ほえるように泣いた。

アドニスも頭をのけぞらせ、自らの悲しみを歌にしてほえたが、ジョーゼフはそれでもまだ泣きやまなかった。

38

冬が思いっきりかみついてくる。

寒さが増し、暗さが増し、怒りが増した。

春はもう数週間先に来ているはずなのに、ヒトラーがそれをキャンセルして、代わりに空から、さらなる地獄の責め苦を落とすことに決めたようだった。

三夜続けて、雨あられと爆弾が降ってきた。これまでのいかなる空襲ともちがって、闇がおりているあいだは一秒もむだにするまいと、徹底的に爆弾が投下される。

夜が明けて太陽が思い切って顔を出したところで、地面にしつこくしがみついている土

38

ぼこりと煙に対しては、まったくの無力だった。どこの通りも、みなまったいらになってしまった。どこまでも続く焼け野原で、数家族ががれきをあさっている。どんな小さなものでもいいからと、以前の生活の名残をさがしているのだ。

そんななか、カームリー・ビュー通りだけはどういうわけか、まだ焼け落ちてはいなかった。しかし、そこに暮らす住人ふたりの心は徹底的にやられ、すっかり打ちのめされているのが、だれの目にもあきらかだった。

あの日動物園で、怒りと悲しみをミセスＦにぶつけて以来、ジョーゼフは分刻みで過去へひきずられていった。つまり、昔の自分に逆もどりして周囲に高く壁をはりめぐらせ、近づいてこようとする人間を撃退するようになったのだ。

学校がなくてひまだから、胸の内で怒りがわきたつと、外へふらりと出ていって、おれがこわす窓が残っていないじゃないかと、爆撃機のねらいの正確さに悪態をつく。

代わりに、がれきのなかをあさって、まだこわれていないものを見つける。カップ、花びん、そのほかなんでも、無事だったものをずらりと並べて、自分の爆弾でかたっぱしからこわしていく。

爆弾はときに右足だったり、レンガのかたまりだったりする。けれど、そんなことをしても気分は晴れず、何かがわれるたびに、欲求不満といらいらが大きくなって、状況は少しもよくはならなかった。とうさんは生き返らず、自分は依然としてひとり。ミセスＦ

にあけすけにさらけだしてしまった感情を、いまさらひっこめることもできない。

「それ、だれのクマ！」

背後からシドの声がした。長靴の先でテディベアのぬいぐるみの頭を胴体からはずそうとしているのを見られたのだ。ふり返らない。また長々と始まる説教をききたくなかった。けれどそれからすぐ、ジョーゼフは知ることになる。自分は思っていたほどシドのことをよくわかっていなかったと。

「おとうさん、残念だったね」

ジョーゼフはその先に続く言葉を待って身がまえた。しかし、声はもうきこえてこない。いなくなったのかと思い、ふり返った。すると、三本脚のこわれた椅子にちょこんと腰をかけて、シドがこちらを見ていた。けれど何もいわない。

眉をよせているジョーゼフに、シドがきく。

「何？　どうしたの？」

「決まり文句で終わりか」

「それが何か？」

「シドが、それだけですませるはずがないだろう。ふだんなら、山ほど言葉が続く」

「その気になれば続けることもできる。でも、続けて何になるの？　ジョーゼフのおとうさんはもどってこない。わたしの両親と同じように」

ここは自分も何かいうべきだと、ジョーゼフにもわかっている。ありがとうとか、どれだけ時間がたてば楽になるかとか。けれど、わかっていることと、できることは別だった。ジョーゼフは口をあんぐりあけて、その場にぼけっとつったった。頭のなかでは、次に手足をもぎとれるものをさがすことしか考えていない。シドは力になりたいのだと、それはジョーゼフにもわかっている。いつまで待ってもこちらが助けを求めてこないので、シドの顔には失望が浮かび、それがいらいらに変わった。

「そうそう、あっちに、人形がひとつ落ちてたよ」

もう行こうとシドは立ち上がり、ジョーゼフにすて台詞を残す。

「煙突のすぐ横。きっと手足をもいでやったら泣いて喜ぶよ。なんならいっしょに、髪の毛をひっぱってぬいてやってもいい」

そうして一歩はなれてから、最後にもう一言いう。

「それか、家に帰って、ミセスFと仲直りするとか」

しかしジョーゼフはきいていない。シドの声も、的確なアドバイスもすべて、とがった石をふむ足音にかき消された。落ちている人形をさがしに、早くもジョーゼフはがれきのなかを苦労して走りだしていた。

好きなだけ破壊行為をしながら、恐怖とパニックに何度も胸をつかまれる。大事なものが、いまに自分からうばわれていく。あまりに残酷な話だった。心をゆるせる唯一の相手が、いまもっとも危険な縁に立たされている。

いまこうしているあいだにも、時間は刻々と迫っている。アドニスの命の火を吹き消そうと役人たちがやってきたとき、自分に何ができるのか、はたしてできることがあるのか、いくら考えてもわからない。

もう破壊するものが見つからなくなると、ジョーゼフは通りをうろついて、アドニスが喜ぶものをさがすことにした。まだいっしょにいられるうちに、あいつを喜ばせてやろうと思ったのだ。

市民農園での物々交換も、いまではもう手慣れたものだった。三つの野菜が六個になり、七個になり、八個になる。八百屋がいつあいて、いつ閉まるかだけでなく、店主が店に到着する時間と帰る時間まで把握していて、その時間をねらってかけつけては、腐敗が進んで売れない野菜がごみ箱にすてられるのを救ったり、店の前の階段で待ちかまえて、直接店主からもらったりする。

「ゴリラのためなんです」

そう説明すると、耳がはれるほどのパンチが飛んでくることもあれば、めんどうな少年を追いはらおうと、くさりかけたカブが飛んでくることもある。

しかしアドニスのほうは、野菜の入手先などてんで気にしない。ジョーゼフがバケツに山盛りの野菜を持って近づいてくる光景にすっかり慣れて、鉄柵のほうへうれしそうにやってくる。

いつだって、えさをもらう気満々で、そんなアドニスを見るだけで、つかのまだが、ジョーゼフの胸は喜びではちきれそうになる。いまでも注意はおこたらないが、アドニスを怖れる気持ちはもうなかった。ジョーゼフの手から喜んでえさをもらい、そのとき指と指がふれるのもあたりまえになった。いまのジョーゼフにとって、それは唯一心がぬくもる瞬間であり、いくらでも味わいたいのだった。

ここ数日のつらい日々にあってジョーゼフは、アドニスとのあいだに強い絆を感じていたが、それは同時に恐ろしいことでもあった。とうとうアドニスが自分を信頼してくれたのに、その友情はまもなく終わるという恐怖。胸のなかでふたつの感情がしょっちゅうせめぎあう。このままアドニスを大好きになっていっていいのか？　もちろん、いいに決まっているが、好きになればなるほど、心の痛みと喪失感は何倍にもなると予想される。結局アドニスの首には、死刑の宣告がぶらさがっているのだから。

そんな思いを胸にかかえて暮らしていくのは苦しい。まるで体内に寄生虫がいて、胸のいちばん暗い奥までもぐりこんでいって、そこにとってある、なけなしの希望を食い尽くしてしまうようだった。

それを防ぐには、ありったけの気力をふるい起こして、死刑執行人が本当にやってくるのか、来るとしたらいつ来るのか、そういったことを考えないようにするしかない。そのためにジョーゼフはできるだけアドニスといっしょにいることにした。目の前に、その相手がいる状況で悲しむことは難しい。しまいに、鉄柵ごしにえさを与えるだけではジョーゼフは満足しなくなった。鉄柵ごしに見える檻のなかの状態を見れば、なおさらだった。アドニスの檻のなかはもうこれ以上放っておけないほどに汚れている。それなのにミセスFはめっきりここに姿を現さなくなった。それをジョーゼフは怒ってはいない。

どこにいるかははっきりしている。事務所にいて、いらいらとペンの尻をかみながら、また手紙を書いているのだ。こちらのいいぶんに耳をかたむけてくれそうな、新たな動物園へ。ミセスFがこれからも、そのやり方でがんばり続けるというなら、園の仕事は自分にまかされていると、ジョーゼフにはそう思えた。園内の仕事を切り盛りし、いつも清潔に保たないといけない。

しかし、アドニスの檻のなかに自分がいるなどと知ったなら、ミセスFはその場で即、脳卒中の発作を起こすだろう。

シドが現れるまで待つべきだろうか？　シドを巻きこんで、みはっていてもらおうか？いや、それはありえないと、すぐ結論が出た。シドがおれの共犯者になってくれたことは一度もない。それどころか、あの性格からしたら、ミセスFのところへ走っていって、一目散におれの計画を知らせるだろう。

38

やるとしたら、いましかない。いまならだれも見ていないし、アドニスも小屋で眠っている。シャベルとバケツを用意し、ポケットにできるだけたくさんのえさをつめこむ。アドニスの機嫌を損ねたときに、これが命綱になる。

檻の南京錠をあけるのに手こずりながら、ジョーゼフは自分がふるえているのに気づいた。そのとたん、パニックになる。本当にこんなことをしていいのか？　自分とアドニスがこの奥で安全にいっしょにいられると、本気でそういえるか？

でもあきらめたくない。アドニスにもっと近づきたい。アドニスの命の火が消される前の、これが最後のチャンスになるかもしれないのだ。

それで大きくひとつ息を吸うと、檻のなかに入った。忘れずにドアをしっかり閉めるものの、音が思いのほか大きくひびいて、ひるむ。

耳で自分の呼吸音をはっきりききながら、ジョーゼフはドアに背をむけた。あらゆる感覚をとぎすましして、そっと歩きだしてみると、檻の内部をこれまでとはちがった視点で見ることができた。

最初におどろいたのは、なかに入ってみるとずいぶんとせまく感じられるということだ。檻の外は逆に四方八方にどこまでも広がって見えて、自分は閉じこめられているのだという圧迫感を切実に感じる。出口へあともどりしてしまわぬよう、ジョーゼフは持てる勇気の最後の一滴までしぼりだす。

だいじょうぶ、おれならできる。そう自分にいいきかせながら、ここに入った当初の目的を思い出す。目にとまった最初のふんのほうへむかい、シャベルですくってバケツに入れ、また次のふんへとむかう。

しだいに仕事にリズムが生まれてきた。まるで科学捜査のように、一度に一区画を徹底的にきれいにすると決め、それが終わったら次の区画へ移る。そうやって着実に進んでいくと、アドニスの小屋に徐々に近づいているとわかっても、もうためらわなかった。

あまりに静かなので、ここにいるのは自分ひとりだと、うっかりそう思ってしまいそうになる。けれど、それこそが命とりになるとジョーゼフにはわかっている。

つねに周囲に油断なく気を配ることを忘れない。小屋のまわりをきれいにするときも、決してその入り口に背をむけることはせず、金属のシャベルが、地面やバケツに当たるときも、大きな音をできるだけ立てないようにする。

小屋の周囲のそうじは完了し、次は檻の前方へと移動する。ここをきれいにしたら、完了だ。それを思うと、なんだかがっかりした。結局アドニスは姿を現さなかった。自分がこんなにそばまで近づいていることも、相手は知らずに終わってしまう。

最後の一すくいをバケツに入れたとき、ガサガサッという物音がきこえた。見ればアドニスの大きな身体が、小屋の入り口をふさいでいる。

ふらついているようで、小屋のドア枠にもたれて身体をのばしている。自分の檻のなか

38

に人間の子どもがいるのにとうとう気づくと、目を大きく見ひらいた。

「やあ、アドニス」

ジョーゼフはそっとささやき、さっと目を走らせて、檻の出口から自分のいる位置までの距離を測る。どれだけ速く走ろうと、すぐ追いつかれるのはあきらかだった。アドニスが近づいてくるあいだ、ジョーゼフはじっと動かずにいて、同じ状況にミセスFがおかれたときにやっていたことを頭のなかで必死に思いだす。

シャベルとバケツをそっと地面におき、身を低くすると、ポケットにそろそろと手を入れて、アドニスがいちばん喜びそうな野菜をつかんだ。

アドニスはじりじり近づいてくる。ゆっくりと、よくよく考えて動いているようだ。のどから出す低い音がジョーゼフの耳にとどく距離まで来た。ジョーゼフも反射的にまねしてのどから声を低く出し、鉄柵の外でうまくいったことをここでも同じ手順でやってみる。もう、すぐ間近にいる。アドニスの呼吸のひとつひとつがジョーゼフの耳にきこえ、歩くたびにふるえる地面の震動が足の裏に伝わってくる。

顔をあげて、近づいてくる様子を見てみたいという衝動にかられるが、それはしてはいけないことだった。あくまで従順に、王に食事をとどける召使いの役をまっとうしなければならない。ジョーゼフは頭を低く固定したまま、アドニスの呼吸に自分の呼吸を合わせて片腕をあげ、にぎりしめた野菜をささげる。

アドニスはすぐにはとろうとしない。そこへ顔を近づけて、鼻をくっつけるようにしてにおいをかいでいる。

ジョーゼフは野菜をつかんでいる手をひらいて、皿のようにした。

アドニスはもう一度においをかぐ。さらに二度、三度とにおいをかいでから、満足したようにふんと鼻を鳴らし、ジョーゼフの手から野菜をとった。指ではなく、口をつかった。舌がジョーゼフの手のひらにふれたと思ったら、野菜は口に吸いこまれた。

ジョーゼフの全身を興奮がかけめぐる。アドニスがこんなことをするなんて、信じられなかった。ミセスFにもしたことがない。それがまたジョーゼフをさらに興奮させる。もっと食べさせようと急いでポケットに手をつっこみながら、アドニスがおどろいて身をひかないよう、動作をゆっくりにする。

ジョーゼフはポケットのなかに、カブの切れはしがあるのを見つけた。自分なら、こんなものを食べるのはごめんだったが、アドニスにとってはごちそうで、間をおかずジョーゼフの手からもらった。今度もまたさっきと同じように口で吸いとり、その瞬間アドニスの舌がジョーゼフの指をくすぐった。笑い声があがりそうになるのを必死にがまんする。ミセスFやシドや役所の人間を大声で呼んで、いまここで起きていることを見せてやりたい。この命は、おれらが守ってやらなきゃいけないんだと教えてやりたい。

三つ目を食べてしまうと、アドニスはジョーゼフの横に腰をおろし、四つ目はとりだし

38

てくれるのを待つこともせず、自分でジョーゼフのポケットに指をつっこんだ。まるで、並んだ料理から好きなものをとって食べるビュッフェ形式の食事のように。

「おい、くすぐったいよ」

思わずジョーゼフは声に出してしまった。しかしアドニスは気にもしない。最初のポケットをからにすると、今度は反対側のポケットにまで腕をのばして、そちらをさがしはじめた。目の前にあるアドニスの腕を、ジョーゼフは手のひらでそっとなでてみる。毛はかたく、年齢を感じさせるものの、それと同時に温かい。さらにうれしいのは、アドニスが、なでるのをやめさせようとせず、さわられても反応しないことだった。

ジョーゼフもアドニスのとなりにすわった。アドニスが野菜を好きなだけ食べるあいだ、ジョーゼフはとなりにすわる動物の存在感に圧倒されながら、ゆっくりと、極力慎重に、友人の食事風景をちらりと盗み見るのを自分にゆるした。

ふたつのポケットはあっというまにからっぽになり、ジョーゼフはここで再び恐怖にかられる。もう食べるものがないとなったら、アドニスはどういう行動に出るだろう？　怒るか？　それともあばれるか？

ジョーゼフの頭に真っ先に浮かんだのは、逃げることだった。しかしダッシュして逃げるには出口はあまりに遠く、アドニスの思うがままにされるのはまちがいない。

ところが、ジョーゼフのポケットにもう何も入っていないとわかると、アドニスは長く低いため息を一度、二度とつき、それからゆっくり腕をあげて、ジョーゼフの顔を両手ではさんだ。

ジョーゼフの心臓が小太鼓のように鳴りひびき、その小太鼓がいまにも爆発しそうになる。アドニスがジョーゼフの頭をポンポンと軽くたたいたのだ。それも片手ではなく、両手で。そのやさしい仕草に、ジョーゼフの目に涙が盛り上がる。アドニスにあごを持ち上げられ、涙は頬に流れていく。と、ジョーゼフのおでこに、アドニスのおでこがくっつけられた。信じられないことが起きた。おでことおでこがくっついたのはほんの数秒だったが、ジョーゼフにはそれよりずっと長く感じられた。

アドニスの目を見ると、瞳がオレンジ色に燃えている。それを見つめながらジョーゼフは、これまでの人生でめったに経験したことのない、心の安らぎを感じていた。何もかもだいじょうぶだと、アドニスの瞳がいっている。

しかし、感じたときと同じように、その瞬間はまたたく間に終わった。最後にもう一度ジョーゼフの頭をポンとたたくと、アドニスはその場をはなれ、自分の安全な小屋へひきあげていった。逃げ道はもう安全だ。追いかけられたり、おそわれたりする恐怖とはまったく無縁の場所に、いつでももどることができる。それでもジョーゼフは動かない。

自分と友とのあいだにたったいま起きたことを、心ゆくまで味わっていたかった。

39

しかし、ミセスFの家に帰れば、そんな心温まる関係は望めなかった。父親の死の知らせにショックを受けて、自分がひたかくしにしていた思いをミセスFにぶちまけてしまった。傷口に塩をぬったようなもので、もうそれ以上の痛みはごめんだと、ジョーゼフは自分のまわりにずっと高い壁をはりめぐらしている。

そんなジョーゼフに元気を出させようと、ミセスFはたくわえと物々交換によって得た材料で、ケーキをこしらえる準備をととのえていた。

「いっしょにつくるってのも、いいんじゃない？」

夕食のあとで、ミセスFがさそいをかけた。ジョーゼフは手を泡だらけにして皿を洗っており、それをきいて、追いつめられたような気分になった。

「まあ、あんたの気がむけばってこと。いい機会になると思ってね。つくりながら……話ができるんじゃないかって」

しかし不思議なことに、口ではそういいながら、もっと別にいいたいことがあるように、ミセスFはそわそわしていた。

ケーキづくりはもちろん命令ではない。このご時世にケーキなどめったに口に入るものではないのに、くちびるをぎゅっと閉じているジョーゼフに、ミセスFは無理強いはしなかった。代わりに暖炉の前にひき返してすわり、例によってパチパチと、音だけは威勢のいいみじめったらしい火を、所在なげにつっついている。

それだけでなく、この一週間で、ミセスFがずいぶん変わったのに、ジョーゼフは気づいていた。まるでミセスFのほうも、まわりに高い壁をはりめぐらしているようなのだ。いったい何を守っているのだろう。さっぱりわからない。

じっと見られているのにジョーゼフが気づく瞬間が何度かあって、そんなときミセスFは、言葉が舌の先まで出かかっているように見える。しかしそうだとしても、それをすぐのみこんでしまう。

その結果、家のなかには、居心地の悪い妙な緊張感と、ヒトラーはこれからも圧力をかけ続けると知らせるラジオの音声がただようばかり。どちらも口をひらこうとはしない。ジョーゼフは二階の自室にこもって、いつ家に帰されるのだろうかと、そればかり考えている。いまにもミセスFから、出ていくように指示が出されるような気がしていた。

そのときも、階下で緊張のうちに夕食を終えたあと、ひとり自室にこもっていた。すると、ドアをそっとたたく音がした。ジョーゼフは目をごしごしやりながら、そのやさし

39

いノックの音にとまどっている。ドアをあけて、へりからのぞくと、そこにミセスFが、ガウンの胸元を両手できっちり合わせて立っていた。

「ああ、起きていたんだね」

ミセスFにいわれてジョーゼフはうなずいた。

「ちょっとおりてきてくれないかと思って。あんたに話したいことがあるんだ」

ジョーゼフは肩ごしに室内をふり返り、おりていけない言い訳をさがす。何も見つからなかったので、ミセスFのあとについて階段をおりていく。何をいわれるかは、もうわかっていた。

「あのさ、いいにくいことを、わざわざいわなくていいから。おれ、もうわかってるし」

いったあとで、ジョーゼフは急いでそこにつけくわえる。

「もう荷物はまとめてあるから」

うそだったが、見破られることはない。

ミセスFがテーブルの横を過ぎていく。そこでジョーゼフは、はっと気づいた。まだおれを追い出そうというわけではないらしい。テーブルはわずかなすきまもないほどに、紙のパッチワークでびっしりおおわれていた。手紙、写真、電報。すべてあの謎のブリキ缶から出したものだ。

「わたし、わかったの」ミセスFがかすれ声でいった。なんだか心細そうだ。

「わたしはあんたに対して、完全に正直じゃあなかった。あんたはつらい体験をした。おとうさんのことだけじゃなく、おかあさんのことだってある。それを思えば、わたし自身についても、何かしら真実を話さないと、ずるいんじゃないかって。真実を話せば、あんたの助けになる気がしてね」

「アドニスのこと？」

ききながら、そうじゃないと確信している。おびただしい数の紙類はすべて古びて色あせている。

「そうじゃない、わたしのこと。わたしの家族について」

家族？　兄や父の話ならきいたことがあるものの、テーブルに並んでいる写真にそれらしき人たちがいないのは一目でわかる。ジョーゼフはいちばん近くにある写真に手をおろしてとりあげた。その瞬間、ミセスFはうっと顔をしかめた。

「これは、ミセスF？」

目を細めて写真を調べるように見ながら、似ているところをさがす。

「ちがう、ちがう」

そういって、ジョーゼフの手から写真をとり返そうとする。まるでこの子に見せたのはまちがいだったというように。

「この年頃の自分の写真なんて、ないよ」

「じゃあ、だれ？」

見ればおいてある写真のほとんどに、その小さな女の子が写っている。

「わたしの娘」

ジョーゼフは反射的に笑い声をあげそうになったものの、おどろきをひっこめていう。

「でも、娘なんていない。もう大人になったの？」

そういって、ジョーゼフはテーブルのあちこちに目を走らせるものの、成長した女の子が写っている写真はなかった。

「つまり、何か事情があって、ここには住めないってこと？　そうでなかったら、おれだって会ってるはずだろ？　看護師か何かで遠くに行ってるとか？」

ミセスFはすぐには答えず、別の写真に手をのばした。それには小さな女の子の姿はなく、男と女がひとりずつ写っているだけで、その女がだれであるかは一目瞭然だった。手に負えない爆発したような髪の女。

「ウィルフに会ったのは十五歳のとき。ダンスの会場だった」

話しながらミセスFは、心だけ部屋の外へ飛んでいってしまったようだった。

「その夜にいっしょにダンスをしたわけじゃない。どっちもシャイだったからね。でも、あの人がわたしを見ているのはわかった。仲間たちが彼のわき腹をひじでつっついて、『おい、行ってこいよ』って、そそのかそうとしているのがわかった。でも、わたし以上に彼ははずかしがり屋だったから、結局帰り際にクロークでコートを受けとるときに、わたしからあいさつをした」

ミセスFはそこでようやく写真から顔をあげた。頬が真っ赤になっていて、居心地が悪そうだ。

「おっと、ばかな話をしてしまったね」

声に冷ややかさがもどってきた。思い出の品をさっと集めて、ひとつの山にする。

「そういうことは、どうでもいいんだ」

しかしジョーゼフにはそう思えなかった。

「どうでもよくなんかない。もうかくしごとはしないんだろ？　あなたが写真のその人を見る目からすると、本当に愛していたんだってわかるよ」

「すぐにそうなったわけじゃない」

なんとかジョーゼフと目を合わせていった。

「会ってすぐ愛したわけじゃない。本当はそうするべきだった。愛していない時間がもったいなかった。結局、わたしたちがいっしょにいられる時間はごくかぎられていたんだからね。

デートにさそわれても最初は断ったんだ。すると彼は作戦を変えた。それから一週間、玄関前の階段に毎日花をおいていった。ダンスのときに、わたしがドレスにつけていたのと同じ花を。メモもカードも何もついていなかったけど、彼だってわかった。それで最終的にはイエスといったんだ。兄がしょっちゅうからかってくるのをやめさせたかったっていう、ただそれだけの理由でね。それで、あの物好きは、花束をかかえて、わたしをむかえにやってきた」

ジョーゼフはロマンチックなほうではない。なんといってもまだ十二歳なのだ。それでも、いまきいている話が、ミセスFにとってどれだけたいせつなことであるかはわかる。

「いずれ結婚するだろうなって、わたしは思っていた。そういうのって、わかるものなの。あんたもそのときが来れば、きっとわかるよ。でも、もしあのとき戦争が起きなければ、あんなにあわてて結婚はしなかった。入隊したその日に、彼はわたしにプロポーズをしてきたんだ。たぶんそうすることで、戦場へ行くというショックをやわらげようとしたんだろうけど、はっきりいって、ばかだったよ。わたしも彼も、その先にどういうことが待っているか、よく考えもしなかったんだから。若い男が入隊するのは、冒険に出かけるようなもので、戦争なんて数週間もすれば終わるって、あのときはみんなそう思ってたんだ」

ミセスFはまた別の写真をとりあげた。

「これは結婚式の日。一九一四年十月二十六日」

ミセスFの顔に、幸福感と傷心がないまぜになった表情が浮かんだ。

「しかし、若すぎたね。まるで父親の軍服を借りて着ているみたいだよ。服に着られちまってる」

本当に若く見えた。このウィルフという人も、戦場で初めてライフルを手にしたとき、おれと同じような感情がわきあがったのだろうか。

「すぐに戦場に行ったの？」

「まあ、それに近いね。訓練を終えるまでの数週間はいっしょにいられた。うちにひっこしてきたんだ。妙な感じだったよ。妻になるっていうのは。だってまだベッドの足もとには人形が転がっていたんだから。でも、妙といったら、その彼がそれっきり、ふいにいなくなってしまったことのほうが、段ちがいに妙な感じがした」

「彼から手紙は来た？」

ミセスFがまた笑顔になった。

「うん。しょっちゅう書いてくれた。でもね、じきに手紙の到着が変則的になった。一週間に二通とどくようになって、日付を見ると、書いた日が一か月もはなれている。そのあとは、何週間待っても返事が来なかった。つらかったねえ。ものすごく重要な手紙を出してあって、それにどう彼が反応を返してくるか、ずっとずっと待っていた」

「何を書いたの？」

「子どもを授かったって」

そこで一拍間をおく。

「打ち明けるまで、三か月は待った。何かまちがいがあるといけないからね。それに、とにかく戦争が早く終わってほしかった。そうしたらじかに彼に伝えられるから。顔を見て話したかった。むこうにも、わたしの顔を見てきいてほしかった」

「じゃあ彼、喜んだでしょ。そういう手紙がとどいたら？」

その質問に、ミセスFは息をとめられたような顔になった。

「とどいたのかどうか、わからない。返事は来なかった。数か月も音沙汰なし。そうして、あと五週間で生まれるというときに、電報がとどいた。彼の所属する連隊が戦闘でやられたって。彼は戦死したと知らせてきたんだ」

それをきいて、ミセスFだけでなくジョーゼフも息がとまりそうになった。人ごととは思えない。同じ知らせを受けとったときの、あの痛みがぶり返してきた。

「どうしていわなかったの？　とうさんの戦死をおれに知らせるときに」

「いえなかった」

顔をあげずに悲しげにいった。

「わかってる。話すべきだった。真実はさらけだすべきだと、あんたに偉そうにいったわたしだ。でもね、ジョーゼフ、このことは胸の奥深くに、ずっと長いことうめておいたから、もうそこから言葉をとりだせるとは思えなかった。とりだせば、またつらく苦しい日々がやってくる」

「話してくれたらよかった。気持ちはわかったと思う」

「そうだよね」ミセスＦがため息をついた。

「でも、失ったのはウィルフだけじゃないんだ。写真を見ただろ、わたしたちの娘……ヴァイオレット。いい子だった。何しろ彼の忘れ形見で、わたしにとって何よりたいせつなものだった。目だけは似ていなかったけど、それ以外はもう全部父親の生き写しで、その子を見るたびに、そこに彼の顔が重なりあう。つらかったけれど、それでもあの子がいたから、わたしは生きていけた。この子のために悲しみと戦って生きていこうという気になれた」

「それで、その子はどこにいるの？」

「娘も、とられてしまった」

　言葉のひとつひとつから、ミセスＦの顔に刻まれたしわの一本一本から、悲しみがにじみでている。

「そんなにすぐじゃ、なかったよ。そのうち歩けるようになった。しゃべるようになった。わたしの人形で遊ぶようにもなって。でも四歳のとき、インフルエンザにかかったんだ。何千人もかかった疫病だ。ヴァイオレットは病気に好かれちゃって、わたしが何をしようと、やつはあの子を放そうとしなかった。とことん戦ったけど、最後はやつが勝って、あの子も死んでしまった」

39

話をききながら、ジョーゼフにはミセスFの気持ちが痛いほどわかった。それでも、かける言葉は見つからない。

「ごめん」

それだけいうのがやっとだった。

「何いってるの、あやまらなきゃいけないのは、わたしのほう。だって、あんたがここに来てから、過去がぶり返してきたようで、ずっといらいらしていたんだから。あんたのせいじゃないんだ」

それから急いでつけくわえる。

「もう何年も、こういった過去は完全に封印していた。最初は壁に写真を飾ったままにしておいたんだけど、耐えられなくなってね。ふたりはもうここにいないっていう、その事実を胸につきつけられるようで。だから缶にしまって、見えないようにした」

「それでつらさはやわらいだ？」

「そうだね、悲しみは感じなくなった。でも代わりに怒りがわいてきた。いつでもどこでも、激しい怒りに胸を焼かれていた。でも、缶のなかの写真や手紙を見ることで、怒りをコントロールすることができた。家のなかを歩くわたしのあとを、ふたりがいつでもつけてくるようなことはなくなったから。だけど……それから、あんたが現れた」

「それも、ごめん」

「あやまる必要なんてない。あんたのせいじゃないんだ。ききたくないかもしれないけど、事実だからしょうがない。わたしはあんたのおばあさんにとても世話になったんだ。ヴァイオレットが死んで、わたしは正気を失った。妙な物が見えて、妙な声がきこえるようになった。家族はそれにひどくおびえて、わたしを病院に入れた。そこで、あんたのおばあさんに会ったんだ。

　彼女はそのとき看護師をしていて、わたしの担当だった。帰国した兵士たちは身体を負傷しているだけでなく心も病んでいた。戦争の体験が悪夢となって彼らを苦しめて泣きさけぶんだ。それでそういう兵士たちを助けるために全国から看護師がかき集められた。

　自分が彼女に何をいったのか、あまり覚えていないんだけど、あの人は決してわたしを見すてなかった。こちらの話に耳をかたむけて、話し相手になってくれて、わたしを治す方法が見つからなくても、歩み去ったりはしなかった。あの人がいたから、わたしは生き返った。ほかのどんな医者より、あの人の力が大きかった。だから、約束した。あなたが必要なときに、わたしはいつでもお返しをするって。そのお返しが、あんたを預かることになった、というわけ」

「そいつは本当にラッキーだったね」ジョーゼフは皮肉たっぷりにいった。

「こりゃ手ごわいやつが来たなって思ったよ。けど、手ごわいのはあんたばかりじゃない。わたしだってそうだった。あんたが駅に到着したとき、わたしはもう一度人の親になる

39

準備ができていなかった。また新たな子どもの世話をする心の準備がね。缶をあけて、自分にも失った家族がいるのを思い出すなんて、もうずっとやっていなかったからね」

「じゃあ、おれがここに来たことで、なおさらつらくなったとか？」

「そうだね」ミセスFが悲しげに笑った。

「最初はそう。本当に苦しくてたまらなかった。でもそれと同時に自分がどれだけつかれているのか気がついた。強い怒りを四六時中胸にかかえて毎日暮らしていくのが、どれだけつかれることか。あんたにもそれはわかるでしょ？」

ジョーゼフは何もいわないが、よくわかっていた。

「それで決めた。これからはもう、かくすのはやめようって。だからあんたに話す気になったの。だって、もうつかれるのも怒るのもうんざりだから。あんたにだって、もうそんなふうに生きていくのはやめてほしい。わかる？」

ジョーゼフはうなずき、ため息をついた。

「おれは怒ってない。いまはただ悲しいだけ」

「わたしもそう。で、それでいいんだと思う。やがて悲しみは去っていく。わたしもあんたも目をそらさず、思うぞんぶん悲しみにひたることを自分にゆるせば」

しばらくどっちも何もいわない。それがジョーゼフにはありがたかった。失ったものをひたすら悲しむばかりの心に、ほかのことを感じる余裕ができたようだった。

とたんに空腹を感じてきた。

「ねえ、ケーキづくりって、実際どれだけの時間がかかるものなの？」

「それはもう、あんたがわたしの命令にどれだけきちんとしたがえるかにかかっている。食料貯蔵室で卵を見つけておいで。いいかい、落としてわるんじゃないよ。王の身代金ほどの価値があるブツなんだからね」

ジョーゼフは何もいわず食料貯蔵室へ歩いていく。口答えする必要はなかった。それに、何かいい返したところで、どうせ勝てないこともわかっていた。

40

死刑執行人がふたりでやってきた。

ひとりは背中にライフルをしょった軍服姿の男で、もうひとりは灰色のスーツを着たイタチのような男。スーツはまったく身体に合っていないので、スーツのほうが男を「着ている」といったほうが正しい。まるで父親のタンスの中身で着せ替えごっこをしている子どものようだった。

彼らがやってきて数分もしないうちにジョーゼフは気づいた。スーツを着た男は、これまでにミセスFのような人間を相手にしたことが一度もないにちがいない。これが何よりも、彼の破滅につながった。

この男たちが到着したとき、ジョーゼフは柵ごしに、アドニスに夕食を与えていて、それをミセスFがベンチにすわって見物していた。アドニスがニンジンのへたを楽しそうに投げ返してくるのを見て、ミセスFは顔に笑みを浮かべていた。ところが、園のゲートをガタガタやる音がきこえたとたん、ミセスFの機嫌が悪くなった。

「なんだろうね、まったく」

いつものようにぶっきらぼうにはきすてて、ゲートのほうへ歩いていく。けれど、その先に何が待っているか、もうわかっていた。ゲートに待っていたのは総勢ふたり。

「ミセス・ファレリー？」

イタチに似た男が、手にした手紙を大げさな仕草で読みあげる。

「その前に、こっちがききたい。あんたはだれだい？　見たところ、メーターの検針に来たようじゃないらしい」

そういって、兵士のライフルをあごでさす。

イタチが声をあげて笑い、くさりかけた一並びの歯をあらわにした。身体のほかの部分も同じように不健康なら、海外で武器をにぎらずに、ここにこうして立っていても不思議ではない。

「ええ、そのとおりです。メーターの検針でここに来たのならよかったのですが、残念ながらそうではないのです」

「それなら、なんの用？　こっちは、やることがいっぱいあるんでね」

口にしがたいことをやりに来たというなら、この男の口にそれをいわせたかった。

「わたしの名前は、イングルフォード。役所から参りました。いいにくいことですが、この住所に居住する危険動物に関して、現在進行中の問題に対処するというのが、本日の用件でして」

「〝危険動物〟ときましたか」ミセスFはいって、ジョーゼフににやっと笑ってみせる。

「そんなふうにいわれるなんて、生まれて初めてですよ」

それから男にむき直っていう。

「わたしの住所はここじゃなく、歩いて二十分先にある家ですよ」

また笑い声があがった。今度はふてぶてしい感じの笑いに変わっている。

「なるほど、それもおもしろい。しかし目下の問題に注意をもどしましょう。あなたのもとには、すでに書状が再三送られている。それすなわち、危険なゴリラが少年におそいかかった、数週間前に起きた事件に関する勧告です」

ジョーゼフは眉をひそめた。それすなわち？　なんとものものしい言い方をするのか。

この男はここに来る前に旧約聖書でも読んできたのか？

「ええ、受けとりましたよ」

「それで、のみこんでいただけましたかな？」

「ええ、何度も。しかし後味はひどいものでした」

もう男は笑わなかった。

「そうですか、しかし残念ながら、動物の移送先を見つけるという期限はとうに過ぎております。そうなると、われわれの力で、この地域の安全を確保するしか、ほかに手はありません」

とうとう相手は墓穴をほってしまった。ミセスＦが反撃するのに必要な材料が、これですべてそろった。

「安全を確保？　檻のなかにいるゴリラの息の根をとめれば、この町の安全が確保できると、本気でそう思っているんですか？」

「いや、それは――」

「ひょっとして、あんた、あれかな。この一年、ずっと眠って目をあけていないとか。あるいは、自分の小さな巣穴で背を丸めて、タイプライターで愚にもつかない手紙をせっせと打っていたから、アドニスとはなんの関係もない、本物の危険に町が直面しているのに気づかなかったとか」

「奥さん、サルが攻撃――」

「サルじゃなくてゴリラだ。シルバーバックゴリラ」

ジョーゼフが口をはさむと、よくやったというように、ミセスFがほこらしげにうなずいた。

男は攻める方向と言葉を変えた。

「そのゴリラが少年を攻撃したのです。そして、もしそこに神の意志が働かなかったら、少年はあっけなく命を落としていたかもしれないのです」

「少年が危険な場所に侵入したんです。それも事件が起きていたとき、この場所は一般には閉ざされていた。ほら、見てください。ゲートの上にはっきりと、ここがどういう場所だか、書いてある」

ジョーゼフは男が看板を見あげないよう願った。この男なら、おや奥さん、「Z」の文字が欠けていますよなどと、おせっかいなことをいいかねない。

ミセスFはそんなことは気にせず、先を続ける。

「その少年は愚かにも、それを無視して塀を乗りこえて園内に侵入し、ここにいるジョーゼフを痛めつけようと考えて、ゴリラの檻に近づきすぎてしまったんです」

「警告の看板があってしかるべきです。見物人が檻とのあいだに安全な距離をおけるように、鉄の手すりでも設置するべきでしょう」

「ええ、ありました。両方ともにね。看板はまだあって、ここからだって見えます。手すりのほうは、戦争に必要だっていうんで、持ち去られてとかされました。わたしの知るかぎり、それが人目にふれたのは、フランスの戦場でナチスに発砲されたときが最後でしょう。だから動物園は閉園中なんです。だからゲートは施錠されている」

「ミセス・ファレリー、お願いです」男はため息をついた。「なかに入れてもらえませんかね？　こんなふうにゲートをはさんで言い争っていちゃ、外聞が悪い」

　ある種の人間には、こういう忠告も効いただろう。しかしミセスFにおいては、人目などまったく気にはならない。

「いいたいことがあるなら、そこからどうぞ。なかには入れません。何があろうとも。今日だけでなく、いつ来てもそうです」

「奥さん、お願いです。こちらもそうですかといって、あっさりひき下がるわけにはいかんのです。じつのところ、問題の解決は……ほんの一瞬ですむのです」

　そういって、自分の後ろを手でさす。兵士というより、兵士が肩にさげているライフルを示している。

「そこからうって、当たるでしょうかね」

「射程距離に問題はありません。このわたしが保証します」

「いや、無理です。見えないものは撃てやしない」

「すみません、意味がわかりません」

「じゃあ、こういえばわかるかしら。そのライフルでわたしの動物を撃ちたいというなら、どんな弾も、まず最初にわたしの身体を通過しなければいけない」

「おれの身体も」ジョーゼフが口をはさみ、胸を大きく張った。

「ミセス・ファレリー、何をおっしゃるんです！　そうでなくても、この町はすでに多くの死であふれかえっているんです」

「まったくそのとおり。だから、今日そこに、あなたがもうひとつの死を追加するなんてことはありませんよね」

男は芝居がかった調子でふーっとため息をはいた。

「それじゃあ、残念ですが明日また参りましょう。もしそのときも、なかに入れてもらえないようでしたら、こちらは強硬手段をとらせていただきます」

「そうですか、今から楽しみにしています」

ミセスFはそういったが、その場を立ち去ろうとはしない。それどころか、どちらの男でも檻に一瞬でも視線をむけそうになったら、自分とジョーゼフのふたりでことごとく遮断しようと心に決めているようだった。これに気づいて、男はジョーゼフのほうにため息をついてみせた。きみも大変だなというように。

それから恩を着せるように、ずかずかと歩み去る。敗北感のせいで、スーツがよけいにだぶついて見えた。

役人たちの姿が視界から消えるまで、ふたりともじっとだまっている。

「これでよかったんだよね」とジョーゼフ。

「さあ、どうだろう」とミセスF。

ジョーゼフはミセスFが歩み去るのを見守った。足をことさらゆっくり運び、背を丸めている。まるでジョーゼフとアドニスだけでなく、この町の重みを全部背負っているような、そんな歩き方だった。

41

連中は、やぶからぼうに、怒りをたぎらせてやってくる。

群れでおそいかかり、手はじめに家を一軒一軒つぶしたあとで、通りをいっぺんに火の海にする。それでも満足せず、どこかにまだ息をしているものがないか、目を皿のようにしてさがし、あらゆる命の火を吹き消していく。

最初の爆発で、ジョーゼフはベッドからつき落とされた。二発目は立ち上がったときに爆発し、天井からわれたしっくいがバラバラ落ちてきて、壁が恐怖にうめいた。空襲警報はいつものように鳴ったが、ナチスのあげる轟音に完全に食われて、ほんの申し訳程度の警告しかできない。

ジョーゼフは恐怖を感じた。おそらく、それまではまひしてしまっていたのだろう。爆弾が落ちるのはいつも遠くで、花火のようにあがる炎を見つめることに慣れてしまい、本物の恐怖を感じたことはなかった。

しかしこれはちがう。耳をつんざくような、ものすごい音がひしめいている。壁が次々と倒れる音と人々の悲鳴。階下ではツイーディがひっきりなしにほえ立てている。

ズボンと靴下を急いで身につけ、階段のおどり場へ飛びだしたものの、ミセスFの姿はどこにもない。ふだんなら、まず階段のてっぺんで、ゴワゴワしたウールの帽子のなかに爆発している髪をおしこんでいるミセスFと顔を合わせる。しかし今夜はそうじゃない。ミセスFの寝室のドアがあいていて、カバーがきちんとかかったベッドが見える。乱れた形跡はまったくない。

ジョーゼフは大きな音を立てて階段をかけ下りる。二段飛ばしで、最後の三段は一気に飛び下りた。キッチンのドアをあける必要はなかった。また新たな爆発が起きて壁がふるえ、ドアが勝手にあいた。そのむこうに予想もしない光景が広がっていた。

キッチンのテーブルの上がミセスＦのブリキ缶の中身でおおわれている。その上にガラスのタンブラーが横倒しになり、赤い液体が書類にこぼれるなか眠っているミセスＦがいた。テーブルに頭をのせて両腕を顔の左右に広げ、左手に丸めた紙をにぎりしめている。

室内で生気を発散しているのはツイーディだけだった。キャンキャンほえながら、椅子の脚の障害コースをくぐりぬけては飛び上がり、ときどき脚をとめて、女主人の生気のない身体をつっついている。

一瞬、死んでいるのではないかと思い、ジョーゼフはぞっとした。こぼれている液体を血だと勘ちがいしたのだ。しかしそれからすぐ恐怖はやわらいだ。ミセスＦの顔にかがみこみ、赤く染まってべたつく髪を頬からはがすと、その刺激で何かが目覚めたのか、ゴホゴホと水っぽいせきをした。酒くさい。

死んでない。死んだように酔っぱらっているだけだ。

また新たな爆発が起きた。今度はさっきより近く、照明がチカチカ点滅して、壁が振動した。眠っているミセスＦはそれにもまったく動じないが、ジョーゼフとしては動じてもらわないと困る。それもいますぐ。いつ壁が倒れてくるかわからないのだ。

「ミセスＦ？」

小声でささやいたあとで、どうして声をしのばせないといけないのかと思う。ナチスがきいているとでもいうのか？

ジョーゼフは大声でどなったが、効果はない。ミセスFの目はまだつぶられたままだ。ゆさぶってみたが、肩はずしりと重たく、死んだように動かない。

「ミセスF、起きて、起きてよ。やつらが来てるんだ。空襲なんだよ！」

いったいどういうことだ？　いつ空から爆弾が落ちてくるかわからない状況で、どうしてこんなになるまで飲んだんだ？　いつものミセスFらしくないのは、あきらかだった。

身体を起こしてまぶたをこじあけてみる。こちらの姿が見えているのに、見えないふりをしているのだとしたら、すごい演技だ。

また新たな爆発。また近づいている。ジョーゼフは完全なパニック状態に陥った。

これまでの夜はいつでも、本当に自分の身に爆弾が落ちてくることはないと高をくくっていた。ミセスFのずぶとい精神も、そんなジョーゼフの思いこみに加勢していた。ミセスFの家をぺしゃんこにするなど、さすがのヒトラーでもできないだろうと、勝手にそう思っていた。けれど、こんな姿のミセスFを見つけたことで、ジョーゼフの認識はがらりと変わった。だれも守ってはくれない。家も、自分も……動物園も。

動物園！

その場所のことを思っただけで、ジョーゼフの背筋がぴんとのびた。もしミセスFが酔っぱらって動けないのなら、だれがあそこを守るんだ？　とうとう檻に爆弾が落ちてきて、アドニスが町に放たれたらどうなる？　バートのコートをびりびりにひき裂くぐらいでは、

41

到底ことはすまされない。

ミセスＦを起こさないと。酔いを覚まして通りを歩かせ、ライフルを持たせて檻の番をさせないと。必要なら手おし車にのせて運んでいってもいいが、まずはミセスＦを立たせるのが先決だ。立たせようとして、ふとジョーゼフの注意が別のものへひきよせられた。

写真。あれをなんとかしないと！

大急ぎでかき集めて、ブリキ缶のなかにもどし、爆弾が落ちてきてもだいじょうぶなようにする。それからミセスＦの上体を起こしにかかるものの、首がすわったと思ったら、今度はがくんとのけぞり、天井にむかって意味不明の言葉をはきだした。

ジョーゼフはきいていない。

「ほら、ミセスＦ！」耳の奥にむかってどなる。

「動かなきゃいけないんだ。しっかりして！」

しかしジョーゼフがどんなにがんばっても、ミセスＦの重たい身体を動かすのは不可能で、本人もきっぱりと目覚めることを拒否している。

ジョーゼフは助けを求めることにして、裏庭に飛びだした。バタバタと防空壕にむかって走っていき、ひきちぎらんばかりの勢いでドアをあけた。

「助けて！」

先に逃げこんで奥のほうでしゃがんでいる三つの人影を見つけてジョーゼフはさけんだ。

「どうしたの？」トワイフォード夫人がいった。

「ミセスFが……気を失っていて、おれじゃあ動かせないんだ」

アルコールのことはいわないでおく。すでにミセスFをよく思っていない相手に、さらなる非難の材料を与えたくない。シルヴィーは動こうとしなかったが、妻にドンとおされた夫が立ち上がり、その数秒後には、ジョーゼフといっしょにキッチンにいた。

「いったい、どうしちまったっていうんだ？」ミスター・トワイフォードがきく。

「わからない。こんな状態になっているのを見つけて、おれじゃあ動かせなかった」

幸いなことに、ミスター・トワイフォードには動かすことができた。それでもそうとう苦労をしているようで、ビーツの根のように真っ赤になった顔を闇にかくしている。ジョーゼフはまるでそのなかに戴冠用の宝石でも入っているかのように、ミセスFのブリキ缶をしっかりかかえている。

「この人、病気じゃないわ」

ミセスFにかがみこんで様子を調べていたトワイフォード夫人がいった。ツイーディは主人を生き返らせようと、ひっきりなしに顔をなめている。

「泥酔しているのよ！」

「おれもあとで一杯やるか」

夫がいうものの、ひどく息を切らしているので、何をいっているのか、ききとれたのはジョーゼフだけだった。

さらに舌打ちがひびき、あれこれ質問と非難が飛びかうものの、ジョーゼフは何一つきいていない。耳のなかでまだ爆音がひびくなか、ミセスFを楽にして、身の安全を確保してやることだけに気持ちを集中していた。家のなかではしっくいが落ちてきたが、ここでは泥が落ちてきて、ろうそくに火がついたと思ったそばから、消えてしまう。

ジョーゼフはミセスFを温かくしようと毛布に手をのばした。が、ミセスFの手を毛布の下に入れようとして、貴重な思い出の品の、最後の一枚を忘れていたことに気づいた。その手ににぎりしめられている紙。

それがなんであろうと手放したくないようで、頑固にがっちりにぎっている。しかしそんなに大事なものなら、ジョーゼフとしても、ほかの記念品といっしょに安全に保管してやりたい。死後硬直を起こしたような指を、さらに力を入れてこじあけると、くしゃくしゃになった紙がジョーゼフの手にすべり落ちた。古いものだが、保存状態はいい。格式張った、見るからにいかめしい書類で、どこか恐怖をさそう。

てっぺんに太い文字で、タイトルが印刷されている。読めない。

「これ、なんて書いてあるの?」

ミセス・トワイフォードの鼻先につきだして、文字を指さす。

「えっ?」相手はわけがわからず、とまどっている。

「ここのいちばん上に書いてある言葉。何？　早く！」

「死亡診断書」

ジョーゼフは胸が悪くなった。いったい、だれの？

「どこかに名前、書いてない？　読んでください」

この女に助けてもらうのはまったく気が進まないが、いまはプライドなど気にしているひまはない。ミセス・トワイフォードが光のとぼしいなかで書面を読みだした。

「ヴァイオレットって書いてある……ヴァイオレット・イブリン・ファレリー。死亡年月日は一九一九年三月十四日」

ヴァイオレット。ミセスFの娘だ。だけど、なぜ今日なんだ？　あれほど飲んだくれたのはどうしてだ？

「今日は何日？」ジョーゼフはふいにきいた。

「えっ、いまなんて？」ミセス・トワイフォードがいう。

「日付。今日の日付は？」

「三月十四日」

身体から一気に力がぬけた。今日はヴァイオレットの命日だった。あんな状態になるまで飲むのも無理はない。つい最近、過去をそっくりほり返したばかりとあってはなおさらだ。それでも、あとさき考えずにここまでむちゃをするとは。

怒りたかったが怒れない。ミセスFはだれかに怒りをぶつけたわけじゃない。ただ酔っぱらっただけだ。自分のせいだとジョーゼフは認めるしかない。おれの力になるために、ミセスFは過去の古傷をすべてひらいたのだ。つらい目にあったのはあんたひとりじゃない、ここに仲間がいると教えるために。

そういうことなら、今度は自分がこの人の力にならなきゃいけない。今夜ミセスFができないことを、おれが代わりにやる。動物園へ行かないと。

ミセスFのとなりにひざまずき、すぐ手がとどくところにブリキ缶をおいてやってから、酒のにおいを無視して、耳もとでささやく。

「もう行かなきゃ。でももどってくると約束する。アドニスのことが終わったらすぐに」

アドニスのことといって、それが具体的に何をさすのか、ジョーゼフは自分でいってよくわからなかった。それは状況次第。敵の爆撃機がどれだけ怒っていて、どれだけ正確に爆弾を落とすかにかかっている。

深く息を吸ったら、いきなり現実が見えてきた。いったいおれはどうするつもりだ？もし爆弾が動物園に落ちてきたら？

「ミセスFの世話を頼みます」

ジョーゼフは夫婦にあとを託した。

「それと、ツイーディも。もしできたら」

夫人の抗議が耳にとどく前に、ジョーゼフ・パーマーは防空壕のドアをぬけて、地獄の入り口へまっすぐ飛びこんでいった。

42

悪魔が伴走している。動物園へむかって走るジョーゼフの足もとで、悪魔の投げる爆竹がはじけ、炎が顔をじんじん熱くする。

次々と目に飛びこんでくる、むごたらしい破壊の跡。これまでジョーゼフがいくら攻撃的になって心が荒れたといっても、これはもう次元がちがう。

どこまで走っていっても、同じ光景がくり返されるばかりだ。爆発、がれき、煙。空は赤、オレンジ、白と色を変えて、夜であることを忘れてしまう。

世界が終わったような気がするが、それでもジョーゼフは走るのをやめない。

走りだして数分たったところで、自分といっしょに走っているものがいるのに気づいた。悪魔がいっしょなのは最初からわかっているが、それ以外に、四本脚の動物も、後ろからかけてきていて、ジョーゼフが角を曲がるたびに距離をせばめてくる。

動物園まであと数キロのところまで来ると、ふいにツイーディに追いこされた。こちらに目をとめるひまも、足をとめる機会も与えず、何がなんでも自分が先に到着するというように、あっというまに走り去った。それでジョーゼフの足にも拍車がかかった。すでにつかれ以外何も感じられないほど、へとへとになっている。しかし恐怖は別だ。走りながら、目の前で世界がくずれていくのを見ているのだから当然だ。それでもそこに意識をむけすぎると、動物園に到着する前に恐怖にのみこまれてしまう。それだけはさけなければならない。ミセスFがゆるさない。自分だってゆるさない。それでジョーゼフはかかとをなめる火を無視して走り続けた。そこらじゅうで家が焼け落ちている。

がれきが落ちてくる寸前に気づいて、あわててコースを変える。

強風に身体がむち打たれるものの、それが爆風なのか、突進してくる爆撃機のプロペラが起こす風なのか、わからない。どうでもいい。なんであろうとかまわない。肺が空気を吸いこんで、足が道をふみ続けられるかぎり、ヒトラーであろうと、その手下であろうと、おれをとめることはできない。

とうとう着いたものの、施錠されたゲートが悪いニュースを知らせる。あわてるあまり、ミセスFから鍵をもらってくるのを忘れた。

けれどもツイーディはこんなところでとまらなかった。どうにかしてなかに入りこんで、そこからジョーゼフにむかってほえている。早く来いというように。

バート・コナハンが塀を乗りこえた、あのしゃくにさわる夜を思い出す。バートにできることなら、おれはもっとうまくやれる。もっと早くやれる。

二分後には、ジョーゼフはツイーディといっしょに走っていた。左ひざをすりむいたが、町が受けている傷を思えば、なんでもない。負傷ではなく勲章と思おう。

とにかく事務所へたどりつくのが先決で、そこでライフルをつかんだら、むかうべき場所へむかうのだ。

ライフルの重みを腕にずしりと受けた瞬間、自分の担う仕事の重みを実感した。そのときになって初めて、一度とまって、真剣に考える。

できるのか？　ついに爆弾が落ちてきて、アドニスの檻を破壊したら、おれは本当に引き金をひけるのか？　わからない。判断材料がまるでない。行かなければ、わからない。あそこに立って、友の目をじっと見つめてみるまでは。

アドニスは前と同じ場所にいた。アフロディテが彼を残して行ってしまった檻のなかに、身じろぎもせずにすわっている。目は空ではなく、妻が連れ去られたゲートのあるほうへむけられている。

興奮している様子も、不快に思っている気配もない。ジョーゼフにも、興奮してほえ立てているツイーディにも、一切目をむけようとしない。ジョーゼフはあいているほうの手

42

で、だいじょうぶだと犬を落ち着かせようとするものの、それは逆効果だった。

「おまえもだいじょうぶだぞ」アドニスにむかってどなる。

「おれが守る」

ジョーゼフはじりじりと鉄柵に近づいていきながらバケツに残っていたいちばん大きな野菜をアドニスにやる。いつものように指と指がふれた瞬間、興奮が全身をかけめぐる。もっとやろうと思ったところで、事務所のほうで大きな爆発があり、ジョーゼフの足もとの地面が震動した。アドニスはすぐさまひっこんで、恐怖に咆哮をあげた。

「だいじょうぶだ！　そこでじっとして、動くなよ！」

むだとわかっていても、アドニスに一応そうどなり、事務所のほうへダッシュでひき返す。事務所だけでなく水族館もやられていた。直撃だった。炎が顔に熱い。

どうしたらいい？

三十メートルほどのホースが巻かれておいてあるのが目に入った。反射的にそちらへ走ったものの、手をのばしたとたん、ホースなど役に立たないとすぐ気づいた。まるで大海をティースプーンでかきまわして波を起こそうとするようなものだった。これだけの猛火を消し止めるには、消防車が二台必要だろう。それに、ここにやってきたのは火を消すためじゃない。やるべき仕事は別にある。

汗ばんだ手でライフルをしっかりにぎり、アドニスのもとへ腕を大きくふって走ってもどる。走りながら、自分がこれからやらなければならないことを、よくよく考える。
どこに立てばいい？　ライフルなど一度も手にしたことがない人間が、いったいどれだけ正確に撃てるだろう？　鉄柵に近づいて、そのすきまから銃身をさし入れて撃てば、成功の確率は高くなるだろうか？　そんなばかな。いったいおれは何を考えている？　鉄柵が吹き飛ばされて、初めて引き金をひく。だとしたら、鉄柵の真ん前に立っている自分も打ちのめされて、何もできなくなるじゃないか。

鉄柵の前から十歩ほどはなれたところに立って、つるつるすべるライフルをあごと肩ではさむ。まるでただの棒きれみたいだ。こんなものが武器になるのか？

片目をつぶり、銃身にそって視線を前方にむけ、アドニスをねらう。その動作をしてみただけで、胃に強い衝撃が走った。あごをさらに落として、ライフルの手前にある照門の中心に先端の照星が合うようにする。つぶる目はこっちじゃないと気づき、反対の目をつぶる。だいぶ視界がはっきりしたが、まだぼやけた部分がある。ひたいから落ちてくる汗がさらに視界をじゃまする。ライフルをわきに立てかけておいて、コートのすそで顔をぬぐうと、頭上で爆撃機の轟音がとどろいた。

次の瞬間、また爆発が起きて、気がつくとジョーゼフは地面に投げだされていた。今度はさらに近い。舞いあがるほこりがのどをつまらせる。あまりに熱いので、服を手でバタバタはたく。火がついたと思ったのだ。

呼吸するのも困難なほど煙は濃厚で、のどをふさがれそうになって、あわててガブリと空気を飲みこむ。舌に煙がべったりこびりついた。立ち上がらないと。そうして、どっちに檻があるのか、この混乱のさなかのどこにアドニスがいるのか、なんとかして見極めないといけない。次の爆弾がいつ落ちてくるか、だれにもわからない。それがおれの決意のほどを真に試す爆弾になるのではないか？

身体をまっすぐにしようとするものの、地面はまだかたむいていて、金属を切り裂くような高音が耳をつんざいている。きっとツイーディにも聞こえているはずなのに、やつがいまどこにいるのかはわからない。

ようやく上体を起こせたと思った瞬間、もう一度投げだされた。爆撃機が折り返してきて、炎の毛布を全方面に放り投げていく。

肺から悲鳴をしぼりだしたが、むだだった。投げだされたまま動けず、空がどっちなのかもわからない。もしかしたら、立ち上がるのはむだな抵抗なのかもしれない。また同じことが何度もくり返されるのだったら。

きっとここにいたほうが安全だ。がれきの下にもぐりこんで危険が去るのを待てばいい。しかし、そこでミセスFのことを、あの人にした約束のことを、ジョーゼフは思い出した。横になったままかくれているだって？　だめだ。ミセスFは、そんなことはしない。だから、おれにもその選択肢はない。服からごみをはらい落とし、気力をふりしぼって立ち上がる。正しい場所へ、アドニスの檻のほうへと進んでいく。苦労して歩いていきながら、はっと気づいた。ライフルを持っていない。

ライフル！　どこまでおれはマヌケなんだ？　銃をきちんと持っていることさえできずに、どうして標的に当てることができる？

地面にひざをつき、赤ん坊のようにハイハイしながらさがす。石のとがったへりで指先が切れても気にしない。なんとしてでも見つけないと。

「おいおい！　どこだよ！」

ほとんど泣き声になっている。ふがいなさに目ににじんでくる涙を必死にこらえる。もうさがしてもむだだと思ったとき、右足に何かがからみついた。悪態をついて足をぬこうとして、はっと息をのんだ。からみついているのはライフルのストラップだった！　大急ぎで、がれきのなかからライフルをほりだし、銃身に手をすべらせて、へこみがないか確認する。

どうやら無事のようだが、素人の自分に何がわかる？　もしこわれているなら、逃げ道ができたということだ。どんなに必要に迫られても、こわれていたら撃てない。

やはり本心では自分に引き金がひけるとは思えなかった。年老いた危険なゴリラではあっても、アドニスは自分とミセスFに唯一残されたもの。ふたりが唯一愛せるものなのだ。風景と同じようにジョーゼフの心はあらゆる方向からずたずたに切り裂かれている。いまできるのは、ライフルを手によろよろ歩きながら檻のほうへもどり、万に一つの望みをつなぐだけだった。その瞬間が来れば、きっとどうすればいいか、わかるはずだと。

43

空はまだ怒りを発散している。

呼吸するように爆弾をはきだしながら、ジョーゼフに近づき、近づけば近づくほど、落とす爆弾の数と威力を増していく。

爆弾はかんだかい音で鳴きながら雲に穴をあけ、地面にかみつき、地上にある貴重なものをひとつ残らず食い尽くしていく。大地が震動し、まぶしい光を宙に返して空をまっぷたつに切り裂き、火山さながらに炎を天にふき上げる。世界はまぶしく燃え立っている。炎が大地をなめながら、どんどん近づいてくる。少年に、檻に。

ジョーゼフの顔は焼けるように熱い。炎のせいだけではない。パニックだ。ライフル自体は軽量だが、それがいまは大ハンマーをかかえているように感じられる。

台尻をあごではさみ、銃口を檻にむけた。銃身がふるえる。プレッシャーで細かく震動する腕と、地面に落としてしまいたいという欲求のせいだ。

また新たな爆弾が落ちた。

さっきより近い。

近い。

爆発の衝撃に耳が悲鳴をあげ、思わずつぶった目のあいだから、ためておいた涙がこぼれ落ちた。

どうすればいいかはわかった。それでジョーゼフの心はしばし落ち着いたが、それもほんのつかのまだった。いまはもう安心どころではない。

絶対無理だ。

しかしライフルをおろすことはしない。

できない。ミセスFが同じ姿勢で立って、顔に同じ涙を流している場面が頭のなかに浮かんでいる。ライフルを持つあの人の手も、これから自分が吹き消そうとする命に対するあの人の愛も、一瞬たりともゆるがなかった。

これが戦争だ。地上にいる人間から力をしぼりあげて、そのことごとくを空にいる敵にぶつけさせる。地上の人間にできるのは自分たちに投げつけられたものを投げ返すだけだ。ほかの人間たちをなんとしてでも、ひとり残らず生かしておきたいという一心で。たとえ、その恐ろしい所業で人間を人間たらしめている最後の砦をこわすことになろうとも。

ジョーゼフは嗚咽を飲み下す。それが、胸に充満していた怒りといっしょにぐるぐると渦を巻き、また別の感情を生み出した。名前のつけようがない、生きているうちにもう二度と味わいたくない感情を。

また爆発が起きた。さっきとはまたちがう音だ。今度は何かがわれて落ちる音がし、それからすぐ、ジョーゼフの目と舌が砂ぼこりでジャリジャリした。

あまりよく見えないものの、爆撃機が接近しているのはわかった。闇に目をこらしたら、園内の南はずれに立つ塔から大量の煙があがっているのが確認できた。塔の前の鉄製の檻はもとからからっぽだが、それがめちゃくちゃにつぶされている。

しかし、それで終わりではなかった。耳を聾する金属音が頭上からひびきわたり、それがいま、目の前の檻のなかですさまじい咆哮をあげる動物に戦いを挑んでいる。

パニックになっているのはジョーゼフだけではなかった。アドニスも同じだった。まだ一度も負けを知らない獣が、今度ばかりは敗北を受け入れねばならないのだとしたら、彼の王国を終わりにするのは、この自分だ。なんとしてでもやり遂げなければならない。

めまいを起こしそうな音がして、目を細めて空を見あげると、爆撃機が見えた。ほとんどくつろぐような調子で翼をのばし、あっさりと雲を切り裂いていく。

ジョーゼフはライフルをかまえる。いまこのとき、何よりもほしいのは勇気だ。毎週土曜日の朝に、銃をぶっ放して窮地を脱するヒーローが持つのと同じ勇気を。けれどあれは絵空事であって、自分には銃弾の数もかぎられている。アドニスの息の根を完全にとめるのに、どれだけの弾が必要なのかもわからない。

ジョーゼフは鉄柵に再び銃口をむけ、嗚咽に胸をふるわせる。周囲で炸裂する光がその顔をまぶしく輝かせている。

やらなければならないのはわかっている。引き金をひくのだ。しかし、そのほんの小さな動きを指先に強制できるだけの、確信と力をどこに見いだせばいいのか。

引き金にかけた指にようやく力が入ったと思った瞬間、世界がほえた。

これまできいたことのない、すさまじい音が耳のなかで炸裂する。大勢の人間が耳にしながら、その実態が伝わっていない、死の直前に人が耳にする音。

耳だけではなかった。音は全身に勢いよく広がってジョーゼフの身体を宙にふわりと持ち上げた。そこへ、ちょうどいい位置に来たとばかりに、爆風がとびかかっていき、ジョーゼフの身体を反対方向へ吹き飛ばした。

飛ばされた勢いで服は切り裂かれたが、ジョーゼフの意志は無事だ。

世界が炎につつまれ、悪夢が現実となってのしかかってきても、ジョーゼフは地面につっぷしたまま依然として戦っている……。

44

最初は無だった。

それから息と、あえぎ声がきこえ、それでジョーゼフは頭と肩を持ち上げた。と、こめかみからあごにかけて、痛みが閃光のように走り、再び意識を失った。

また無音……それからまた呼吸音がきこえた。自分の呼吸ではないが、すぐ近くできこえる。少し息切れしているような、低い息の音。

だれに運ばれている？　ストレッチャーに乗せられて病院へむかっているのか……。

アドニスはどこだ？

その考えはいまのジョーゼフにはショックが強すぎたようで、また意識を失った。

もしのりのきいたシーツと、医師や看護師のやさしい声かけを期待していたとしたら、次に目をあけた瞬間、ジョーゼフはショックを受けただろう。目覚めた彼が横になっていたのは、レンガとがれきのマットレスだった。

まだ夜は明けない。頭上の空は黒いばかりで何も見えない。頭を動かしてみると、黒が赤やオレンジに変わった。焼けている町が目に入ったのだ。炎に目を刺激されてジョーゼフはまたまぶたを閉じた。わずかな時間だが、つかのまでも無残な現実を見ないようにして、心の準備をし、気をしっかり持つ。

おれの身体はどうなっているのか。

おずおずと、まず片腕を動かし、それからもういっぽうの腕を動かす。激痛を予想したのに、奇跡かと思うように、切り傷や擦り傷がぼんやり痛むだけだった。

次に足に注意をむける。右足を曲げてみると、かなり痛い。左足を動かそうとするものの、そちらはレンガや石の下にうまっていて、びくともしない。力をこめて一気にひきぬこうとする。ぬけない。よく見てみるために上体を起こすことにする。ところが頭を持ち上げたとたん、顔の下から上へ激痛がつき上げ、そのまま頭のてっぺんをつきぬけていきそうになる。片手をあげて頬にふれてみると、ぬるりとした感触があり、見てみなくても血におおわれているとわかった。

恐ろしくなり、頭は動かさずに、腕をおろして左脚にのっかっているものをさわる。いくつかの石をどかして脚をひきぬこうとするものの、力が出ず、身体も思うようにいうことをきかず、頭でまた痛みがぶり返すばかりだった。

あせるやら、恐ろしいやらで、ジョーゼフは再び目をつぶった。そうして、そうっと、そうっと、頭を左に倒して、ひたいの奥に盛り上がってくる痛みをやわらげる。しかしま

44

ぶたをあけたとたん、思いもよらぬ光景が目に飛びこんできた。これまで何度も考えてはみたものの、実際の場面を思い浮かべることはできなかった。

アドニスの小屋。これまで見てきたものとは雰囲気がまったくちがう。

小屋はまだ立っているのだが、重要なものが欠けている。その前に六メートルの高さでそびえていた鉄柵が地面に倒れてからみあい、ぺしゃんこになっていた。かつてバート・コナハンがこぶしをにぎって立っていた場所に。

ジョーゼフは悲鳴をあげた。起きてはいけないことが起きてしまった。痛みをがまんしながら、すべてが闇に切り替わる直前のことを必死に思い出そうとする。

最後に爆発があったはずだが、それが爆弾によるものか、自分がライフルの引き金をひいた結果なのか、さっぱりわからない。わかっているのは、檻の鉄柵が破壊されて、どこにもアドニスの姿がないということだけだ。

胸にパニックが盛り上がってきて、そこに新たな痛みと恐怖が兆した。アドニスがすでに死んでいるという思いから来る恐怖なのか。野放しになったアドニスを自分がどうにかしなければならないという恐怖なのか。ジョーゼフにはわからない。

檻のすみずみにまで目を走らせるもののどこにもアドニスの姿はない。首を長くのばしてアドニスがいつもすわって嘆いている場所にも目をこらすが、そこにもだれもいない。

小屋のなかにいるかもしれないと一瞬思うが、すぐにその考えを打ち消した。人生のほとんどを檻のなかに閉じこめられて過ごしてきた生き物に、自由になるチャンスが与えられれば、ためらうことなく、それをつかむだろう。

しかし、自由になったとして、アドニスはいま、どこにいる？

物陰にかくれておびえているか、怒っているか？

それとも逃走し、塀を乗りこえて、その先の通りに出ていったか？

もしそうなら、町が大混乱に陥るまでにどのぐらいの時間が残されている？

アドニスにむけて銃の引き金がひかれるまで、あとどのぐらいの時間がある？

おびえながらも、自分自身に怒りがわいてくる。成し遂げなければならない仕事があったのに、みじめにも、しくじった。ミセスFにどう言い訳をすればいいのか？

目をあけているのがつらくなった。頭を整理しようとするたびに、さらなる痛みがつき上げてくる。それでまぶたを閉じ、目をつぶったまま弧を描くように周囲を手探りして、ライフルが落ちていないかさがす。前にも運よく見つかった。もう一度その幸運がめぐってくることだってある。そう信じるしかない。それ以外の選択肢はなかった。

しかし見つからない。二度目の幸運はめぐってこなかった。脚と同じように、ライフルもがれきのなかにうもれてしまったのだ。しばらく時間をとり、現状を冷静に見て今後のことを考える。いまの自分にいったい何ができる？

それを思って真っ先に頭に浮かんだのはシドの姿だった。地下鉄の駅でしゃがみこんでいるシド。彼女ならどうする？　シドは絶対、こんなところにただ横になっていない。シド以上に勇敢な人間に、ジョーゼフはこれまで会ったことがなかった。自分も彼女のようにならないと。シドを見習わないといけない。

そうとなったら話は早い。ジョーゼフにはもう自分のやるべきことがはっきり見えていた。まずはこの身を自由にしないといけない。痛かろうがなんだろうが、そんなのは無視して、全力で脚をひきぬくのだ。

それができたら、ライフルをもう一度しっかりさがす。そうしてアドニスの居場所をなんとしてでもつきとめて、どうにかして、ミセスＦに約束したことをやり遂げるのだ。

肺にいっぱい空気をためてから、地面に両ひじをつき、頭のすみで光る星を見ながら、そのひじに思いっきり力を入れて上体を起こす。頭がずきずきして視界がガクガクゆれている。口のなかに、はいたものの味がする。自分の脚があるはずの、レンガが雪崩を起こしている場所に目をやり、腕をぎこちなく動かしながら、小さめの岩や石をどかしていくと、やがて自分に課された仕事の大きさが目の前にあきらかになった。聖書に出てくる巨人戦士ゴリアテでも、このコンクリートの厚板をどかすのは難しいだろう。

一気にやる気がうせた。どうするんだ、これ？　あたりに目を走らせると、燃えあがる炎の勢いがいっそう激しくなっていた。あれがこちらに忍びよってきて、この苦しみから救ってくれるまでに、あとどのぐらいの時間が残っているのか。

このうえなく残酷な死を想像するジョーゼフの目の前に、ふいに命綱がおろされた。物陰から、ありえない救世主がぬっと姿を現したのだ。

出てきたのは、アドニスだった。

45

ジョーゼフは泣きだした。

胸をふるわせる激しい嗚咽には、いくつもの感情がこもっている。

当然だがまずは恐怖だ。もうそこから逃げだせる檻のドアもなければ、錠もない。しかし、それ以上に強いのが安心感だった。友が無事に生きていた、それが何よりうれしい。

しかし、生きているという事実はまたさらなる恐怖をも呼び起こした。自由を得たアドニスが、これから何をするのか？　走って逃げるか？　人間を傷つけるか？　この自分もやられるのか？

ジョーゼフは脚の上にのっかっているコンクリートの厚板をまたひっぱったが、やはりわずかも動かない。頭のなかにつき上げてくる痛みをすべて無視して、持てる力のありったけをふりしぼっても、びくともしなかった。

「動いてくれ！　頼む！」コンクリートに懇願する。

結果の得られぬ、むなしい闘いを続けるジョーゼフに、アドニスが近づいてくる。ゆっくり、ゆっくりと。その顔をジョーゼフは心配げに見守る。アドニスはこめかみに深傷を負っていた。もしかしたら方向感覚を失って、めまいがしているかもしれない。

「アドニス！　つっかかって動けないんだ」

助けを期待したわけではなく、ただ友に知らせたかった。

「だいじょうぶか？　血が出てるぞ！」

アドニスはよろめきながら近づいてきて、目に血が入ったときだけ、足をとめてそれをぬぐう。それだけの傷を負っているのに、ジョーゼフのまわりに散らばるがれきの山にのぼってきた。

大きく目を見ひらいて、近づいてくる友の力と威厳にジョーゼフがおどろいていると、そのとなりにアドニスが腰をおろした。しかしジョーゼフの顔は見ようとしない。ほんの一秒たりとも。代わりに頭を左右にゆっくり動かして、先のほうを見ている。

アドニスが何を見ているのか、ジョーゼフは視線をたどってみる。けれどその先には炎があがっているだけだった。炎はふれた木切れをくすぶらせて火を広げるだけで、これといって見るべきものはない。

それでもアドニスは見るのをやめない。しかもじきに頭を大きくゆらして、右から左、左から右へと、まるでサーチライトのように視線をまんべんなく移動させている。じきにジョーゼフにもわかってきた。

　アドニスは見張りをしている。おれを守ってくれているのだ。

　目に涙がチクチク盛り上がってきた。アドニスのやさしさと愛情にジョーゼフの胸は圧倒されている。ずっとせまい空間に閉じこめられていて、ようやく自由になれるときが訪れたというのに、アドニスは逃げなかった。おれを見すてなかった。それどころか、番人のように守ろうとしている。

「ありがとう。ありがとう、本当にありがとう、アドニス」

　ジョーゼフはすすり泣きながらいった。

　と、ふいにとなりで動きがあった。アドニスが体重を移動させ、ジョーゼフの顔をじっと見つめてきた。アドニスの視線はやがてジョーゼフの身体におりていき、がれきにうもれた脚の手前でとまった。

「そう、このコンクリート」ジョーゼフは指をさした。

「こいつの下に足がはさまってるんだ。それで動けない」

　アドニスがちゃんと理解できたかどうかはわからない。それでもこれは単なる偶然とはとても思えない。まったくなんということもない様子で、アドニスはコンクリートの厚板を軽々とわきへどけた。まるで小石でもどかすように。コンクリートが音を立てて地面に落ちた瞬間、ひざから悲鳴があがるのがわかった。それにさそわれるようにジョーゼフ自身もさけんだ。痛みと安心からだけでなく、感謝のさけびでもあった。

つかの間、ふたりの目が合い、その瞬間ジョーゼフは、アドニスの表情がやわらいだのに気づいた。ありえないが本当だ。心が通じあったといえば、それも多くから反論が出るだろう。しかしそのひとときは、あっという間に過ぎ去った。夜のなかに、また新たなさけび声がひびきわたったのだ。

アドニスの反応は早く、瞬時に全身のあらゆる筋肉を緊張させたのがわかった。体重を前に移してジョーゼフの前に出てくると、地面に前足をおろし、どんな脅威が現れてもいいように少年を守る壁となった。アドニスは切迫感をにじませ、警戒感もあらわに周囲に油断なく目を走らせるものの怪しい動きはどこにもない。炎がおどっているだけだ。と、どこからともなく、四本脚の影が忍びよってきた。負傷して横たわる少年の身体をアドニスがまたぎ、その脅威の前に立ちはだかる。

ジョーゼフは見るのも恐ろしかったが、目が闇をすかして、一匹の痩せこけたオオカミをとらえた。口から舌をだらりとたらしている。あの唾液は、自分を食らうことを思ってしたたり落ちているのだと、ジョーゼフは気づいた。

しかし心配は無用だった。目の前でアドニスが後ろ足で堂々と立ち上がった。その巨体を余すところなく活用して、ここはおれの領土だといわんばかりに、天までとどろく咆哮をあげた。まさに王だった。それ以外にふさわしい言葉はない。ジョーゼフはオオカミの反応を見守るが、ひき下がる気配はまったくない。それどころかアドニスの咆哮にこたえて、二匹目のオオカミが物陰から現れた。こちらもまた愚かで一匹目と同様に飢えきっている。

どんな対決になろうとオオカミのほうが不利だろう。見守ることしかできないジョーゼフの目の前で、アドニスがまた一歩前へ出て空を切り裂く咆哮をあげた。二度目の警告だ。それでもオオカミたちはひき下がらない。代わりに二手に分かれた。一匹がこそこそと左へ、もう一匹が右に移動して、アドニスの注意を分散し、すきをつくろうという作戦だ。ジョーゼフの心臓の鼓動が速くなる。身体の痛みをがまんして、またライフルをさがす。胸のなかで、すでにターゲットは変更されている。

オオカミたちは敏捷で、がれきに腹をこすりつけるようにして移動している。アドニスはまず左へ動き、しばらくして右へ動いた。短い咆哮と遠ぼえを何度もくり返して警告するものの、すべて無視される。ジョーゼフはパニックになるあまり、立ち上がろうとする。しかし立てない。全身のあちこちに痛みが広がるばかりだ。

アドニスのほうは、じりじりと近づいてくる左のオオカミに、迷いのない足どりでむかっていく。なんというスピードだろう。巨体であるがゆえに、なおさら迫力がある。

ジョーゼフが息をのんでいるあいだに、アドニスは飛びはねるようにして影のなかに入った。勝負は短い時間でついたが、闇のなかでオオカミがアドニスにとびかかっていったのを見ても、その数秒後に地面にたたきつけられたのを見ても、ジョーゼフは少しもうれしくなかった。オオカミは敗北しただけでなく、骨を折られて死んだ。

ジョーゼフはもう一匹のオオカミに注意をむける。邪魔者のいない、目の前にまっすぐのびる道の先にディナーがあるとわかって、そちらのオオカミは即かけだした。ジョーゼフめざして全速力で走ってくる。口を大きくあけ、陶酔したように目を光らせて。

やられる。今のジョーゼフは無防備で無力だ。たとえアドニスでも、もう助けることはできない。

46

何が起きたのか、ジョーゼフには見えなかった。目は閉じて両腕でおおっていた。しかし、音はきこえた。パーンという、雷鳴が炸裂するような音がした。

それはもう一度きこえ、続いて遠ぼえと、ドサッという音がした。風向きが変わったようだった。おどろいて目をあけると、ほんの数メートル先に、毛のかたまりと骨と血が落ちていた。二匹目のオオカミが死んでいる。

でもどうして？　いまのはライフルの銃声？　よく見ようと目をこらしたら、炎を直視してしまい、一瞬ひるむ。

声がきこえた。ほんのかすかに。

「乗りこえて来い！」

そう、いっていたような気がする。はっきりしないのは、ほかにもあちこちで物音がしていたからだ。

見れば、ゲートを入ってすぐのところに男が立っていた。まだあごの下にライフルをはさんでいる。ジョーゼフは息をのんだ。大声でさけんで手をふって、相手の注意をひこうと考えたとき、アドニスが物陰から出てくる音がした。

がれきをふんでいる足音だったが、むこうにいる男の耳にそれはとどかないだろうし、姿も見えないだろう。だけど、もしきこえたら？　見えたら？　ゴリラがいるけど、危険はないから安心するようにと、どうやったら静かに伝えることができる？　このゴリラはついさっき、自分を救ってくれたんだと。

ゲートに二人目が現れた。ますますまずいことになった。さらに三人目もやってきた。

足音と声が、空気を切り裂いてこちらにとどいた。

「子どもがいる！」最初の男が肩ごしに後ろをふり返っていい、前に進み出た。

「ほら、あそこだ！」

リーダーらしき男にジョーゼフは目をこらす。空襲監視員のかぶるヘルメットをかぶっている。たぶん、かなり年がいっている。しかし、そんなことは関係ない。もしアドニスが男を見て、脅威だと判断したら、年がいくつだろうと結果は同じだ。

「見えるか？　ほら！」

監視員がまた肩ごしにさけび、ここでジョーゼフは初めて、ほかの人間たちの姿をはっきり見た。どちらもライフルを肩にかけている。

ジョーゼフが左をむくと、アドニスのやわらかなうなり声がきこえた。少し苦しそうだが、闇のなかで姿はよく見えない。アドニスの姿が男たちの目に映るまでに、あとどのぐらい時間がある？　アドニスを見てパニックになり、ライフルに手をのばすまでに、あとどのぐらい？

アドニスを警戒させることなく、男たちに状況を伝える方法を考えないといけない。

でも、いったいどうやって？

ジョーゼフは目の前で両手をふり、くちびるだけ動かして、やめてくれと伝える。

だめだ。伝わるわけがない。たったこれだけの仕草で、少しでも近づいたら大変な目にあうと、むこうが気づいたら奇跡だ。

「だいじょうぶだ！」

監視員がさけび、足をつまずかせた。

「心配しなくていいぞ。すぐにここから出してやるからな。もう危険は去った！」

しかし、もちろんそんなわけはなく、男たちもすぐそれに気づいた。ここで初めてアドニスが姿を現したのだ。闇のなかからはずむように出てきた。

しかしほえることはしない。声ひとつもらさない。声を出したのはジョーゼフのほうでアドニスに一斉にむけられた銃をいますぐおろせと男たちにむかって大声をはりあげた。

男たちは耳を貸さない。貸すはずがない。巨大なゴリラがいまにもこちらへむかって走ってくるという状況以上に強烈な警告はなく、全神経をそちらに集中している。

反応は早かった。最初の監視員が尻もちをつき、そのあおりを受けて、後ろにいた男もぐらりと倒れそうになる。

「下がれ！」

ジョーゼフはひざ立ちになってさけんだ。無我夢中で、両手を大きくふる。

「早く下がれ！　逃げてくれ……頼む！」

しかしどの言葉もとどかない。男たちは危険な猛獣に全神経を集中し、それ以外何も見えないし、聞こえない。

46

男たちとむき合うジョーゼフには、自分しか知らないことがあった。アドニスが走ってむかうのは、そっちじゃなく、おれだ。おれを守ろうとして走ってくる。オオカミがむかってきたときと同じように。

最大の悲劇は、それを男たちが知らないところにあった。どうしてわかるだろう？　だれがそんなことを信じるというのか？

最初の弾丸が発射された。ジョーゼフの耳には、今夜聞いたどんな爆弾の音よりも大きくひびいた。弾丸の飛ぶ道筋はたどれなかったが着弾の音は聞こえた。アドニスが背にしている檻の内壁に深くめりこんだ。

その音をアドニスも聞き、それがちょうどジョーゼフのとなりに到着したときと重なった。後ろ足二本で立ち上がり、鼻を空にむけると、ここでもアドニスは大きな咆哮をとどろかせた。この少年を傷つけることはできない。そんなことは、このおれがゆるさない。ここはおれの王国だと。

すくみあがるほど恐ろしい光景で、はなれていてもジョーゼフには、男たちの顔に浮かぶ恐怖が見えた。

そのあとは、まるでスローモーション映像を見ているようだった。おびえた手ににぎられたライフルの筒先がふるえ、炎を背景に、各自の片目がつぶられる。どんなに大声を出して何度さけぼうとまったく足りない。銃をかまえた人間たちの目は自分たちの見たいようにターゲットを見て弾を発射した。

　ジョーゼフも立ち上がった。となりに立つアドニスと同じように。精一杯身体を大きくしてアドニスの前に出ようとした。銃弾はおれが受ける、全部受ける、もしそれで友が撃たれるのを防げるのなら。

　しかし、ジョーゼフの身体の大きさは足りず、アドニスの身体は、どんな目からも逃れるのが不可能なほど大きい。

　弾丸がアドニスの身体に入る音をジョーゼフはきいた。

　ドスッ。胸が悪くなるような鈍い音とともに左腕に貫入し、二発目、三発目は右もものてっぺんと肩にめりこんだ。

　アドニスが痛みと怒りにほえる。

　どうしてこんなことができるんだ？　自分たちを何様だと思って、アドニスにこんなことをするんだ？

　アドニスと同じ痛みと怒りを感じながら、ジョーゼフは男たちのいるほうへ、やめてくれと大声でさけんだ。

　銃撃はやんだが、そのあいだに男たちは弾丸を再装填する。

　ジョーゼフはさけんだ。奇跡を願った。どうにかしてくれと神に祈った。

　そうして、男たちのリーダーが再びライフルをかまえたとき、その願いをだれかがきいていたらしいことがわかった。

最後の人物が到着し、舞台上手から姿を現した。銃をかまえた人間のもとへ走っていき、銃口を空にむけて発砲させる。

銃弾は弧を描きながら夜空を飛んで、あさっての方角に消えた。

男は怒り、じゃまをしたやつはだれだと、いきり立ってふり返る。

こん棒のようにかまえたライフルの行き場がなくなった。目の前に立っているのが髪をふりみだした中年の女だとわかって、男の怒りが混乱に変わる。

「撃たないで！」

手がとどかないふたりの男に、ミセスFがどなった。

「子どもに当たったらどうするの！」

心配はそれだけかという問題はさておき、いずれにしてももう手遅れだった。

弾丸は放たれて、どちらが標的に最大のダメージを与えられるか、競いあうようにして飛んでいった。どちらの弾もアドニスの胸に命中した。奥深くにもぐりこんで、肉を切り裂き、右の肺をひき裂いた。

アドニスは後ろへよろめき、痛みに身もだえするものの、領土を侵した男たちへの怒りはまだ消えない。両ひざをつき、目の前にいる少年が恐怖におびえているのを見たとたん、最後にもう一度空にむかってほえた。

この王国でもっとも強大な生き物が、地獄のような風景を背にして立っている。アドニスはまだ倒れるつもりはなかった。身体がもう無理だというまでは、最後の弾丸を身に受けるまでは――。

ミセスFは無力だった。あらゆる手を尽くしてアドニスを安全に守ってきたが、最後の銃弾が放たれるのを、とめることはできなかった。ミセスFは走った。全速力で走った。この年齢の、夕方に酒を浴びるほど飲んだ女性にしてはありえないほどの速さでひた走る。それでも、銃の動きを封じるには、圧倒的にスピードが足りない。到着したときには、アドニスはすでにあおむけに倒れていて、血が毛を汚し、肺をいっぱいにしていた。

ジョーゼフがアドニスにおいかぶさって、腹に頬をおし当てている。涙がアドニスの血とまじりあっている。

「手を貸して！」

ミセスFはどなったが、ジョーゼフは動かない。

「ジョーゼフ、頼むから手を貸して」

ミセスFはジョーゼフをしゃがませると、その両手のひらを、アドニスの胸にあいた、いびつな穴に強くおし当てた。

「力をぬかないで、ぎゅっとおさえる。わかった？　しっかりおさえて、わたしがやめろというまで、ずっとそうしてて」

ジョーゼフはいわれたとおりにしたが、こんな方法で血がとまるとは思えなかった。絶対無理だ。残っている力をすべてふりしぼっておしていても、相変わらず血はあふれでてくる。指と指のすきまからしみだしてきて、たまってくる血にうもれて指が見えなくなりそうだった。

「だめだよ、ミセスＦ、別の方法を考えて！」

ミセスＦはほかの傷の血をとめながら、肩ごしにふり返って男たちに懇願する。包帯でもなんでもいいから、血をとめるのに必要なものを持ってきてくれと。

しかし男たちは近づきたがらない。いま目にしている場面におびえているのではなく、アドニスが立ち上がって反撃に出ることを怖れているのだ。

「獣医を見つけてきて。早く！」

するとひとりが答えた。

「そりゃ無理だ。病院にはすでに大勢の人間がおしよせている。気づいていないなら教えてやるが、町は燃えているんだ。動物の治療をしている余裕なんてない」

「だったら、わたしの動物園から出ていって！　いますぐ」

ミセスＦが大声でどなりつけた。

男たちはよろめきながらあとずさり、その場を立ち去った。正気を失った動物ならもういやというほど見ていたから、また新たに登場したけものじみた女に、それ以上近づきたくなかったのだ。

「ミセスF、だめだ！」

ジョーゼフはもう一度声をはりあげた。自分がまったくの無力な人間に思える。そして恐ろしい。

「何かしないと。力を貸して。アドニスを助けて」

ミセスFはアドニスから手を放した。放したくはなかったが仕方ない。カーディガンをぬいで、細くひき裂いていく。

「ほら」ひき裂いた何本かをジョーゼフの両手につきつける。

「丸めて強くおしつける。出血をとめるんだ。絶対力をぬいちゃだめ」

力をぬくなんてできない。できるはずがない。おして、おして、呼吸音に耳をすます。アドニスの眼球がぐるっと裏返り、瞳が頭のてっぺんに消えた。息はしていて、胸が盛り上がっては、また下がるものの、そこにリズムのようなものはなく、しだいに頼りない呼吸になっていく。

そして、それが起きた。

ジョーゼフは見た。

手のなかにあるクリーム色のウール地は、その時点までジョーゼフと同じようにがんばっていたが、それがとうとう音をあげ、中心から外側へむかって真っ赤な花を咲かせ、繊維の最後の一本まで緋色に染めて輝きだした。まるで夏の盛りのように。

アドニスの胸がもう一度盛り上がり、それから静かに下がり、そこでとまった。動かない。負けたのだ。

「アドニス、おれの目の前で死ぬな！」

ジョーゼフは泣きながら怒った。自分の目にしている場面が信じられない。

「おい、冗談じゃない。おれを残していくな！　おまえまでいなくなるな！」

信じられなかった。不滅だと思っていた。岩からほりだしたように頑丈だと思っていた。

それが、こんなにあっけなく死んでしまうなんて。ジョーゼフの内臓が裏返った。

「ミセスF、だれか呼んできて。だれかここに連れてきて」

ミセスFはもうすわっていなかった。ゴリラの片側に立っている。けれど動かない。その場から一歩も。どなりもしない。

「アドニスは死んだんだよ、ジョーゼフ。もうあんたにも、わたしにも、できることは何もない。アドニスはいってしまった」

ききたくない。そんな言葉のひとつでも、真実になってしまったらたまらない。しかし、自分のかたわらに立つこの人について、たしかなことをひとつジョーゼフは知っていた。

この人は真実しか口にしない。もうふたりのあいだにうそはない。いまはもう。

物心ついたときから、ジョーゼフは見すてられた思いを胸にかかえて生きてきた。長いことずっとかかえて胸が痛くなると、それを怒りに変えて、そのあともひとりでずっとかかえてきた。

しかし今夜、アドニスの命が消えた身体をあいだにはさんで、ジョーゼフはいつもとはちがう行動に出た。ミセスFの腕のなかに力いっぱい飛びこんでいったのだ。ミセスFを倒しかねない勢いだった。

ミセスFの両腕が自分をつつむのを感じて、ジョーゼフの全身に一気に安心感が広がった。ジョーゼフはずっとこらえにこらえていたものを外にはきだすのを自分にゆるした。泣いた。ためらうことなく、おし返される不安も感じず、泣きに泣いた。

ミセスFに抱きしめられて泣きながら、ジョーゼフは気づいた。自分は多くのもののために泣いている。アドニスのために、彼がいなくなった動物園のために、母のために、父のために。

「だいじょうぶだよ」ミセスFが耳もとでそっとささやく。

「泣いていい。好きなだけ泣くといい。わたしは絶対とめないから」

それでジョーゼフはそのとおりにした。ミセスFの胸にぎゅっと身をおしつけ、ミセスFの肩のあいだにもぐりこむようにして、思い切り泣いた。ジョーゼフの涙とミセスFの涙がまじりあう。ミセスFはなおも強くジョーゼフを抱きしめる。

「それでいい。それでいいんだよ」

ミセスＦ（エフ）はささやいて、それからふたりはじっとそのまま動かなかった。炎（ほのお）がおどるなか、永遠とも思えるあいだ、ずっとそこで泣いている。失ったもののために、失った人のために。そして何よりも、ようやく見つかったもののために、ふたりは泣いていた。

訳者あとがき

この物語の舞台は第二次世界大戦下のイギリス、ロンドンです。第二次世界大戦は、アメリカ・イギリスなどの「連合国」と、日本・ドイツ・イタリアを中心とする「枢軸国」が対立した、人類史上最大の戦争で、一九三九年九月にドイツがポーランドに攻め入ったのをきっかけにはじまりました。作中に登場するヒトラーはドイツの首相で、ナチスと呼ばれる政党のリーダーでもあり、軍備を拡大したり、周辺国に手をのばしたりして、世界じゅうの人々に恐れられていました。当時ナチス・ドイツと呼ばれていたドイツは、イギリスの多くの都市を爆撃機によって破壊し、とりわけ都会であるロンドンを集中的に攻撃して大規模な空襲を仕掛けました。敵の飛行機が近づいてきていることをサイレンで知らせるのが空襲警報で、それを耳にするとロンドン市民は空襲を避けて防空壕や地下へ潜りこみ、地下鉄の駅が人々の避難所にもなりました。

　そんななか、子どもたちは安全な田舎へ引っ越します。それが疎開です。田舎なら空襲の心配もなく、農家も多いため都会ほど食べ物に困ることもなかったのです。それでも戦争によって物資はどんどん足りなくなり、店先からは商品が消え、食料などは買える量が決められる配給制となって、配給切符と引き換えにほんのわずかしか買えなくなりました。

食料事情が厳しくなるのと足並みをそろえて、空襲がますます激化していくなか、この物語の主人公ジョーゼフは、北の安全な田舎から、わざわざ危険なロンドンに出てきます。どうしてそういうことになったのかは作品を読んでいただくとして、ここでは彼が特別な事情を抱えていて、ミセスFという見知らぬ他人と暮らすことになり、学校ではいじめっ子たちに追いつめられて、どこにも身の置き場がないような孤独に苦しむことになる、とだけいっておきましょう。

そんなジョーゼフの友だちになるのが、ミセスFの経営する動物園にいるゴリラのアドニスです。彼との交流をきっかけにジョーゼフは心をひらき、ゴリラだけでなく人間とも心を通じ合わせるようになっていきます。しかし、ときは戦時中で、万が一空襲がもっと激しくなって檻を破壊される心配が出てきたら、アドニスは猛獣として、人間に危害が及ぶ前に殺処分される。それも敵のナチス・ドイツにではなく、彼を大事に育てて世話をしてきた動物園の園長ミセスFに射殺されることになっているのです。

戦時下に動物園の猛獣が逃亡して人間に被害を及ぼすのを防ぐために殺す。これはイギリスだけでなく、ドイツや日本でも行われていました。そのいっぽうで、猛獣を殺処分にはせず、安全な地域の動物園に避難させる場合もありました。この作品でも、アドニスのまだ若い妻は、戦争が激化する前に、ほかの動物園へ避難しています。しかしアドニス自身はもう老齢で、引き受けてくれる先がありません。引受先の動物園が見つかったとしても、ここまで戦争が激しくなると移動手段がない。人間の勝手で動物園に連れてこられ、人間が勝手に起こした戦争の犠牲になるアドニス。いったい人間はどこまで身勝手な生き物なのでしょう。

ゴリラという動物は平和主義だそうで、群れのリーダーは戦いによって決まるわけではないそうです。また野生のゴリラの生息地が減っている昨今、群れ同士が縄張りを争って戦うかと思ったらそうではなく、複数の群れ、複数の家族が、みんないっしょに暮らすそうです。

ひるがえって、人間という動物はどうでしょうか。第二次世界大戦は終わったものの、いまでも地球のあちこちで、領土をめぐって残虐な殺し合いが続き、限られた土地でみんないっしょに仲よく暮らすことなど考えようともしません。不戦の動物を猛獣と呼んで、もし町に放たれたら大変だと人間は恐れますが、本当に恐ろしい猛獣は、はたしてゴリラと人間のどちらでしょうか。

戦時下の人間と動物を描いた名作は多数ありますが、戦争の悲劇をこれほど鮮烈に描いている作品はめずらしく、衝撃のラストは読者の胸に焼きついて永遠に消えないでしょう。

罪のない子どもや動物の命まで奪う戦争は、人間の最も愚かで醜い部分を浮き彫りにするもの。いまは平和な日本もその戦争に加担していたのだと知れば、若い読者のみなさんは愕然とすることでしょう。

しかし、人間はまったく救いようのない生き物なのでしょうか。この物語には空襲で両親を一瞬の内に失ってしまった少女シドが、自分を支えてくれるミセスFに心から感謝をし、学習障害に悩むジョーゼフの力になろうと奮闘する場面があります。戦争という非人間的な状況のなかで「人間」であり続けようとする彼女の優しさとたくましさに、読者のみなさんはきっと人間への信頼をとりもどすことでしょう。

世界のあちこちで起きている残虐な戦争は、いまだ終結の気配を見せず、人々の絶望が灰色の雲のように世界の空を覆っている昨今。ひとりでも多くの方がこの物語を読んで、シドやアドニスが他者の痛みを感じて差し伸べた優しい手と、ジョーゼフとミセスFが物語のラストで行き着いた結論に、希望の光を見いだしてくれることを願ってやみません。

最後になりましたが、本作に高い価値を見いだし、日本の読者に最高の形で届けるために尽力してくださった、編集の喜入今日子さんに感謝を捧げます。

フィル・アール

イギリスの児童文学作家。子どものころは小説よりも、もっぱら漫画やグラフィックノベルを好んで読んでいたが、書店で働くようになって児童文学の素晴らしさに目覚める。それが大きな転機となって若い人々にむけて作品を書くようになり、デビュー作の本作で、その年のイギリスで最も素晴らしい作家と作品に贈られる2022年ブリティッシュ・ブック・アワードを受賞し、同年のカーネギー賞ショートリストにも選ばれた。2023年に発表した『Until the Road Ends』は2024年カーネギー賞ロングリストにノミネートされている。現在はウエスト・ヨークシャーの山の上に暮らす。

杉田七重

英米文学翻訳家。小学校の教師を務めたのち、英米の児童文学やヤングアダルト小説を中心に幅広い分野で翻訳を手がける。マイケル・モーパーゴの『月にハミング』、『フラミンゴボーイ』、『ガリバーのむすこ』、M・G・ヘネシーの『変化球男子』、『海を見た日』、ジェラルディン・マコックランの『世界のはてで少年』、ドナ・バーバ・ヒグエラの『最後の語り部』など訳書多数。

アドニスの声がきこえる

2024年4月22日　初版第1刷発行

作　フィル・アール

訳　杉田七重

発行人　野村敦司

発行所　株式会社小学館
〒101-8001 東京都千代田区一ツ橋2-3-1
電話　編集03-3230-5416　販売03-5281-3555

印刷所　萩原印刷（株）

製本所　株式会社若林製本工場

ISBN978-4-09-290662-4

ブックデザイン●鳴田小夜子　装丁イラスト／挿し絵●東 久世
制作●友原健太　資材●斉藤陽子　販売●飯田彩音　宣伝●鈴木里彩
編集●喜入今日子